KB237231

CALLING

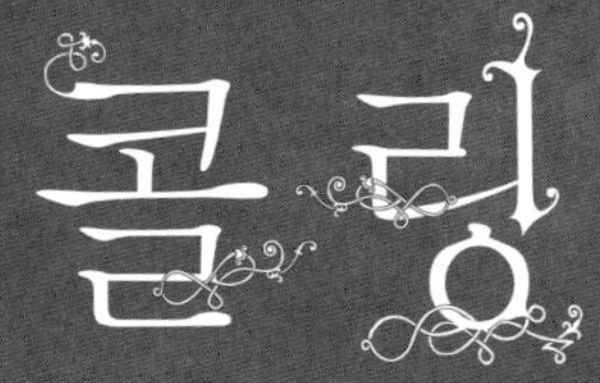

콜링

어둠 속에서 부르는 목소리

야나기하라 케이 지음 | 윤덕주 옮김

스튜디오 본 프리

누구든 나를 부르지 마라.

이 어둠의 바닥에 잠들게 하라.

어둠은 좋다. 양수처럼 꼭 맞게, 부드럽게 나를 감싸준다.

이대로 영원히 어둠 속에서 평온해지고 싶다.

홀로 세상을 살아나갈 힘 따위, 가지고 있지 않다.

퍼뜩 잠에서 깨니, 왼쪽 가슴을 부여잡고 있었다.

심장에 경련이 일어난 양 심하게 울렁였다.

그 상태로 어둠 속에서 눈을 떠 한 단어를 되새김질했다.

콜링.

콜링.

어디선가 누군가가 날 부른다.

Calling, calling.

날 잊지 마.

주문처럼 어둠으로 유혹하는 하나의 단어.

영혼을 끌어당겨 눈에 보이지 않는 실로 묶어버릴 것처럼.

태어나기 전부터 들어왔던 그리운 노래처럼.

Calling, calling.

누군가가 나를 부르고 있다.

1장

페
르
소
나

1

자동차 경적 소리가 멀리서 아스라이 들렸다.

귓가에서 휴대전화가 세차게 진동했다.

나는 벌떡 일어났다. 야단났군. 늦잠을 잤다.

"잘 잤어?"

휴대전화에서는 웃음 머금은 목소리가 울려나왔다. 나는 눈을 깜박이며 멍 하니 주위를 둘러보았다. 눈에 들어오는 것은 벽에 걸린 뭉크의 복제화, 고타쓰(앉은뱅이책상에 이불을 덮어놓은 모양의 일본식 난방기구 역주) 위에 떡 하니 올라가 있는 컴퓨터, 벽 쪽에 개미탑처럼 쌓아놓은 책. 평소와 다름없는, 혼자 사는 사람의 살풍경한 방안 모습.

"오늘 건수는 초A급이니까 각오하고 와."

졸음이 가시지 않은 목소리로 곧 가겠다고 대답하고는 다시 베개에 머리를 묻었다. 이른 아침부터 일이 들어온 날은 실종

되든가, 아니면 죽어버리고 싶다. 더구나 힘든 건이면 말할 나위 없다.

눈을 감고, 아주 잠깐 졸았다. 이불을 뒤집어쓰고 이대로 영원히 졸았으면 좋겠다. 따뜻한 어머니의 자궁으로 되돌아가 양수에 떠 있는 꿈을 꾸고 싶다.

나는 신음 소리를 냈다. 잠이 잘 깨지 않을 때는 항상 모태로 돌아가고 싶은 소망이 들쑤시고 나온다.

달콤한 유혹을 잘라버리듯 이불을 힘차게 밀어제쳤다. 이른 아침 햇살이 방안을 옅은 노랑으로 부드럽게 물들이고 있었다. 오늘 날씨도 아주 맑다. 5월도 반이 지났다. 오후가 되면 더워지리라.

2톤짜리 탑차 운전석에 있던 야마가미 레이가 차창에 팔을 걸치고 바람에 머리칼을 날리면서 기분 좋게 담배를 피우고 있었다.

친구이며 고용주이기도 한 레이는 나보다 네 살 많은 26세. 힘든 일에도 언제나 얼굴에 미소를 띠고 있다.

조수석에 올라타자 레이가 편의점 봉지를 내밀었다. 안에는 고로케빵과 소보로빵, 가다랭이포 주먹밥과 우롱차가 들어 있었다.

"오늘은 뭐가 먹히지 않을 거야. 지금이라도 먹어 둬."

어차피 토할지도 모르지만, 하고 쓴웃음을 섞어 중얼거린 레이는 차를 출발시켰다.

메지로 길을 30분 달리다가 신에고타에서 우회전하여 한적한 주택가로 들어섰다.

현장이 가까운지 주변에는 벌써 악취가 돌기 시작했다. 나는 서둘러 차창을 닫고 주먹밥을 쑤셔 넣었다.

네리마 구 도요타마키타의 '아사히 연립'. 낡은 목조 모르타르 2층 건물 앞에 초로의 남자와 그를 둘러싸듯 중년 여자 셋이 서 있었다.

탑차를 연립주택 앞에 붙여 세운 뒤 레이와 내가 차에서 내리자 초로의 남자는 한숨 돌렸다는 듯한 표정을 띠었다.

"많이 기다리셨죠? '리플렉스'입니다."

"아아, 이제야 왔군요."

호의적인 남자의 말과는 달리 여자들 시선은 곱지 않았다.

"업자란 게 당신들인가요?"

앞치마를 두른 중년 여자가 수상하다는 눈길로 나와 레이를 빤히 쳐다보았다.

"꽤 젊으시네. 게다가 두 사람밖에 없고. 정말로 당신들이 이걸 어떻게 할 수 있겠어요?"

레이는 명랑한 웃음을 여자들에게 보였다.

"맡겨만 주십시오."

여자 셋은 말없이 서로의 얼굴을 마주 보았다.

어깨까지 내려오는 찰랑찰랑한 긴 머리칼, 흰 티셔츠 속에 멋지게 부풀어 오른 근육. 그런 남자가 짓는 확신에 찬 웃음은 여자들의 입을 다물게 만들었다.

2층의 창을 올려다보았다. 거무칙칙한, 꾸불꾸불한 무늬 같은 것이 1층까지 이어져 있었다. 필시 구더기가 기어간 흔적이리라.

"야단났군."

나는 중얼거렸다.

"냄새 말이야, 구더기 말이야?"

레이는 생글거리는 웃음을 얼굴에 붙인 채 말했다.

"이건 달라."

레이는 꽁무니를 빼는 나를 아랑곳하지 않고 탑차 옆에서 방호복을 입기 시작했다. 나도 서둘러 그에 따랐다.

"잠시 아무도 다가오지 못하게 해 주십시오."

초로의 남자에게 말한 레이는 방진 마스크를 쓰고 냄새를 순식간에 흡착시키는 고분자 폴리머 약제를 스프레이로 뿌렸다. 그것만으로도 주변에 풍기던 냄새가 극적으로 옅어졌다. 주민들의 놀라움과 안도의 표정을 확인한 레이는 오존 탈취기를 들고 계단을 올라갔다. 나도 도구들이 든 플라스틱 양동이를 안고 그의 뒤를 따랐다. 보통은 되도록 눈에 띄지 않게 작업을 하지만, 주변 주민이 일찌감치 법석을 떨고 있는 경우에는 일단 효력을 보여주는 것이 요령이다.

계단을 오르자 문 네 개가 늘어서 있었다. 제일 가까운 문이 목표하는 집이다.

문을 열었다. 눈이 어두운 곳에 익숙해지는데 약간 시간이 걸렸다. 들어서자마자 한 평 정도 크기의 마룻바닥 주방, 오른편에는 화장실과 욕실, 왼편에는 싱크대가 있었다. 주방을 칸막이한 유리문 너머가 거실인 듯, 고타쓰의 빨간 이불이 보였다.

레이와 나는 욕실청소용 고무창 운동화를 신고 안으로 들어섰다.

레이가 주방 왼편 문을 천천히 당겨 열더니 몸을 돌려 고개를 끄덕였다. 나는 레이의 어깨너머로 주뼛거리며 욕실을 들여다보았다.

욕조 안에 검붉은 액체가 있었다. 인육이 녹아 만들어진 스튜. 하얗게 뜬 것은 지방, 그리고 무두질한 가죽처럼 검어진 피부 조각. 시체는 이미 경찰이 옮겨서 그 자리에 없었지만 물에 녹아 뭉그러진 인체의 잔해는 아직 상당량이 남아 있었다.

욕조 옆에는 스미노프(보드카 상표 **역주**)와 교게쓰(한국식 소주

상표 **역주**) 같은 알코올 병들이 늘어서 있고, 타일 바닥 위에는 구더기 사체와 허물이 산더미를 이루고 있었다. 벽과 천장까지 검붉은 까닭은 썩은 고기를 먹은 파리가 날아다니고 벌레가 기어다녔기 때문이리라.

우선 욕조 속 오물 수거부터 시작했다. 지방, 뼈, 피부, 머리칼, 치아. 한때는 한 인체를 구성했던 모든 것이 물속에 녹아 있었다. 나는 숨을 멈추고 검붉은 액체 속으로 뜰채를 집어넣었다.

사후 2개월. 여성. 친척도 가까운 친구도 없는 탓에 인근으로 흘러나온 악취로 죽음이 발견되었을 때, 그녀의 신체는 거의 녹아버린 상태였다.

살아 있을 적에는 아름다운 여성이었을지도 모른다. 그렇지만 생명 활동이 정지되자마자 인간의 신체는 단백질과 지방으로 이루어진 거대 오물이 된다.

우리는 특수청소를 생업으로 삼고 있다. 죽은 사람의 자취가 남지 않게 철저히 닦아내고 냄새를 없앤다. 집안을 원래의 깨끗한 상태로 되돌려 의뢰인 손에 넘기는 것이 우리 일이다.

이번 경우, 현장의 처참함은 초A급이었지만 죽은 자리가 욕실이어서 청소 난이도는 그리 높지 않았다. 약 60%가 물로 이루어진 인체는 죽으면 녹아서 바닥이나 다다미에 얼룩을 만들고, 급기야 바닥 아래 목조 부분까지 스며드는데, 욕실에서는 그럴 염려가 없기 때문이다.

욕조 안의 살과 피부를 뜰채로 건져내 여러 겹으로 이루어진 비닐봉지에 넣었다. 덩어리를 제거한 다음에는 오수 처리장에서 쓰는 응집제를 넣어 불순물을 여과시킨다.

물이 거의 투명해졌을 무렵 배수구 마개를 열었다. 물이 빙빙 회오리를 만들면서 배수구로 빨려 들어갔다.

더러운 물이 모두 사라졌을 때, 욕조 바닥에 휴대전화가 있는 것을 깨닫고 깜짝 놀랐다. 주워들고 샤워기로 물을 끼얹어 더러운 것을 깨끗이 씻어냈다.

여자는 죽을 때 이 휴대전화로 얘기를 하고 있었던 것이다.

누구와, 무엇을?

폴더를 열었다. 화면은 그냥 까맸다. 전원을 켜도 어떠한 접근도 거부하겠다는 듯 침묵했다.

살아있는 것이 기억의 축적이라면, 메모리가 지워진 휴대전화는 그야말로 죽은 것이나 마찬가지다.

불이 들어오지 않는 네모난 화면이 삶의 곳곳에서 구멍을 쩍 벌린 채 기다리는 함정처럼 보였다.

여자를 삼켜 그 안에 가둬버린 것이 아닌가 싶었다.

세 겹으로 만든 비닐봉지 안에 구더기 사체와 허물을 담았다. 다른 봉지에는 술병을 던져 넣었다. 화이트호스, 교게쓰, 스미노프. 병은 모두 비어 있었다.

욕조와 보일러 사이에 약 껍질이 떨어져 있었다. 아모반. 수면도입제다.

여자는 수면제를 복용하고 술을 마신 뒤에 욕조에 몸을 담갔다.

그리고 죽었다.

다섯 시간 뒤, 욕실 청소는 무사히 끝났다. 방호복과 방진 마스크를 벗어 비닐봉지 안에 넣었다. 본격적인 더위를 맞이하려면 아직 이르지만, 벌써 온몸이 땀범벅이었다.

집안 공기는 상당히 깨끗해졌다. 시체 냄새 제거용인 오존 탈취기를 작동 중이기도 하지만 욕실에 있던 오염원 제거 덕분에 냄새는 거의 느낄 수 없을 정도로 옅어졌다.

평생 가도 시체 냄새에 익숙해질 날은 오지 않을 것이다. 시체 냄새는 사람이 맡아서는 안 될 냄새다.

여자가 욕실에서 죽은 것이 집주인으로서는 불행 중 다행이었다. 부패한 체액이나 혈액이 다다미에 스며들면 다다미 교체만으로는 끝나지 않는다. 바닥 나무에 스며들었으면 그것까지 뜯어내 철거해야 한다. 아래층에 체액이 떨어진 경우에는 오염이 두 집으로 퍼진다.

이번 경우, 오염 장소는 욕실에 그쳤지만 같은 연립주택 주민이 기분 나쁘다고 나가버릴 수도 있다. 그렇게 되면 피해를 산출할 길이 없다.

욕실 청소를 마치고 레이와 함께 짐 옮기기를 시작했다. 냉장고나 옷장처럼 큰 물건부터 옮기고, 종이상자에 작은 물건을 채워나갔다. 커튼은 개구리 무늬, 고타쓰 덮개는 빨간 꽃무늬. 하얀 컬러박스 위에 동그란 거울. 알루미늄 쟁반 위에는 화장품이 어수선하게 놓여 있었다.

어딘지 빈약하고 초라한 살림살이. 여자 혼자 산다는 것도 쓸쓸한 일이다.

옷장의 하얀 루버 문짝(널빤지 등을 블라인드처럼 평행으로 붙여 만든 문짝 **역주**)을 열었다.

갑자기 달콤한 냄새가 밀려나와 어찔했다. 젊은 여자의 피부에서 나는 식물성 냄새. 비강 깊숙이 들이마시자 내 안의 수컷이 불끈 눈을 떴다.

나도 모르게 코끝을 스웨터에 갖다 댔다.

살아 있을 적의 그녀는 이렇게 좋은 냄새를 가진 여자였다.

살아 있는 여자의 존재를 느꼈을 때, 문득 그 죽음이 애달프게 가슴에 차올랐다.

오후 6시에야 집안 청소와 물건 운반이 끝났다. 아침에 본 초로의 남자, 집주인인 사와다가 주뼛주뼛 집안으로 발을 디뎠다. 사와다는 킁킁 콧소리를 내더니 곧 크게 숨을 들이마셨다가 후우 하고 내쉬었다.

"이야, 상당히 좋아졌군. 고맙네."

사람 좋아 보이는 사와다는 가장 큰 피해를 입었다. 부근 주민들의 불평이 밀려들었고, 사망한 여자에 관한 뒤처리도 전부 맡아야만 한다. 집 청소 비용도 당연히 사와다 몫이다.

월세는 자동이체로 되어 있어서 여자가 죽은 것을 전혀 알아차리지 못했다고 한다. 보증인란에 이름이 올라 있는 아버지는 행방불명이고 회사를 그만둔지도 1년이 넘어서 여자가 현재 어떻게 사는지 관심을 가져준 사람이 없었다.

왜 진짜 사정을 확인해보지 않았을까, 하고 사와다는 후회했지만, 25년이나 된 목조 연립주택인 아사히 연립으로서는 입주자를 고르는데 까다로운 심사를 할 수도 없었다.

현장에는 경찰도 왔었지만 많은 술병과 수면제 아모반 껍질이 욕실에서 발견된 것으로 보아 자살이나 사고사라는 결론으로 일찌감치 마무리지었다.

사와다는 듬성듬성해진 백발을 긁적이면서 한숨을 쉬었다.

"설마 그 여자가 자살할 줄이야. 얌전하고 수수한, 극히 평범한 여자였거든.”

얌전하고 수수한 사람이라도 술과 약에 빠져 있을 수도 있다. 사람의 진짜 얼굴이란 아무도 알 길이 없는 것이다.

철수할 때, 욕실을 힐끗 보고서 섬뜩했다.

욕조 안에 알몸의 여성이 앉아 있었다.

가는 팔로 태아처럼 무릎을 안고 있다.

얼굴은.

하얀 수건을 감고 있어서 보이지 않았다.

내 안색을 보고 레이가 속삭였다.

“나왔나?”

나는 끄덕였다.

“빨리, 빨리 여기서 나가요.”

나는 레이의 등을 떠밀었다.

오후 7시. 올 때와 마찬가지로 메지로 길은 막혔다. 야와라 교차점을 지나자 그제야 길이 뚫렸다. 간선도로에서 벗어나 5분 쯤 달리자 가로등이 드물어지고 밭이 펼쳐지기 시작했다.

밭을 가로지르듯, 비죽비죽 솟아 있는 고압선 철탑에 빨간 램프가 깜박이고 있었다. 어쩐지 쓸쓸하고 황량한 풍경이었다.

이 주변은 전에 자위대 주둔지였다. 민가는 적고 밭과 공터가 많다. 부근 농가에서는 아직 소를 기르기도 한다.

'리플렉스'는 원래 자동차 해체 공장이었던 곳의 1층을 차고 겸 창고로 쓰고, 2층 부분은 사장인 레이가 사무실 겸 주거지로 삼고 있었다. 내가 사는 연립주택은 걸어서 5분. 두 사람 모두 직장과 극히 가까운 곳에 살고 있다.

탑차에서 먼저 내려 셔터를 올리자 레이가 후진하여 차고로 들어왔다.

"오늘 짐을 다 내려놓자."

차고 안쪽에는 6평 정도의 공간이 있는데 그곳에 탑차에서 내린 짐을 쌓아올렸다. 옷장, 냉장고 같은 큰 물건과 옷, 잡화 같은 작은 물건이 든 종이상자 20여개. 젊은 여자치고는 짐이 적은 편이었다.

나는 짐 앞에 서서 몸가짐을 바로 잡았다. 레이가 차고 안쪽에서 향로와 선향, 성냥으로 이루어진 3종 세트를 가지고 왔다. 업무 완료 시에 유품에 담긴 죽은 이의 한을 달래기 위해 반드시 향을 앞에 두고 기도를 올렸다.

향에 불을 붙이고 나와 레이는 손을 모아 묵도했다.

잠시 뒤, 손을 모은 채 레이가 말했다.

"어때, 괜찮아?"

나는 끄덕였다.

"괜찮아요."

어떤 꺼림칙함도 느껴지지 않았다. 여자는 필시 아직도 그 욕실에 있을 것이다.

"여자는 자살한 건가?"

나는 망설이면서 대답했다.

"아마도."

깊은 고독과 절망이 그녀 안에 있었다.

어둠 속에서 나를 부르고 있는 듯한 기분이 든다. 희미하게, 사라져버릴 것처럼. 그러나 분명히 강한 의지를 가지고.

이승에 대한 강한 생각을 품은 채 죽은 사람은 그것을 받아주는 사람을 향해 그 한을 보낸다.

보낸 쪽은 그 여자, 받는 쪽은 나. 다행인지 불행인지, 나는 그런 것을 수신하는 힘을 가지고 있다. 그리고 한번 잡히면 쉽게 도망치기 어렵다.

욕조에 떨어져 있던 휴대전화.

여자는 죽음의 길에 몸을 담갔을 때 무슨 생각을 했을까? 마지막으로 하고 싶었던 말은 대체 무엇일까?

그런 의문이 머릿속에서 꼬리를 물었다.

현재, 알고 있는 것은 오직 하나.

여자에게는 유족도 없고 친구라고 나서는 사람도 없다. 다시 말해 죽음의 진상에 대해 알고 싶어 할 사람이 세상에 한 사람도 존재하지 않는다는 말이다.

레이가 미니 옷장에 걸터앉아 담배를 피우며 말했다.

"내일은 아침에 '클린 그린 서비스'에 폐기할 물건을 갖다 주자. 모레엔 정리 불능 증후군인 미사키 씨 집 대정리."

"또 그 사람이군요."

나는 쓴웃음을 지었다.

단골인 미사키 씨는 20대 후반의 여성이다. 항상 큰 마스크와 안경을 끼고, 부끄러운 듯 눈을 내리깔았다.

'리플렉스'는 직접 하기 버거운 대규모 청소 의뢰도 받는다. 정리 불능 증후군인 사람들은 단골이 되어서 정기적인 수입을 기대할 수 있으므로 회사로서도 큰 도움이 된다.

나는 저번 일이 떠올라 쿡 하고 웃었다.

"요전에 미사키 씨가 좀 우쭐해서 얘기하더라고요."

"뭐라고 하디?"

"어쩌면 ADHD일지도 모른다나."

레이는 질렸다는 듯 말했다.

"말은 잘 하네. 사실은 그저 칠칠치 못해서 그런 주제에.

ADHD라는 식으로 말해서 폼을 잡아보려는 거겠지.”

ADHD란 주의결핍? 과다행동장애를 말한다. 주의가 연달아 다른 곳으로 돌아가기 때문에 한 가지 일을 마치지 못하게 되는 것이다.

예를 들어 쓰레기를 손에 든 경우, 쓰레기통에 닿기 전에 다른 것에 주의가 쏠리면 쓰레기를 내려놓고 그것을 집어 든다. 결국 쓰레기는 버리지 못하고, 자기가 무엇을 하려 했는지 알 수 없게 되어 혼란에 빠진다.

“백보 양보해서 그 여자가 그런 상태라고 쳐 봤자, 그저 너무 어질러 놓아서 수습을 못하게 되었을 뿐이야. 사람이란 게 병을 핑계로 어리광을 피우면 안 되지.”

병명이 멋지지 않았다면 미사키 씨도 그렇게 말하지 않았을지도 모른다. 어쨌거나 영어니까 마음에 든 거다. 걸핏하면 PTSD, 외상 후 스트레스 장애 탓이라고 돌리는 것이나 마찬가지다.

“쓰레기 같은 건 버리면 그만인데 말이죠.”

“누가 아니래. 덕분에 우리야 장사 잘 되지만.”

샤워를 한 다음에 조깅을 하러 간다는 레이와 헤어져 집으로 돌아왔다. 레이는 힘든 일을 한 날에는 마음을 가라앉히기 위해 2시간 정도 달린다.

나로 말할 것 같으면, 녹초 상태였다. 한시라도 빨리 샤워를 하고 싶었다. 작업복을 세탁기에 던져 넣고 욕실로 뛰어 들어갔다. 감염증을 막기 위해 손은 에탄올로 잘 소독했다. 그러고 나서 보디샴푸를 충분히 써서 꼼꼼하게 몸을 닦았다. 청소 때 쓰는 세제도 강력하기 때문에 손은 꺼칠해지기 마련이다.

레이는 이 일을 시작하기 전에 정화조 청소를 했다. 탱크 안에서 물때를 녹여 제거하기 위해 황산을 분무했다고 한다. 천장에서 황산 방울이 떨어지면 헬멧도 녹고 머리칼이나 눈썹도 탄다. 탱크 안에 아황산가스가 가득 차 기절했다가 중독사하기 일보직전에 구출된 일도 있다고 했다.

스스로 시체가 되느니 시체 뒤치다꺼리를 하는 편이 낫겠다. 탱크 청소에서 말 그대로 매운맛을 본 레이는 새로운 개념의 청소업을 시작하기로 한 것이다.

"떠난 자리마저 말끔하게, 천국으로"가 청소회사 '리플렉스'의 표어였다. 살인, 동반자살, 자살 등, 부패한 인체나 피로 오염된 집안을 얼룩 하나 없이 깨끗한 상태로 만들어 의뢰인에게 돌려준다. 시작한지 2년, 처음에는 현장이 너무나 처참해서 집안으로 한 걸음 들어서자마자 토하고 뛰쳐나간 적도 있다. 그렇지만 나는 아무리 힘들어도 이 일에 매달리기로 마음먹었다.

3년 전에 다니던 전기공사회사가 갑자기 도산하고 말았다.

공공 고용지원센터에 나가 직장을 찾아보았지만 별다른 기술이 없는 나로서는 쉽사리 직장을 구할 수 없었다.

의기소침해져 신주쿠 거리를 걷고 있는데, 길거리 스카우트 제의가 들어왔다. 놀랍게도 호스트를 해보지 않겠느냐는 말이었다.

"호스트를 하면 돈을 벌 수 있어. 당신은 얼굴이 좋으니까 틀림없이 굵직한 손님이 걸릴 거야."

원래 사람 사귀는데 서툴러서 쉬는 날에는 책을 읽거나 인터넷 보는 것을 좋아했는데, 그런 내가 호스트를 할 수 있을까?

그래도 한 달 월급 천만 엔도 꿈은 아니라는 그 사람 말은 매력적이었다. 실업한지 얼마 되지 않았고 전기공사 말고는 다른 기술도 없다. 언제 취직이 될지도 모르고 저금은 아주 적었다. 무엇을 하든 간에 돈을 벌어야 할 상황이었다.

과감하게 그 사람 말에 따라 신주쿠 가부키초의 호스트바 '조르지오'에 나가기로 했다. 그곳에서 졸지에 지명도 1위인 쇼의 보조가 되었다.

쇼는 다른 호스트와는 격이 달랐다. 금색 브리지를 넣은 긴 머리, 가는 턱에 붓으로 슥 그린 듯한 쌍꺼풀. 행동거지가 화려하고 귀족적인 용모를 가졌으면서도 붙임성 있는 웃음으로 상대편 마음속으로 파고들었다. 손님의 귓가에 입술을 가까이 대고 쇼가 살짝 속삭일 때마다 비싼 술이 들어왔다. 호스트란 여자가 돈을 쓰게 만들 때 가치가 있는 법이다.

그날 쇼를 지명한 사람은 유흥업에 몸담고 있는 사리나였다. 사리나는 몸이 안 좋아 한동안 일을 쉬었다가 오늘 막 현장 복귀를 했다고 한다.

나는 긴장해서 사리나의 담배에 불을 붙였다. 사리나는 그런 나를 거추장스럽다는 듯 흘겨봤다.

술에 강한 사리나는 들이키듯 술잔을 비웠다. 헤네시, 리처드 헤네시, 돔페리뇽 핑크, 한 병 100만 엔 이상 하는 병이 잇달아 따졌다. 주문을 할 때마다 안내 방송이 나와 축제 분위기를 만들었다. 활기찬 응원 소리와 함께 호스트들이 순서대로 원샷을 하기 시작했다.

내 차례가 되었다. 나는 술에 약하다. 돔페리뇽을 비우다가 사레들려 토하고 말았다.

사리나가 일어나 위협적인 저음으로 내뱉었다.

"내 술은 못 마시겠다는 거야?"

그 말이 모두를 우두커니 서 있게 만들었다. 말투는 조용했지만 몸이 떨릴 정도의 위압감이 있었다.

"난 손님이야. 손님에게 실례되는 짓을 하고서도 곱게 끝날 수 있을 거 같니?"

쇼가 달래기 시작했다.

“사리나, 미안해. 신참이야. 내가 잘 얘기할게.”

“신참이든 뭐든 상관없어. 흘린 술 핥아.”

나는 카펫에 두 손을 짚었다. 어떻게 해야 좋을지 몰라 무릎을 꿇고 이마를 바닥에 댔다.

“죄송… 합니다.”

“대충 넘어가려고 하지 마. 난 사내들 물건을 너무 빨아서 잡균 때문에 얼굴이 부었다고. 손님 접대란 건 말이야, 목숨을 걸고 하는 거야.”

쇼가 사리나를 수습하려는 듯 말했다.

“사리나, 미안. 넌 정말 열심히 하고 있어. 대단하다고 생각해. 그렇지만 오늘은 내 체면도 있으니 좀 봐주지 않겠어? 실은 너의 복귀를 축하하기 위한 내 선물이 있어.”

“나한테?”

사리나는 의아한 양 말했다.

“신, 아까 그거 가져와.”

“넷!”

잠시 후, 사리나의 환호성이 들렸다.

“우와, 예쁜 꽃.”

“미안해, 이걸로 기분 풀고, 다시 마시자고. 내가 새로 원샷

할게."

쇼는 무릎을 꿇고 앉은 내 귓가에 입을 가까이 대고 말했다.

"준, 이제 됐다. 나가."

가게가 문을 닫은 뒤, 바깥 층계참에 앉아 있자니 쇼가 다가왔다.

"괜찮으냐?"

"죄송합니다."

나는 다시 차가운 바닥에 무릎을 꿇었다.

쇼의 쓴웃음 섞인 목소리가 머리 위에서 내려왔다.

"초장부터 힘들었지? 하지만 우리 일이란 게 원래 그래."

얼굴을 드니 가느다란 손가락 끝에 담배를 끼고 입에 문 쇼의 옆얼굴이 보였다. 동틀 무렵의 빛 속에서 보는 쇼는 어두침침한 살롱 조명 속에서 보는 것보다 훨씬 피곤하고 늙어 보였다.

"물장사가 돈이 되기는 해도, 목숨을 걸어야 한다는 사리나 얘기는 분명 맞는 말이야. 나도 실은 닥터 스톱이 걸려 있어. 간이 고장 났거든."

이럴 수가. 그런데도 나 때문에 원샷을.

나 자신의 실수가 참담해서 눈물이 나왔다.

"심하다고 생각했겠지만, 사리나는 말이 통하는 여자야. 나도

이 세계에서 살아나가는데 그 여자한테서 많이 배웠어. 그 여자
가 엄하게 단련해준 덕분에 넘버원으로 버틸 수 있게 된 거야.
하긴, 그것도 언제까지 계속될지 알 수 없지. 다음 달에는 굴러
떨어져 가게를 바꿀지도 몰라. 1년 뒤에는 길바닥에서 죽든가,
간이 망가져 병원 생활을 하고 있을지도 모르지. 약육강식, 성
자필쇠. 이 말이 제일 가슴에 와 닿는 게 우리 일 같아."

나는 하루 만에 가게를 그만두었다. 가벼운 마음으로 들어왔
던 것인데, 쇼에게 면목이 없었다.

다음날부터 다시 공공 고용지원센터에 나갔다. 흐리멍덩한
기분으로 고용지원센터에 나갔다가 아무 수확 없이 돌아왔다.

연립주택 앞 골목길로 접어들었을 때, 가죽점퍼 주머니에 손
을 넣고 돌을 차고 있는 젊은 남자가 보였다.

저런데서 뭐 하는 걸까?

되도록 얼굴을 마주치지 않으려고 고개를 숙이고 서둘러 입
구로 가려는데, 내 등을 향해 말을 걸어왔다.

"준야."

놀라 뒤돌아보니, 그곳에는 반가운 얼굴이 미소를 띠고 있
었다.

레이.

나는 놀라움과 기쁨에 제대로 말을 할 수 없었다.

레이를 만난 것은 8년 만이었지만, 그 얼굴은 잊을 수가 없었다. 16세 때 레이가 보육원에서 뛰쳐나가기 전까지 우리는 제일 친했다.

멍 하니 선 채, 아무 말도 못하고 있는 나에게 레이가 말했다.

"찾아다녔다."

"어떻게 찾았어요?"

"보육원 선생님한테 물어봤지. 이번에 내가 회사를 세웠거든."

"그래요?"

나는 놀라서 레이의 얼굴을 다시 봤다. 생김새 자체는 변하지 않았지만 상당히 늠름해지고 강해진 것 같았다.

"네가 썩 마음에 들었거든. 언젠가는 뭔가 같이 해보고 싶었는데, 시간이 꽤 오래 걸렸군 그래."

나와 레이가 있던 보육원은 폭력과 왕따가 횡횡하고 직원에 의한 학대도 일상다반사였다.

보육원에 있을 때, 모든 폭력에 앞장서서 나를 지켜준 사람이 레이였다. 친형 이상으로 나하고 굳게 맺어져 있다고 믿었다. 그래서 레이가 갑자기 도망쳤다고 들었을 때는 세상이 끝장났다는 생각까지 들었다.

"미안하다. 혼자 뛰쳐나가서."

나는 말없이 고개를 저었다. 레이는 나에게 아무 말도 없이 나갔다. 거기에는 간단히 입에 담을 수 없는 그만한 이유가 있었을 것임에 틀림없다.

"이제부터 나하고 같이 일하지 않을래?"

놀라 고개를 들자 진지한 눈빛이 나를 사로잡았다.

"특수청소야. 사람이 죽은 자리를 깨끗이 치우는 거지. 일은 힘들고 고생스러워. 그렇지만 남이 하지 않는 일인 만큼 오히려 우리가 뚫고 들어갈 찬스가 있어."

나는 뜨겁게 말하는 레이에게 몇 번이나 고개를 끄덕였다.

태어났을 때부터 나는 혼자였다. 내 뿌리도 모르고 부모의 사랑도 모른다. 어디서 태어났고, 부모 외에 다른 친척이 있는지 없는지조차 도무지 알 수가 없다.

실패하더라도 도망칠 고향이 없다. 내가 진심으로 기댈 수 있고 의지할 수 있는 것은 오직 한 사람, 레이뿐이다.

그러니 아무리 힘들어도 레이와 함께 그 일을 해나가리라 결심했다.

때로는 현장에 가고 싶지 않고, 토해버리는 적도 있다.

그래도 그만둘 수 없다.

이 세상을 살아 나가기 위해, 오늘도 나는 죽은 자와 대치

한다.

목욕을 마치고 편의점에서 사온 샌드위치를 먹으면서 컴퓨터를 켰다.

몸은 피곤했지만 오늘 중에 일기를 써두고 싶었다.

힘든 일을 한 다음에는 달리기를 해야 마음이 가라앉는 레이와 마찬가지로, 생생한 죽음의 광경을 본 다음에는 그것을 글로 남기지 않으면 안 되게 되었다. 주제 넘는 일 같지만, 내가 지은 글로 조금이라도 죽은 이의 마음을 위로할 수 있지 않을까 싶었다.

SNS '사이버 포레스트'에 접속했다.

SNS란 소셜 네트워킹 사이트의 약자다. 인터넷에 개설된 소개형 웹사이트로, 외부에 대해서는 닫혀 있지만 일기나 글을 통해 사이트 내부 사람들과는 자유롭게 커뮤니케이션할 수 있는 시스템이다.

레이의 소개를 받아 '사이버 포레스트'에 참가한 것은 1년 전. 처음에는 주뼛거리며 남의 일기나 보고 다닐 따름이었지만 차츰 직접 일기를 쓰게 되었다. 그러자 그곳의 모르는 사람들에게서 댓글이 달려 놀라는 한편으로는 몹시 기뻤다.

이상한 일이었다. 모르는 사람과의 대화가 잠깐 사이에 고독을 치유해 주었다. 사람 사귀기가 서툴렀던 내가 모르는 사람과는 인터넷에서 가볍게 말을 건네고, 웃는다. 얼굴을 모른다는 데서 오히려 부담 없이 속마음을 털어 놓을 수 있었다.

익명. 이름 없는 사람들. 어디의 누구인지, 어느 하나 아는 사실이 없다.

그래도 그런 사람이 보내는 몇 줄의 댓글이 등불처럼 마음을 따뜻하게 해준다.

설령 그것이 현실 생활로 돌아오는 순간에 구름처럼 흩어지고 이슬처럼 사라지는, 그 자리에 국한된 것이라고 해도 말이다.

〈일기〉

*욕조 안의 죽음

걸쭉한 검붉은 물에 짙은 갈색 피부와 하얀 지방이 떠 있었다.

24세의 여자는 욕조 안에서 녹아버렸다.

옆에는 스미노프, 교게쓰. 바닥에는 아모반. 여자는 술과 수면제를 먹고 뜨거운 물에 몸을 담갔다.

욕조 바닥에는 휴대전화가 떨어져 있었다.

여자는 마지막에 누구에게 무엇을 알리려 했을까? 그 대답을 알 수 있을 날은 영원히 오지 않을 것이다.

여자와 함께 휴대전화도 죽어 고요히 침묵하고 있기 때문에.

옷장 안은 젊은 여성의 향기로 가득 했다.

살아 있을 적의 그녀는 식물처럼 좋은 냄새를 풍겼다.

그것이 끝내는 누구나 얼굴을 돌리는, 악취 풍기는 썩은 살이 되고

말았다.

여자는 어떤 사람이었을까?

어떤 일을 하고, 어떤 친구가 있고, 어떤 사람과 사귀고 있었을까?

그녀의 '인생'이라는 태피스트리는 마지막에 너무도 무참한 그림을

그리고 말았다.

딱 한 군데라도, 다른 모양으로 짜였다면 여자는 죽지 않았을지도 모

른다.

딱 한 가지, 다른 색이 들어갔다면 전혀 다른 모양으로 완성되었을지

도 모른다.

앞으로 수십 년이나 긴 세월에 걸쳐 짜일, 장대한 태피스트리로.

왜 그녀는 욕조 안에서 죽음을 맞이하게 되었을까?

여자의 죽음을 추모하며, 그 배경을 알고 싶어 하면서도 나는 눈을

감는다.

내일은 다시 다른 시체와 마주하게 될 것이므로.

문장을 검토했다. 스스로도 잘 썼다고 생각됐다. 아니, 너무 멋을 부렸는지도 모르겠다. '일기'에 올렸다.

그 순간, 화면이 새하얗게 되더니 컴퓨터가 멈춰버렸다.

마우스에 손을 얹은 채 멍 하니 화면을 쳐다보았다.

본체의 모터 소리 말고는 아무것도 들리지 않았다. 방안은 아주 조용했다.

여자의 휴대전화가 떠올랐다. 전원을 켜도 디스플레이는 캄캄하기만 했다.

지금 눈앞에 하얀 빛을 내고 있는 컴퓨터 화면과 마찬가지다.

빛과 어둠. 어느 쪽이나 허무하다. 바닥 모를 사각형 나락이다.

어느 틈엔가 잠이 들어 있었다.

꿈을 꾸었다.

팔이.

여자의 팔이 눈앞에 있었다.

어떻게 여자의 팔인지 알았느냐면, 반지를 끼고 있었기 때문이다.

팔을 움직일 때마다 어둠 속에서 반짝 하고 빛이 난다.

귓가에 목소리가 들린다. 무언가를 읊조리듯 중얼중얼 혼잣말을 했다.

어느 나라 말인지, 전혀 알 수가 없었다.

중얼중얼. 중얼중얼.

여자는 내 몸 위로 오르고 있었다. 점점 무거워졌다.

목에 팔이 얹혀졌다. 그곳에 무게가 더해져왔다.

그만 해.

숨을 쉴 수가 없어.

괴로워.

괴로워.

나는 욕실에 서 있었다.

욕실은 휑뎅그렁하고 아주 밝다.

눈앞에 유백색 커튼이 드리워져 있다.

커튼을 열려 했다.

순간 머릿속에서 안 돼, 하는 외침이 들렸다.

열어선 안 돼. 절대로 그 커튼을 열어서는 안 된다.

꼼짝도 못하고, 우두커니 서서 커튼을 응시하고 있자니 갑자기 그것이 확 열렸다.

순식간에 시야는 어둠에 휩싸였다. 구웅 하는 소리가 나더니, 커튼도 욕실 창도 전부 어둠 너머로 빨려 들어갔다.

숨을 쉴 수가 없다. 귀와 목 속까지 어둠이 침입해 들어온다. 괴롭다.

눈앞에 사람 형태의 하얀 것이 서 있다. 반질한 것이, 눈도 코도 입도 없다. 꼭두각시 같았다.

그 입 부분이 동그래졌다. 동그란 O모양으로 빨려 들어가 구멍이 되어 갔다. 인형은 두 손으로 귀를 막았다.

무언가를 외치려 하고 있다.

그만!

외치면서 벌떡 일어났다. 어둠이 온몸에 무겁게 달라붙어 있었다. 근육이 이완되었는지, 몸 움직임이 슬로 모션처럼 느리게 느껴졌다. 어깨를 들썩여 헉헉 대면서 필사적으로 산소를 들이쉬었다. 잠에서 깨기 전 몇 분인가는 전혀 숨을 쉴 수 없었다. 영몽靈夢을 꿀 때는 대개 무호흡 상태에 빠져 괴로움을 겪는다.

간신히 비슬비슬 몸을 일으켜 불을 켰다. 넘치는 빛이 어둠을 순식간에 쫓아냈다.

후우 하고 크게 숨을 내쉬었다. 눈에 들어오는 것은 조금 더러운 방이었지만, 자신이 있을 자리에 그제야 되돌아왔다는 느낌이 들었다.

꿈에 나왔던 꼭두각시 인형.

그것은 욕조 안에서 죽은 여자였다.

뭘까? 여자는 무슨 말을 하고 싶은 걸까?

벌레?

그래. 분명 벌레라고 했다.

그렇지만 다른 말은 하나도 모르겠다. 다른 나라의 말이었는지도 모른다.

어깨와 팔꿈치가 시리고 아팠다. 팔을 보니 어둠에 침식된 것처럼 새파랬다.

뜨거운 물로 얼굴을 씻었다. 몸이 심하게 땀에 젖어 있었다. 어깨나 팔에도 몇 번이나 뜨거운 물을 끼얹었다.

천천히 누워 보았다.

눈을 감자마자 숨골에 충격이 스치더니 목과 머리가 꾸욱 조여 들어왔다.

틀렸어.

눈이 빙빙 돌았다. 토할 것 같았다.

완전히 사로잡혔어.

어둠 속에서 꼼짝 않고 누운 채 눈을 뜬 나는 중얼거렸다.

생수를 냉장고에서 꺼내 컴퓨터 앞에 앉았다. 어쨌거나 오늘 밤은 잠자기를 포기했다. 전원을 켰다. 방금 전에는 에러가 났지만 지금은 아무 이상 없이 인터넷에 연결되었다.

시간은 오후 10시. 선잠이 들었던 것은 2, 30분 정도였나 보다.

'사이버 포레스트'에 접속했다. 늦은 시간임에도 불구하고 일기에는 벌써 두 건의 댓글이 붙어 있었다.

살아 있는 사람이 지금 여기 존재한다. 그 사실만으로도 안심이 되었다. 이 세상에 나 혼자 살아남아 있는 것이 아님을 상기시켜 준다. 모르는 사람의 따뜻한 말이 차가운 혼령의 촉수로부터 지켜주는 것 같은 기분마저 들었다.

유이:

2006.5.15 22 : 38

수고가 많습니다.

일기 업, 기다렸습니다.

늘 그렇지만 상당히 참혹하네요.

자살인가요. 힘든 세상이니까요….

한 해 3만 명 이상의 사람들이 스스로 목숨을 끊는다고 하던데, 잠재적으로는 10만 명 이상의 자살 희망자가 있다고 합니다.

언제부터 이런 세상이 되어버린 걸까요.

어떤 이유가 있든 간에, 스스로 죽는 건 안 될 일이죠.

남겨진 사람들이 너무 불쌍하잖아요.

명복을 빕니다.

히로:

2006.5.15 22 : 50

아직 24세잖아요. 남친한테 차였을지도 모르죠.

그 정도 일로 그러겠냐는 생각이 들지만, 실연당하면 죽을 것 같긴

하죠.

그래도 목욕탕에서만은 죽지 않도록 하겠습니다(웃음).

준님도 건강에 신경 쓰시고요.

힘내세요☆

글을 읽으니 구원받은 듯한 기분이 들었다.

두 사람 모두 단골로, 내 일기를 고대하고 있다. 일기를 쓸 때마다 댓글을 달아 주고 몇 번이나 보러 와 준다.

나는 두 사람의 댓글에 대해 감사의 답글을 붙였다. 일기를 사이에 두고 오가는 말. 읽는 것도 기쁘고 쓰는 것도 즐겁다.

이것이 '사이버 포레스트'의 묘미다.

얼굴은 보이지 않지만 지금 이 순간 실시간으로 대화하고 있다는 두근거림. 살아 있는 사람과 마주하면 피곤해지지만 인터넷을 통한 교류는 의외로 기분이 좋다.

그들은 현실적인 위협이 되어 내 앞을 가로막으러 오지 않는다. 진지하게 논쟁을 벌일 때도 있고, 푸념을 늘어놓기도 하고, 거리낌 없이 고민을 털어놓기도 하지만 거기에는 엄연한 거리가 가로놓여 있다. 실제로 만날 일이 없으리라는 안도감에서 오히려 속내를 말하고 꾸밈없는 자신을 드러낼 수가 있다.

내성적인 나에게 '사이버 포레스트'는 사람과의 연결을 이어가기 위해 빼놓을 수 없는 도구다. 사람을 상대하는 건 두려워하는 주제에 혼자 있기는 외롭다. 그런 모순을 안고 있는 존재인 나로서는 말이다.

문득 생각났다.

죽은 여인은 어땠을까? 친구나 가족도 그 죽음을 몰랐을 정도로 현실 사회에서 멀어져 버린 그 여자는.

어쩌면 그녀도 '사이버 포레스트'에 있지 않았을까?

죽은 여자의 한자 이름, '津島惠美'로 검색해 보았다. 해당자는 0명. 당연하다. 실명으로 등록할 사람이 있겠는가.

시험 삼아 히라가나 '쓰시마 에미'로 검색해 보았다.

"이럴 수가."

나는 화면을 노려보며 신음하듯 중얼거렸다.

해당자 1명. '사이버 포레스트'에 '쓰시마 에미'가 있었다.

2

오전 0시. 좌르륵 하고 차고 셔터가 열렸다.

레이의 날카로운 목소리가 들렸다.

"야, 뭐 하는 거야, 너."

"아, 미안."

러닝셔츠 차림의 레이는 입구에 우뚝 서서 놀란 듯 내 얼굴을 유심히 바라봤다.

나는 도둑질 현장을 들킨 고등학생처럼 얼굴을 붉혔다.

"잠이 안 와서. 아무래도 맘에 걸리는 게 있어서요."

"그래서 상자를 열었단 말이야? 이렇게 어질러 놓고."

"미안해요. 하지만 아무래도 그 여자 일이 맘에 걸려서."

"욕조에서 죽은 여자 말이냐?"

레이는 수상쩍다는 양 나를 보았다.

"그런 데에 일일이 관여하다간 몸이 배겨날 수 없다고 한 건 너였잖아."

"그건 그렇지만, 이번 여자는 상당히 강한 것 같았어요."

나는 레이에게 방금 전 꿈 얘기를 했다. 주문과도 같은 미지의 언어. 위에 올라타 목을 졸랐다. 꼭두각시 인형. 빠끔히 뚫린 입으로 필사적으로 무언가 외치려고 했다. 안 돼! 그만 해!

"그때 잠이 깼죠. 꿈에서 깼더니 무호흡 상태였어요. 코와 입이 막힌 것처럼 답답해서 질식할 거 같았죠. 눈을 감았더니 빙빙 돌아서 토할 것 같고, 머리도 조이는 듯 아프고. 이번엔 완전히 사로잡힌 거 같아요."

레이는 말없이 부루퉁한 표정을 띠고 있었다.

레이가 걱정하는 마음을 모르는 바는 아니었다. 일의 특성상 미련이 남은 혼령과 마주치는 일이 많은데, 그렇게 되면 여러 가지 안 좋은 현상들이 일어난다. 두통, 사고, 컨디션 이상과 같은 나쁜 일들이. 그러니까 레이는 혼령하고 얽히기 전에 도망치라고 말하곤 했다.

그러나 일단 사로잡혀버리면 그리 쉽게 도망칠 수가 없다. 혼령이 납득해 줄 때까지는.

"게다가 그 여자, '사이버 포레스트'에 있었어."

레이는 눈썹을 크게 올렸다.

“정말이냐? 죽었는데도 아무도 몰랐을 정도였어. 틀림없이 딸린 식구도 없고 친한 친구도 없었을 거라고 생각했는데, 그런 여자가 어떻게 소개제 사이트인 ‘사이버 포레스트’에 들어왔단 거야.”

“그건 모르겠지만, ‘쓰시마 에미’로 검색했더니 해당자 1명이라고 나왔어요. 그래서 그 사람 페이지에 가서 프로필을 봤거든. 이름과 나이가 같다는 것밖엔 알 수가 없었지만. 정말로 ‘쓰시마 에미’가 우리가 아는 그 사람인지, 아주 그럴싸하지만 확신할 수는 없고. 그래서 그 여자에 대해 조사해 볼까 해서 여기 온 거예요.”

‘사이버 포레스트’는 이제 가입자수 600만을 앞둔 거대 SNS(소셜 네트워크 서비스)다. 젊은이 사이에서는 모르는 사람이 없다고 해도 과언이 아니다. 10명이 술자리를 벌이면 9명은 가입해 있을 정도. 최근에는 살인 사건이 일어날 때마다 피해자나 가해자가 ‘사이버 포레스트’에 가입해 있는 것을 찾아내 일기나 글을 인용해서 떠들썩해지는 일도 많다.

“그 정도로 세상에 퍼져 있으니까 별로 친하지 않은 사람의 소개로 가입했을 수도 있다고 생각해요. 게다나 인터넷 경매에서 소개장도 파니까.”

“하긴 그렇지. 맘만 먹으면 친구가 없어도 들어올 수 있을 거야.”

“사이버 포레스트에 있는 ‘쓰시마 에미’가 죽은 그 쓰시마 에미라고 확신할 수 있다면, 일기나 글로 그 여자한테 무슨 일이 일어나고 무슨 일로 고민했는지 추측할 수 있겠다 싶어서.”

레이는 내 말을 묵묵히 듣다가 이윽고 고개를 끄덕였다.

“알았어. 네키는 대로 조사해도 좋아. 그렇지만 그에 앞서 네가 뒤에 감춘 걸 보여줘.”

레이는 오른손을 내밀었다.

“아, 들켰군.”

나는 등 뒤로 감추고 있던 여권을 레이에게 건넸다.

“녀석.”

레이는 가볍게 나를 째려보고서 여권을 펼쳐 여자의 사진을 보았다.

“예쁜 여자였구나.”

또렷한 쌍꺼풀, 가는 턱. 피부는 하얗고 뺨은 통통하니 탄력이 있었다. 반들반들한 핑크색 립글로스로 빛나는 입술이 섹시했다.

그 폭신한 핑크 스웨터를 입으면 필시 잘 어울릴 것 같았다. 옷장 안에 가득했던 향기가 문득 코끝에서 되살아났다.

쓰시마 에미는 그야말로 향기가 풍길 듯한 아름다운 사람이었다.

3

레이와 함께 여권을 들고 집으로 돌아가 '사이버 포레스트'의 쓰시마 에미의 페이지를 찾아봤다.

닉네임은 '에이미'. 첫 페이지에는 잔에 담긴 와인 사진과 프로필, 소속 커뮤니티가 표시되어 있었다.

프로필에는 이름 쓰시마 에미. 나이 24세. 생일 6월 5일. 출신지 아오모리. 현주소는 네리마 구 도요타마키타로 되어 있다.

"여권 속 정보와 대조해 보니까 어때?"

"나이, 생일, 본적지, 현주소. 모두 딱 맞아."

"그럼 쓰시마 에미 본인일 가능성이 극히 높다는 건가."

본인이라 확신해도 될 것이다. 이름을 포함한 다섯 항목이 일치하니까.

그렇다고 해도 이렇게 정직하게 자기 프로필을 밝혀 놓다니, 아무리 인터넷 초보라고 해도 그렇지, 한자까지는 쓰지 않았지만 본명까지 드러내놓고 있다. 악의를 품은 제3자가 노렸다면 한입거리가 아닌가. 미모도 뛰어나다. 스토커가 붙었던 적이 있을지도 모른다. 하기야 본인이 이미 죽어버렸으니, 이제 와서 뭐라고 한들 아무 소용없는 일이지만.

취미는 독서, 미용. 사이버 프렌드는 7명. 참가 커뮤니티 수는 7개. 양쪽 모두 극히 적었다. '사이버 포레스트'에서도 그녀는 극히 좁은 범위에서 살아가고 있었던 것 같다.

사이버 프렌드란, '사이버 포레스트' 안에서 맺어진 친구 관계를 말한다. 사이버 프렌드 이외에는 일기를 열람 불가로 해서 친한 사람 외에는 읽을 수 없게 설정할 수도 있다.

그녀의 일기를 보려 했지만 사이버 프렌드만 열람 가능으로 설정되어 있어서 읽을 수가 없었다.

오산이었다. 일기를 사이버 프렌드를 포함한 모든 사람에게 공개해 놓은 나는 여자의 일기도 아무나 읽을 수 있으리라 예상했다. 일기와 그에 대한 글을 읽으면 인터넷 혹은 진짜 세상에서 이루어진 인간관계를 파악할 수 있을 것으로 생각했다.

그렇지만 적어도 어떤 사람이 사이버 프렌드였는지, 그들의 프로필에 대해서는 알 수 있었다.

쓰시마 에미의 사이버 프렌드는 7명.

'미키', '구로네코', '시오리', '유지', '신고', '다쓰로', '페르소나'.

먼저 '미키'. 첫 페이지의 사진은 본인일까? 둥근 얼굴에 짧은 머리. 위를 향한 시선이 귀엽다. 프로필란에는 현주소 신주쿠 오쿠보, 나이 21세, 생일은 3월 3일. 본인의 코멘트 "☆°.*.°☆칭구 많이 만들고 싶어요☆°.*.°☆". 일기도 전부 그런 식이어서 ☆이나 ♪가 너무 많이 들어가 있긴 했지만 매일 올라와 있었다.

다음에는 '구로네코'. 아름다운 유선형의 고양이 실루엣 일러스트가 첫 페이지에 있었다. 나이는 22세. 생일 2월 6일. 참가 커뮤니티는 '뭉크', '발튀스', '크노프' 등 회화 계통이 많았다. 일기는 참가한 날에 쓴, 첫 인사 하나뿐. 그 뒤로는 하나도 쓰지 않았다.

다음은 '시오리'. 첫 페이지 사진은 하얀 강아지. 저절로 빙그레 웃게 될 정도로 귀엽다. 프로필란에는 현주소 네리마 구 에코다, 나이 26세, 생일 4월 25일로 되어 있다. 취미는 다이어트, 근처 맛있는 가게를 찾아다니는 일. 일기는 1년 이상 갱신되지 않았다.

다음은 '유지'. 본인 사진인지, 흰 티셔츠에 짧은 머리인 산뜻한 스타일의 괜찮은 남자. 현주소 네리마 구 도요타마키타. 나이는 27세. 생일 8월 7일. 프로필에 '에코다에서 즐겁게 마시자☆모임' 외에도 세이부 이케부쿠로 노선을 따라 몇 개 지역에서의 커뮤니티를 이끌고 있다고 되어 있다. 유지도 1년 이

상 일기를 갱신하지 않았다. 일기는 술 마시고 저지른 실수담
이 우스꽝스럽게 쓰여 있었는데 꽤 재미있었다. 커뮤니티의 오
프 모임 뒤에 올린 일기는 참가한 사람들의 글로 북적였다. 그
중 한 이름을 보고 놀랐다.

에이미:
어제는 아주 즐거웠습니다. 애 많이 쓰셨고요, 고맙습니다. 꼭 다시
참가하고 싶습니다.

에이미의 이름을 클릭하자 쓰시마 에미의 페이지로 이동했
다. 그녀가 참가한 커뮤니티를 살펴보니 '에코다에서 즐겁게
마시자☆모임'이 있었다. 쓰시마 에미도 이 커뮤니티에 들어
있었던 것이다.
'에코다에서 즐겁게 마시자☆모임' 커뮤니티로 이동해 보았
다. '토픽'이라는, 잡담용 게시판이 몇 개 있기는 했지만 최근
것은 아니었다. 1년 이상 휴면 상태 같았다. 에이미가 올린 글
을 찾아서 한참 오래 전까지 '토픽'을 거슬러 올라가 보았다.
에이미, 에이미.
있다.
봄 오프 모임 토픽. 날짜는 2년 전 3월 20일. '에코다에서 즐

겹게 마시자☆모임’의 오프 모임 참가 공지였다. 그 토픽에 에미가 글을 달았다.

에이미:

2004.3.20 09 : 48

나 같은 사람이 참가해도 되나요? 커뮤니티에 들어온 지 얼마 안 됐는데요.

유지:

2004.3.20 11 : 28

물론 괜찮지요. 젊은 여성은 열렬 환영입니다♪

2년 전 3월에 에이미는 오프 모임에 참가하고 싶다는 글을 남겼다. 그로부터 2년 동안 대체 무슨 일이 일어난 것일까? 남겨진 글자를 보고 있자니 이상한 기분이 들었다. 그 글을 쓴 사람은 이제 이 세상에 없으니 말이다.

오프 모임에 나가다니, 소극적인 나로서는 생각할 수도 없다. 하기야 쓰시마 에미는 그렇게 미인이었으니 모임에 나가면 인기를 끌어 즐거웠을 것이다.

"오프 모임에 나갔다는 것은 확실한 애인이 없었다는 거겠네.”

“있다고 해도 오프 모임 정도는 이상할 거 없잖아요.”

“남친이 있으면 오프 모임에 나가느니 데이트를 하지 않겠어?”

“헤어진 직후일지도 몰라. 오프 모임에 나가 남친을 구하려고 한 건 아닐까요?”

“그래서 유지를 알게 되어 사귀게 되었다는 건가?”

“상대가 유지라고 결론을 내리기는 아직 이르잖아요. 게시판에 글을 달았을 뿐인데.”

“그래도 유지는 어딘가 가벼워 보여. 여자한테는 재빨리 손쓸 거 같은 느낌 아냐?”

“그건 그렇지만.”

다른 사이버 프렌드는 어떨까? 애인일 법한 냄새가 나는 사람이 없을까?

‘신고’, ‘다쓰로’, ‘페르소나’. 이들이 남자일까?

모두의 페이지를 둘러보았지만 에미와의 교류는 거의 없었다. 모두 커뮤니티와의 관련으로 사이버 프렌드가 된 것 같았다. 친구로서의 교제는 없지만 사이버 프렌드로 일단 등록해 놓은 관계.

쓰시마 에미가 참가했던 커뮤니티를 대략 둘러보고, 일찌감치 사이버 프렌드 순회도 끝냈다. 맥 빠질 정도로 싱거워서 수확이라 부를 만한 것은 하나도 없었다.

"그러면 다음엔 뭐 하지?"

"쓰시마 에미의 사이버 프렌드 모두에게 메일을 보내는 게 좋지 않을까?"

"메일?"

"에이미가 죽었다고 말이야. 이제까지 사이좋게 지내줘서 감사하다든가, 그녀에게 보낼 말을 뭐든 받고 싶다든가. 상대방의 태도를 보면 쓰시마 에미와의 관계를 알 수 있을 거고, 여자에 대해 어떤 정보를 줄 사람이 나올지도 몰라."

"아, 그거 좋겠네요."

반응이 괜찮으면 그녀가 어떤 식으로 '사이버 포레스트'에서 지냈는지, 나아가 내부 사람들과 어떤 관계를 맺었는지 알 수 있다.

지체 없이 메일 문구를 궁리했다.

처음 뵙겠습니다. 준이라고 합니다. 갑자기 메일을 보내 죄송합니다.

일전에 일로 에이미님, 즉 쓰시마 에미 씨가 돌아가신 집에 들어가게 되었습니다.

쓰시마 씨가 홀로 맞은 죽음은 몹시 애처롭고 외로운 것이었습니다.

그나마 ○○님과 '사이버 포레스트'에서 교류할 수 있었던 게 다행이라고 생각합니다.

쓰시마 씨는 혼자 살았고 가족도 없어서 유품 등은 모두 저희 쪽에 있습니다. 만약 빌려주신 물건이 있으면 되돌려 드리겠습니다.

또한 쓰시마 씨에 대해 여러모로 알아보고 싶습니다. 아무리 사소한 것이라도 상관없습니다. 정보를 주시면 대단히 감사하겠습니다.

"이거 어때?"

레이에게 보여 주었다. 레이는 고개를 끄덕이며 말했다.

"괜찮은데. 이 메일하고 네 일기를 읽으면 욕조 안에서 비명에 죽은 사람이 쓰시마 에미, 즉 '에이미'라고 금방 연결지을 수 있을 거야. 네 일기도 있으니까 얘기에 신뢰성도 있고. 쓰시마 에미하고 친구로 지낸 사람이라면 놀라 연락을 취할 게 틀림없어. 인터넷을 통해 아는 사이라고 해도 젊은 친구의 죽음은 충격일 테니까. 이럴 때 가장 의심스러운 사람은 의도적으로 입을 다무는 녀석이지."

레이가 뜨거운 커피를 마시고 싶다고 해서 커피 메이커를 준비했다. 내일은 오랜만에 일이 없었다. 메일 답신이 올 때까지 뒹굴 예정이다.

보글보글 물 끓는 소리와 함께 커피의 좋은 향기가 풍겼다.

나는 컵을 준비하면서 말했다.

"쓰시마 에미처럼 죽었는데도 가입 상태인 사람, 많겠지?"

쓰시마 에미의 계정도 '사이버 포레스트' 사무국에 사망했다고 알리고 탈퇴 수속을 밟지 않는 한 영원히 남는다.

즉, '사이버 포레스트'에 가입한 사람이 죽은 경우, 삭제를 요청하지 않으면 계정이 영원히 남는 것이다. 일기나 친구들이 쓴 글과 함께. '사이버 포레스트' 자체가 이 세상에서 없어지지 않는 한.

"수십 년이 지나서 말이야, 거기 글 쓴 사람 모두가 죽었는데 방대한 일기와 글은 남아 있을 거라고 생각하니 기분 나쁜걸."

레이가 말했다.

"유령 페이지죠. 앞으로 진짜 생길 거예요."

"최근에 내 주변에도 있었어. 정신 건강 계통 커뮤니티에서 알게 된 여자인데, 자살 직전의 기분을 생생하게 쓴 일기를 올려놓고 그대로 행방불명이 되었지. 얼마 뒤에 친구가 올린 글로 여자가 자살한 걸 알았어. 석 달 전에 죽었는데 그걸 아무도 모른 채 최근에도 힘내라고 쓰곤 했어. 친구들은 굳이 삭제 요청을 하지 않고 묘비명 삼아 그 페이지를 남겨 놓기로 했대. 예쁜 언니라서 친하게 지내보려고 했는데, 충격이야."

나는 질렸다.

“그런 일에 ‘사이버 포레스트’를 썼던 거예요?”

“대다수의 남자는 그걸 노릴걸? 여자도 마찬가지고. 커뮤니티나 일기 돌아보기로 좋아하는 타입의 이성을 만나면 취미나 좋아하는 음식에서 일치하는 걸 찾아내 ‘마음이 맞네요’라는 식의 메일을 보내. 몇 번 그렇게 왔다 갔다 하다가, ‘그럼 한잔 하러 갈까요’가 되지. 그로써 낙찰. 미팅 사이트치고는 확률이 높아. 오프 모임도 여기저기서 열리고. 만남이 드문 남녀로서는 이용하지 않을 이유가 없잖아.”

“레이는 인기가 있으니까 거길 이용하지 않아도 되잖아요?”

“그물은 여럿 쳐 놔야지. 난 그래도 양심적인 편이야. 프로필로 거짓말을 하려면 얼마든지 할 수 있으니까. 마누라가 있어도 독신이라면서 여자를 낚는 사람쯤은 흔해 빠졌어.”

나는 한숨을 쉬었다.

진지한 마음으로 ‘사이버 포레스트’에서 알게 된 사람들을 대하고 있었는데, 그런 자신이 바보처럼 여겨졌다.

“넌 너무 순진해. 세상 사람들은 이놈 저놈 할 거 없이 거짓말쟁이야. 공부 좀 해.”

“레이 같은 엉터리만 있는 건 아니야. 진지하게 글을 달아주는 사람도 많이 있다고.”

레이는 탄식했다.

"아, 분명 너한테는 선량한 사람들이 모여 있을 거야."

"어, 뭐야. 반론 안 해?"

"끼리끼리 모인다고, 미팅 목적으로 들어온 사람은 오래 가지 않아. 진지하게 누군가와 커뮤케이션하고 싶다는 사람이 결과적으로는 좋은 만남도 잡게 되지."

"그건 경험에서 나온 말?"

"아, 뭐."

레이는 커피를 다시 따르면서 말했다.

"보육원에 있을 때, 너한테 영감靈感이 있다는 건 전혀 알아차리지 못했어."

"레이가 들어왔을 무렵에는 입을 다물고 있기로 마음먹고 있었으니까."

"언제부터 그런 능력이 강해진 거지?"

아주 어렸을 적 이케부쿠로 S빌딩에서 사람이 우수수 떨어지는 모습을 본 기억이 있다. 물론 그것은 환상으로, 현실이 아니었다. 그 부근에는 과거에 스가모 구치소가 있었다. 나중에 그 사실을 알고 떨어진 사람하고 무슨 관계가 있으리라 생각했다. 그보다 훨씬 전부터 영적인 존재를 느꼈던 것 같기는 하지만 또렷한 기억은 없다.

야마나시의 보육원에 있을 때는 밤중에 창밖을 쳐다보면 빨간 아이 조끼를 입은 할아버지가 다리를 건너는 모습이 보였다. 할아버지는 다리를 다 건너지도 않고 있을 리가 없는 길을 따라 깜깜한 산을 향해 올라갔다. 또 수영장에 채운 물 위를 걸어가는 여름 조끼 차림의 통통한 노인을 목격한 적도 있다.

재미있는 것은 고등학교 졸업 후에 입사한 전기공사회사에는 유령을 본다는 동료가 무척 많았다는 점이다. 내 능력도 입사한 뒤에 더욱 강해진 것 같다.

거기서는 휴대전화 전파 기지국 설치를 준비하거나 아파트에 케이블 TV를 끌어들이는 공사를 했다. 차도 다니지 못하는 산골에 케이블이나 기자재를 들고 걸어서 들어가는 경우도 있었다. 기지국 부설이 끝나면 휴대전화가 잘 통하는지, 문자가 깨지지 않고 날아가는지, 수백 번 이상 테스트한다. 다시 말해 하루 종일 전자파에 노출된다. 감전도 흔한 일이었다.

T백화점 엘리베이터 옆 계단에는 젊은 여자가 앉아 있다. N빌딩 안 레스토랑 안의 작은 실내 정원에는 월급쟁이 같은 초로의 남자가 가방을 안은 채 힘없이 우두커니 서 있다.

처음에는 동료 간에 그럴싸하게 속삭여지는 소문을 그냥 흘려들었는데, 어느 날 그 자리에 가 그 광경이 내 눈으로 날아들어 왔을 때는 깜짝 놀라고 말았다. 그들은 동료들의 애기와 조금도 다름없는 모습으로 그 자리에 있었던 것이다.

"저게 지박령이구나 생각했죠. 그들은 그 자리에 도장처럼 각인되어 있었어요. 그러니까 항상 같은 곳에 있는 거죠."

"잔류사념殘留思念이란 건가?"

"필시 죽은 자의 생각이 전자파로 모양을 바꿔 그 자리에 머물고 있는 걸 거예요. 유령을 보면 온몸이 털이 곤두선다고 하는 건 정전기 때문이 아닐까 해요."

"그러고 보니 묘지에서 유령을 목격했다는 건 묘석에서 전자파가 나오기 때문이라고 텔레비전에서 그러더라."

"맞아요. 난 모든 심령 현상에 전기가 관련되어 있다고 생각해요."

그때 메일이 들어왔음을 알리는 알람이 울렸다.

나는 곧바로 '사이버 포레스트'에 접속했다.

메일함을 보니 '신고'의 메일이 들어와 있었다.

"첫 번째는 너구나."

레이는 기쁜 양 말했다.

메일을 열었다.

준님, 처음 뵙겠습니다.

일기, 읽었습니다. 대단한 일을 하고 계시네요. 존경스럽습니다.

저 또한 일이 꽤 힘들다고 생각했는데, 준님의 대단함을 생각하면 벌받을 판이로군요. 앞으로도 힘내십시오. 저도 힘내겠습니다!

에이미님 말씀인데, 저는 딱 한 번 오이즈미학원 커뮤니티 오프에서 만난 적 있습니다. 사람 수도 적어서 그리 재밌지는 않은 오프 모임이었는데, 옆에 앉았던 게 에이미님이었습니다.

말수가 적은 여자로, 사이버 프렌드가 되기는 했지만, 그저 그뿐이었습니다.

한 번밖에 만나지 않았지만, 그렇게 죽었다니 좀 충격이네요.

명복을 빕니다.

그건 그렇고. 괜찮다면 사이버 프렌드가 되어 주세요☆ 덧붙여 저는 오이즈미학원 쪽에 있는 만화 편집 프로덕션에 있습니다. 조만간 만나고 싶네요.

앞으로도 잘 부탁드립니다!

신고.

"신고라, 쓸데없이 활기 찬 녀석이로군."

"사이버 프렌드가 되어 달라니. 어떻게 하죠?"

"해 줘도 되잖아. 우리 청소 얘기를 만화에 쓸지도 모르지."

"너무 칙칙해서 안 되지 않겠어요?"

"엇, 또 왔다. 이번엔 '다쓰로'다."

전략.

쓰시마 에미님의 서거에 진심으로 조의를 표합니다.

친절하게 연락 주셔서 감사드립니다.

나카이 다쓰로.

레이가 미간을 찌푸렸다.

"이 사람, 몇 살이야?"

나는 프로필을 확인했다.

"68세라는데."

레이가 질렸다는 듯 말했다.

"어디서 안 거야? 68세인데 오프 모임이라도 나갔다는 거야?"

"아, 두 사람 모두 단카(일본 전래의 정형시 역주) 커뮤니티에 들어 있네요."

"단카 커뮤니티 오프에서였나. 쓰시마 에미도 꽤 폭이 넓었군."

한참 동안은 다음 메일이 오지 않았다. 레이는 졸음이 오는 모양인지 하품을 하면서 벌렁 드러누웠다.

그때 다시 메일 도착 알림이 떴다.

이번에는 '시오리'였다.

안녕하세요. 메일 받았습니다. 고맙습니다.

에이미님 일은 정말 충격적인 사건이라 도저히 믿어지지 않는군요.

에이미님과는 2년쯤 전에 '네리마 커뮤니티' 오프 모임에서 처음 만 났습니다. 집이 근처라서 가끔 만나 차도 마셨는데, 그러다가 불러내 도 사양하곤 해서 그대로 연락이 끊어졌습니다.

마지막으로 만난 게 재작년 여름 무렵이었던가. 어떻게 지내는지 가 끔 신경이 쓰이곤 했습니다만. 이렇게 될 줄 알았더라면 좀 더 끈질 기게 메일이나 전화를 할 걸 그랬나 봅니다.

에이미님은 아르바이트 하는 데서 왕따를 당하고 있다고 했습니다. 만일 자살했다면 그게 원인일지도 모릅니다. 가족에 대해서는 하나도 모릅니다. 친척이 없다고 말한 것 같습니다.

아무 도움도 못 되지만, 그래도 명복을 빕니다.

추신

아까 준님의 일기를 처음으로 읽었습니다. 굉장했습니다.

팬이 되었습니다. 뜬금없이 죄송합니다.

나가미네 시오리.

"상당히 깔끔한 느낌의 사람이로군. 쓰시마 에미는 시오리 쪽에 뭘 써 놨지?"

"잠깐만요."

나는 '시오리'의 일기를 띄웠다. 오랫동안 갱신이 없었다. 쓰시마 에미와 마지막으로 만난 것이 1년 반 전이라고 하니까, 글을 남겼다면 그 이전이 될 것이다.

2년 전까지 거슬러 올라가 보았다.

"에이미, 에이미… 있다!"

에이미:

2004.3.27 22 : 28

가르쳐 주신 '셀마 블랑쉬' 치즈 케이크는 아주 맛있었습니다. 에코다에 그렇게 좋은 가게가 있다니, 깜짝 놀랐습니다. 다음에 또 같이 가요. 하긴, 난 다이어트를 해야만 하지만서도(웃음).

시오리:

2004.3.27 22 : 58

에이미님, 스타일이 좋으니까 다이어트 따위는 하지 않아도 되잖아요? 살 빼야 되는 쪽은 나라고요. 직장에서 잔소리를 들었다고 먹는 걸로 풀고 말았네요.

너무 신경 쓰지 말아 주세요(웃음).

에이미:

2004.3.28 10:18

그렇게는 안 되죠. 다음에 얘기해요. 후후☆

"시오리 씨는 말이야, 쓰시마 에미의 사생활에 대해 여러모로 알고 있었던 거 아닐까?"

레이가 말했다.

"응, 그런 거 같아요. 글을 보면 꽤 친했던 거 같아."

"시오리 씨한테 메일을 보내서 얘기를 좀 듣고 싶다고 해봐. 같이 케이크 먹자고. 네 팬인 거 같으니까 좋아할 거야. 뭐 하면 내 중고 세르시오(대형 승용차 이름 역주)로 바래다 줄게."

나는 레이가 이 일에 대해 적극성을 보이는 것이 기뻐서 말했다.

"레이도 이제 관심이 가나 보네."

"시오리 씨, 틀림없어 미인일 거야. 더구나 성격도 좋잖아. 나하고 나이도 같고, 왠지 느낌이 잘 될 것 같은데."

"그거였어요?"

나는 고개를 푹 숙였다.

시오리님께.

준입니다.

빠른 답변 주셔서 감사합니다.

시오리님은 쓰시마님의 친구였죠. 쓰시마님하고 친했던 분을 찾았는데, 만날 수 있게 되어 감동입니다.

이번 기회에 잘 부탁드립니다. 부근에 사시니까 다음에 같이 케이크라도 드시죠.

괜찮으시면 조만간 만날 수 없을까요? 쓰시마 씨에 대해서도 여러 얘기를 나누고 싶고요.

답신해 주시면 감사하겠습니다.

아, 그리고 일기 칭찬해 주셔서 고맙습니다.

힘든 일이지만 그런 말을 들으면 꽤 힘이 됩니다.

힘내서 또 쓰겠습니다.

"이제 송신해야지."

"쓰시마 에미 말이야, 이 시기에 애인이 생긴 거 아냐?"

시오리의 일기를 읽던 레이가 말했다.

"예? 왜요?"

"다이어트 해야 한다느니, 뭔가 숨은 뜻이 있는 것 같은 말투하며. 이건 시오리한테 남자가 생겼다는 걸 은근히 내비치고 있는 거 아니겠냐고."

“아, 그렇군요.”

“시오리의 다음 일기는 1주일 뒤에 올라왔는데, 에미는 거기에 ‘좋아하는 사람을 위해 케이크를 굽는 건 행복할 거예요☆ 그래도 나는 살찌면 안 되니까 힘든 일일지도♪’라고 썼어.”

“뭔가 말하고 싶어서 참을 수 없다는 느낌이네요.”

“그래 맞아. 그래서 시오리도 찔러 보고 있잖아. ‘뭐 좋은 일이라도 있는 거 아닌가~. 그렇다면 에코다에서 즐겁게 마시자☆모임의 오프 모임에서? 에이미님도 여간내기가 아니네요 (웃음)’라고.”

‘에코다에서 즐겁게 마시자☆모임’의 오프 모임 날짜를 살펴보았다.

있었다. ‘봄 오프 모임’. 열린 날은 2004년 3월 26일.

“쓰시마 에미가 남자와 만났던 것처럼 쓴 건 다음 날이네요.”

“그렇다면 에미 씨가 ‘에코다에서 즐겁게 마시자☆모임’ 커뮤니티에서 남친을 잡았다고 생각해도 되지 않을까?”

그런 얘기를 나누고 있자니 시오리에게서 다시 메일이 왔다. 내일은 쉬는 날이니까 오후라면 괜찮다고 하기에 우리는 치즈 케이크가 맛있다고 소문난 에코다의 ‘셀마 블랑쉬’에서 만나기로 했다.

다음날, 나와 레이는 '셀마 블랑쉬'에서 안절부절못하면서 나가미네 시오리가 오기를 기다렸다.

"시오리 씨는 상냥한 느낌의 좋은 사람이야. 더군다나 필시 미인일 거다."

레이는 혼자 멋대로 정해놓고 들떠 있었다.

'셀마 블랑쉬'는 이름 그대로 나무 테이블이나 찬장까지 하얀 페인트로 칠한, 동화풍의 약간 낡은 느낌의 가게였다.

오후 2시. 하얀 문이 딸랑딸랑 소리를 내면서 열렸다. 들어온 여자는 망설이듯 가게 안을 둘러보았다. 나와 레이의 외모는 메일로 전해 놓았다. 이윽고 여자의 눈이 창가에 앉은 우리에게 머물렀다.

나와 레이는 일어나 여자가 다가오는 것을 웃는 얼굴로 기다렸다.

프로필에는 26세라고 되어 있었다. 그런데 아무리 좋게 봐줘도 그 얼굴 생김이나 체형, 옷 취향을 보면 30대 후반은 됐을 것 같았다.

겸연쩍은 얼굴을 하고 있는 레이에게 나는 다정하게 말했다.

"흔한 일이에요."

레이는 작은 소리로 당했다고 중얼거렸다.

"쉬는 날에 귀중한 시간을 빼앗아 죄송합니다."

나와 레이는 시오리에게 머리를 숙였다.

“아녜요. 오늘은 가게가 쉬어서 마침 잘 됐어요. 에이미님 일은 전부터 맘에 걸렸는데, 돌아가셨다는 말을 듣고는 어떻게 해야 할지 몰랐거든요. 게다가 준님을 뵙게 되어 영광이에요.”

그렇게 말한 나가미네 시오리는 보름달처럼 퉁퉁하고 하얀 얼굴에 수줍은 웃음을 떠올렸다. 검은 머리를 리본으로 하나로 묶었으며, 은테 안경 뒤로는 이상할 정도로 큰 눈. 안경 도수가 높아서 안구만 크게 보이는 것인지도 모른다. 그 이외에는 아주 인상이 흐릿한 생김새였다. 가슴 한가운데에 원 포인트 문양이 들어간 티셔츠에 기다란 스커트를 입었다. 직업은 약국 판매원이라고 했다. 수요일이 정기휴일인 모양이었다. 미인은 아니었지만 차분한 태도에 호감이 갔다. 인사치레로 하는 말일지도 모르지만, 내 일기 팬이라는 말도 기분 좋았다.

에코다의 주택가에 있는 ‘셀마 블랑쉬’는 모르고 왔으면 지나쳐버릴만한 작은 가게였지만 ‘네리마 커뮤니티’에 올라온 글에도 있다시피 눈처럼 입안에서 녹는 휘핑크림을 얹은 치즈 케이크가 일품이었다.

단것이 질색인 레이는 비터 초콜릿 케이크를 주문했다. 이것도 단맛은 줄여 놓았지만 매끈하고 묵직한, 본격적인 벨기에풍 초콜릿 케이크였다.

“케이크를 아주 좋아해서 자꾸 먹게 돼요. 그러니까 살찌는 거겠죠.”

시오리는 그렇게 말하면서도 기쁘게 치즈 케이크를 덥석덥석 입으로 날랐다.

그 먹는 모습에 보는 사람 입가에도 저절로 미소가 지어졌다.

“쓰시마 씨하고는 종종 케이크를 먹으러 왔었나요?”

“네, 처음 만났을 무렵에는 커뮤니티에서 추천한 가게는 모조리 먹으러 다니자고 했죠. 그러다가 도중에 에이미님이 다이어트를 시작했다면서 케이크에는 손을 대지 않게 됐어요.”

초콜릿 케이크를 처치 곤란해 하던 레이는 자꾸 커피를 마셨다.

나는 쓴웃음을 지으면서 레이에게 말했다.

“무리하지 않아도 돼. 나머지는 내가 맡을게요.”

“미안하다. 부탁해.”

레이가 안심한 듯한 얼굴로 말했다.

시오리는 나와 레이가 주고받는 모습을 재밌다는 양 물끄러미 쳐다보고 있었다.

나는 시오리에게 물었다.

“쓰시마 씨는 사교적인 분이었나요? 커뮤니티의 오프 모임에는 많이 나왔던 모양이던데요?”

시오리는 고개를 가로 저었다.

"그게요, 에이미님, 불쌍할 정도로 주뼛거렸어요. 목소리도 작아서 잘 들리지 않았고요. 그런데도 오프 모임에 자주 나오다니, 다른 사람도 이상하게 여길 정도였어요. 내가 옆에 앉았기 때문에 이런저런 얘기를 하다가 친해지긴 했지만, 나중에 물어보니까 자신이 없어서 사람 앞에서는 얘기를 잘 못한다고 하더군요."

놀랐다. 고상하다고 해야 할까. 그 정도의 용모를 타고났으면서도 그렇게 생각했다는 말인가.

"고모네에 있는 인쇄소에서 일한다고 했는데, 거기서 왕따를 당했대요. 친구도 없고, 실연당해 쓸쓸하고, 집에 혼자 있는 게 괴로우니까 뛰어내리는 심정으로 오프 모임에 나왔다고 나중에 털어놓더라고요."

이타바시 구에 있는 고모네는 에코다에서도 비교적 가까웠다. 나도 한때 고모네에 있는 오래된 창고에서 반품 정리 아르바이트를 한 적이 있다. 주택가 한 가운데에 공장과 창고가 늘어서 있어서 어딘지 살풍경한 분위기의 동네다.

어쩐지 쓰시마 에미와는 어울리지 않는 느낌이 든다. 보다 도시적이고 화려한 일이나 장소를 골랐을 것 같았는데…. 왕따도 그녀가 거기서 두드러졌기 때문에 당한 것 아니었을까?

고모네의 인쇄소, 왕따, 실연. 어쩐지 사진의 이미지와는 상당히 거리가 있다.

레이가 중얼거렸다.

"아깝네. 왕따니 실연 따위로 죽다니."

"에이미님, 실연한 다음에 곧바로 딴 사람하고 만났던 모양이에요. 확실히 얘기해 준 건 아니지만, 어딘가 그런 기색을 보였어요. 그런데 그것도 잘 안 됐던 것 같아요. 그러다가 차 한 잔 하자고 해도 나오지 않고, 메일 답신도 안 오게 되었죠. 나도 좀 화가 나서, 그럼 나도 됐네요, 라는 식이 되어버린 거예요. 인터넷으로 알게 된 친구란 게 그런 부분이 있더라니까요."

만나서 친해지기는 빠르지만 깨지는 것도 빠르다. 인터넷을 통한 만남의 숙명이리라.

"쓰시마 씨, 누구하고 사귀었는지 이름은 못 들었나요?"

내 물음에 시오리는 고개를 저었다.

"말해 주지 않았어요. 너무 꼬치꼬치 묻기도 그래서요."

레이가 시오리에게 물었다.

"'에코다에서 즐겁게 마시자☆모임'이라고 아십니까?"

시오리는 깜짝 놀란 듯이 눈을 크게 떴다.

"네."

"거기서 안 남자라고 생각할 순 없을까요?"

"실은 나도 그렇게 생각했어요. 에이미님한테 그렇지 않냐고 물어본 적도 있긴 한데, 슬쩍 받아넘기더라고요. 그래도 시기상으로 볼 때 거기 말고는 없어요."

역시. 나와 레이는 서로 눈짓을 주고받았다.

"에이미님이 나한테 남자 애기를 안 한 건 별로 좋은 관계가 아니었기 때문이 아닌가 싶어요. 아무래도 돈을."

시오리는 말하기 껄끄러운 듯 입을 다물었다.

"돈이요?"

나와 레이는 동시에 말했다.

"돈을 뜯긴 게 아닌가 생각돼요. 에이미님, 밖에서 놀지도 않고 쓸데도 없어서 돈을 꽤 모았다고 했거든요. 남자가 그걸 알고 붙은 것 같은 기분이 들어요. 에이미님하고는 그 무렵부터 만나지 않게 되었습니다. 빌린 책이 있어서 마음에 걸리기는 했지만."

그렇게 말한 시오리는 자그마한 '셀마 블랑쉬' 봉투에서 책을 꺼냈다. 다자이 오사무의 문고판 '석양'과 '인간실격', 아키야마 사토코의 '꿈은 사람에게 무엇을 전하는가', 다니엘 G. 에이멘의 '사랑과 우울이 생기는 장소'로 네 권이었다.

"예? 쓰시마 씨, 다자이 책 같은 걸 읽으세요?"

내가 말하자 레이가 눈을 동그랗게 떴다.

“너도 다자이 읽니?”

“응.”

다자이 오사무는 10대 무렵부터 탐닉했다. 내 자신에게 진절 머리가 날 때 다자이를 읽으면 묘하게 안심이 된다. 반대로 추락 일변도로 치닫는 주인공에 지나치게 감정 이입하여 읽는 것이 힘들 때도 있다. 그토록 격렬하게 감정을 흔든 것은 다자이의 소설이 처음이었다.

‘꿈은 사람에게 무엇을 전하는가’도 추억의 책이다. 너무나 이상하고 기분 나쁜 꿈을 꾸기 때문에 심리학이나 꿈에 관한 책은 모조리 읽어댔다. 상당히 마이너에 속하는 책이라고 생각했는데, 설마 쓰시마 에미도 읽었을 줄이야.

“오랫동안 에이미님한테서 빌린 채였는데, 이거 돌려 드리고 싶어요.”

“아니, 괜찮습니다. 그냥 갖고 계셔도요.”

“아녜요. 역시 마음에 걸려요.”

시오리는 고집스럽게 말했다.

“그럼 받아 두겠습니다.”

나는 고개를 숙였다.

“저는 에이미님을 이용했습니다. 일 마치고 돌아오는 길에 잠깐 같이 차 마실 친구가 필요했던 거예요. 에이미님도 쓸쓸해했으니까 부르면 얼른 올 걸 알았죠. 그럴 걸 알고서 가벼운 마음으로 불러냈어요. 나한테 그녀는 혼자 있는 시간을 메워주는 역할에 불과했던 겁니다. 진심으로 친구로 생각했는지 어땠는지는 나도 알 수가 없네요. 그런 의미에서는 에이미님께 정말 면목이 없어요.”

시오리는 백을 뒤져 큰 사진 한 장을 꺼냈다.

“이거, ‘네리마 커뮤니티’ 오프 모임 사진이에요. 제일 앞줄 오른편 끝, 내 옆에 있는 게 에이미님입니다.”

나가미네 시오리는 금방 알 수 있었다.

그렇지만 쓰시마 에미는 없었다.

보는 쪽에서 볼 때 왼편은 지긋한 나이의 남성. 오른편에 있는 것은 수수한 단발머리의 눈에 띄지 않는 여성이었다.

“저어, 죄송합니다. 쓰시마 씨, 없는데요?”

시오리는 이상하다는 듯 말했다.

“무슨 말씀인가요? 여기 분명히 있잖아요.”

집게손가락으로 단발머리 여성을 가리켰다.

그곳에 있는 것은 여권 사진의 여성과는 조금도 닮지 않은, 완전히 다른 사람이었다.

4

곤혹스러워 하는 시오리를 집으로 보내고 나와 레이는 집을 향했다.

우리 역시 영문을 알 수가 없었다.

우리가 치운 집 주인이 쓰시마 에미가 아니었던가? 욕조에서 녹아버린 여자. 술을 마시고 수면제를 먹고 뜨거운 물속에 몸을 담근 여자는?

아니다. 애초에 쓰시마 에미란 어떤 사람이었는가. 시오리가 말한 쓰시마 에미는 자신감이 없어 주뼛대는 여자였다. 외모도 못생겨서 오프 모임의 단체 사진에 눈에 띄지 않는 표정으로 담겨 있다.

하지만 여권 사진의 여자는 그 여자와 전혀 다르다. 자신감에 넘쳐, 자기 아름다움을 과시하는 것처럼 정면을 똑바로 보고 찍었다.

어쩌면 쓰시마 에미라는 같은 이름의 여자가 있었던 것 아닐까? '사이버 포레스트'에 있던 쓰시마 에미는 욕조 안의 여자와는 다른 사람이었던 것일까? 그러나 시오리에게서 들은 에이미의 주소와 우리가 청소했던 집의 주소는 같았다.

영문을 알 수 없었다.

레이가 탁 하고 운전대를 치더니 말했다.

“알았다. 쓰시마 에미는 가짜 여권을 만들어 어떤 국제 범죄에 가담하려 했던 거야. 필시 마약 밀수나 뭐 그런 거였겠지.”

나는 어이가 없어 말했다.

“토요 서스펜스 극장을 너무 본 거 아녜요? 국제적 음모라니, 그 여자 캐릭터하고는 안 맞잖아요.”

캐릭터와 맞지 않는다.

나는 시오리의 얘기를 들으면서 내내 그런 생각을 했다. 여권 사진의 여자와 시오리가 오프 모임에서 만났던 여자와는 캐릭터가 맞지 않는다고.

“아니, 이상하지 않아요? 시오리 씨, 쓰시마 에미는 자신감이 없어서 주뼛거렸다고 했는데, 여권 사진의 여자는 그런 느낌이 아니었잖아요.”

레이는 고개를 갸웃거렸다.

“분명 그렇지는 않았어.”

어찌된 일일까? 망연히 생각에 잠겨 창밖으로 눈을 돌리자 야와라의 쓰레기처리 시설 굴뚝이 하얀 연기를 뭉게뭉게 뿜어내는 것이 보였다.

문득 엘레노어 릭비 생각이 났다. 외롭고 가난한, 어느 누구의 보살핌도 받지 못하고 혼자 죽은 여자, 엘레노어 릭비. 네가 죽어도 울 사람은 아무도 없다.

예전에 보육원의 영화 감상회에서 비틀즈의 만화영화 '옐로 서브마린'이 상영되었다. '엘레노어 릭비'는 거기서 나왔던 노래다. 리버풀 거리가 등장하고 오래된 굴뚝이 비쳐졌다. 그 광경에 극적으로 노래가 깔린다.

고독한 사람을 보렴. 모든 고독한 사람들을.

우리 청소부 일도 인간의 고독을 확인하는 일이다. 혼자 죽어서 죽은 것조차 알아주지 않았던 인간의 고독을 볼 수밖에 없는 일이다.

시오리의 이야기에 나왔던 오프 모임의 수수한 여자는 욕조에서 죽은 쓰시마 에미의 이미지와 딱 들어맞는다. 그리고 엘레노어 릭비의 이미지와도 일치한다.

그렇지만 여권 사진의 여자는 그 애기와 현저히 동떨어져 있다.

다른 사람일까? 여권 사진의 쓰시마 에미는 가짜인가. 아니면 그것이 진짜였을까?

레이가 중얼거렸다.

"욕조에 빠져 얼굴이 녹았다면 누가 누군지 모를 거야."

"설마!"

"쓰시마 에미로 행세하던 여자가 있었다. 여권 사진의 여자는 가짜고, 그 여자는 쓰시마 에미를 사칭하여 나쁜 짓을 벌이려 했다. 방해가 된 진짜 쓰시마 에미는 자살로 꾸며 죽였다.”

나와 레이는 마주 보았다.

욕조 안에서 죽은 여자는 대체 누구인가.

“시오리 씨가 쓰시마 에미의 책을 돌려줬잖아요.”

“응.”

“만일 그 책에서 시오리 씨 것 외의 땀이나 피지 같은 게 검출된다면 어떻게 되죠?”

“그렇군! DNA 감정. 우리가 가지고 있는 잔류물과 책에 붙은 피지 성분을 대조해 보면, 적어도 욕조 안 여자가 시오리 씨가 알고 있던 쓰시마 에미인지 아닌지는 알 수 있다는 말이로군.”

잔류물은.

“살점.”

감정에 그보다 적합한 것은 없다.

나는 고개를 갸웃했다.

“하지만 어떻게 해야 되죠?”

돈도 들 테고, 누구한테 부탁해야 될지도 모른다.

레이가 퍼뜩 얼굴을 들었다.

“그래. 그 녀석에게 시키면 돼.”

"DNA 감정 같은 걸 시킬 데가 있어요?"

"있지."

레이는 단호하게 끄덕이고는 오른쪽으로 꺾어 들어왔던 길을 유턴하여 다시 메지로 길로 차를 돌렸다.

5

오이즈미학원 거리, 일련종 원승사. 그곳이 레이의 목적지였다.

자갈이 깔린 경내에 들어서니 차가 몇 대 늘어서 있었다. 본당에서는 승려의 낭랑한 독경 소리가 들려왔다. 법회가 한창인 모양이었다.

"일하는 중이군. 좀 걸릴 거 같은걸."

레이는 정면의 대계단에 앉아 천천히 담배를 피웠다.

나도 레이 옆에 앉아 '셀마 블랑쉬' 봉투에서 '사랑과 우울이 생기는 장소'를 꺼냈다. 띠지에는 "우울, 불안, 고독, 긴장, 패닉, 집착, 분노를 낳은 것은 '뇌'다"라는 광고문이 있었다.

우울과 불안과 패닉. 수면제를 상용했던 쓰시마 에미는 이 책을 읽고 위로와 해답을 얻었을까?

책을 펼치자 〈*결혼과 뇌 ─ 아이를 괴롭히는 부부 관계〉라는 항목이었다. 뇌의 대상회 부분이 비정상적으로 격렬하게 활동해서 관심을 다른 곳으로 돌리지 못해 집요하게 집착하게 된 아내와 ADHD ─ 주의력결핍 과다행동장애로 주의하려고 하면 할수록 주의할 수 없게 된 남편. 이 두 사람이 잘 될 리기 없었기에 해결책으로 아내에게는 항우울제 프로작을 투여하고 남편에게는 중추신경 자극제 리타린을 투여했다. 투약에 의해 두 사람의 관계는 눈부실 정도로 개선되었다.

뇌 안의 신경세포가 인격을 만들고, 그리고 그것을 지배하는 것이 약물이라는 말인가. 그렇다면 인간의 성격이나 기질은 약물에 의해 변경이나 수정이 가능하다는 것인가.

판권 표시를 보려고 마지막 페이지를 펼치자 무언가가 팔락하고 떨어졌다.

주워들어 보니, 초록색 선명한 초원의 그림엽서였다.

보낸 사람은 쓰시마 에미. 시오리 앞으로였다.

안녕하세요.

지금 나는 고향인 니시쓰가루, 니시메야무라에 있습니다.

저희 생가는 댐 예정지가 되어 이미 형체조차 남아 있지 않습니다만,

마을이 있던 곳이 초원 말고는 보이는 게 없을 정도가 되어버려서 무

서울 정도로 조용합니다.

그리고 이 세상이라고 여겨지지 않을 정도로 아름답습니다.

초원이 없어지기 전에 보고 싶어서 발작적으로 찾아왔습니다.

선물 좀 사서 갈게요.

2004. 5. 2

세심하고 꼼꼼한, 그렇지만 몹시 가는, 미덥지 않은 글씨였다.

쓰시마 에미가 초원에 서 있는 환상이 눈앞에 떠올랐다.

눈에 보이는 것이라고는 부드러운 황갈색 풀뿐, 그것을 바람이 산들산들 흔든다. 마치 사후 세계인 양, 소리가 완전히 단절되어 있다.

지워진 마을. 아름다운 폐허. 이 초원도 언젠가는 사라진다.

이 땅에 손을 대면 안 된다. 그냥 두어야 한다. 왜냐면 그곳에 사는 사람들의 슬픔이 아직 생생하기 때문이다.

졸린 금색 햇살 가운데 서 있는 쓰시마 에미의 얼굴은.

보이지 않았다. 새하얀 손수건으로 덮여 있다.

나는 머리를 흔들었다.

"시오리 씨가 생각하던 것 이상으로 쓰시마 에미는 그녀에게 친근한 감정을 가지고 있었던 것 아닐까? 요즘에 그림엽서라니, 장기 여행을 가더라도 안 보내잖아요."

“쓰시마 에미는 아날로그 인간이 아니었을까? PC도 안 가지고 있었고, 직접 손으로 글씨를 쓰는 걸 좋아했을지도 몰라. 원래 글 쓰는 거 좋아하는 사람 있잖아. 무조건 편지나 엽서를 쓰는. 하트나 꽃 그림을 넣어서 말이야.”

“그거야 레이가 인기 있으니까 그런 거고. 난 그런 거 받아 본 적이 없어.”

“넌 여자가 제일 손대기 어려워하는 타입이니까 그래. 괜히 얼굴은 잘생겨서 콧대가 높아 보이지.”

“그런가.”

“아무리 봐도 여자한테 무관심해 보여. 그거부터 고치는 게 좋아.”

호스트 클럽에 나갔을 때의 쓴 경험이 떠올랐다. 그렇게 보였다면 여자 손님하고 잘 될 리도 없다.

레이가 엽서를 팔락거리면서 그럴싸한 말을 했다.

“이 엽서가 손에 들어온 건 큰 수확이야. 왠지 알아?”

나는 고개를 갸웃했다.

“쓰시마 씨의 출생지를 알 수 있으니까?”

레이는 고개를 젓고 말했다.

“우표야. 붙일 때 침을 발랐을 거야.”

“아, 그렇구나!”

우표에 붙은 침으로 DNA 감정이 가능하다. 욕조에서 녹아 버린 여자가 시오리와 친했던 쓰시마 에미인지 아닌지. 그것을 알 수 있는 확률이 확 높아지는 것이다.

그때 법회가 끝났는지 미닫이문이 닫혀 있는 본당 안에서 왁자지껄 하고 사람 소리가 나오기 시작했다.

"이런, 끝났나 보다."

레이는 황급히 담배를 끄고는 살금살금 계단 옆으로 돌아갔다. 나도 레이 뒤를 따랐다.

미닫이가 열리고, 안에서 검은 예복을 입은 사람들이 나왔다. 어떤 종류의 법회인지는 모르지만 사람들 얼굴에 심각한 어둠은 없었다. 오히려 중년의 사람들이 즐겁게 담소하면서 연이어 계단을 내려왔다.

자갈 소리가 나고, 그들의 차가 한 대, 또 한 대 떠나는 모습을 본당에서 어슬렁어슬렁 나온 젊은 승려가 배웅했다. 그는 이윽고 크게 하품을 하더니 목을 빙빙 돌리기 시작했다. 그때, 아래에서 올려다보는 레이를 보고는 흠칫 동작을 멈췄다.

"아, 아니! 레이 씨 아녜요."

레이는 빙긋빙긋 웃으면서 말했다.

"어이, 페니노. 제대로 중 노릇 하고 있는 거 같군."

검은 장삼 위에 금색 가사를 걸친 승려는 허둥지둥 계단을 내려왔다.

“거기서 뭐 하는 겁니까?”

“널 기다리고 있었지. 부탁 좀 할까 하고.”

“아는 분에게 불행한 일이라도?”

“아냐. 그렇지만, 뭐, 불행의 연속이나 다를 바 없지.”

나는 입을 떡 벌리고 레이와 스님이 주고받는 모습을 보았다.

“너, 아직도 일 남았어?”

“아니, 오늘은 이제 문 닫으려고요.”

“그럼 잠깐 시간 좀 내. 맥주라도 한잔 하지.”

“아직 훤한데요?”

“뭐야, 싫다는 거야?”

“아, 아뇨. 그럼 옷 갈아입고 올 테니 조금만 기다려요.”

계단을 달려 올라가 본당 옆 복도를 쏜살같이 달려가는 승려
의 뒤를 나는 입을 벌린 채 바라봤다.

“누구예요, 저 사람.”

“페니노.”

“그건 별명이잖아요. 본명은?”

“무라카미. 그 다음은 잊어버렸다.”

“페니노라니, 뭔 뜻이에요?”

“글쎄, 틀림없이 야한 의미가 있었던 것 같은데, 잊어버렸

어.”

“엉터리 같긴.”

잠시 후, 래퍼 같은 차림의 페니노가 별채에서 달려 나왔다. 대머리에 New Era 모자를 쓰고 4 Ballers Clothing 검정 티셔츠에 위장 무늬 힙합 바지. 해골 목걸이까지 하고 있었다. 완벽한 흑인 패션이었다.

“많이 기다리셨죠. 레이 씨 차에 타도 됩니까?”

“네 차 타.”

“안 돼요, 이런 모습으론. 시주들이 보면 난리 나요. 되도록 먼 데 있는 가게로 가 주세요.”

좀 더 일반적인 차림을 하면 됐을 거 아니냐는 생각이 들었지만, 빡빡머리에 어울리는 패션은 이거밖에 없다는 페니노의 주장에 나는 고개를 끄덕이지 않을 수 없었다.

너도 나름 고생하고 있구나, 하며 레이가 킥킥거리는 가운데 페니노는 뒷좌석에서 몸을 바로 하고 얌전히 앉아 있었다.

후지 가도 연변의 패밀리 레스토랑, 빅 사이즈 햄버거와 스테이크가 전문인 ‘텍사스 보이’에 우리는 자리를 잡았다.

“갈 땐, 네가 운전해.”

나한테 그렇게 명령하더니 레이와 페니노는 생맥주 큰 잔을 시켰다.

메뉴에 실린 빨간 고기를 보니 아무래도 어저께의 광경이 떠올라 무언가 가슴으로 울컥 올라왔다. 나는 새우 볶음밥과 샐러드바, 그리고 자유 선택 음료를 시켰다. 레이와 페니노는 300그램짜리 스테이크와 샐러드바. 레이에게는 어제 일 내용 따위는 아무렇지도 않은 모양이었다.

레이는 페니노와 잔을 부딪치자마자 단숨에 반쯤 목으로 흘려 넣었다.

"얘가 중 모습을 하고 있지만 말이야, 원래 의대생으로 법의학을 공부했거든. 아직 연구실에 남아 있지?"

"네, 아직 있습니다. 가업을 잇기는 했지만, 아무래도 연구가 재밌어서요. 언젠가 세계가 깜짝 놀랄만한 대발견을 해낼 생각입니다."

"이러니저러니 해도, 한방 터뜨리고 싶단 말이로군."

"헤헤, 이를 테면 그렇죠."

페니노는 모자 위로 머리를 긁적였다.

"이제 정식 승려가 된 건가?"

"중으로서 틀어박혀서 남자들하고 너저분한 공동생활을 했죠. 그런데 목욕하는 게 고생이었습니다."

"아, 무늬 때문에?"

킥킥거리면서 말하는 레이에게 페니노는 얼굴을 찡그렸다.

"타투라고 해 주세요. 무늬도 악마와 십자가니까."

"그거… 너, 중 등짝에 악마하고 십자가는 곤란한 거 아냐?"

"그러니까 절대로 같은 업계 사람한테는 보여줄 수 없죠. 목욕은 항상 제일 마지막에 혼자서 남은 물로 했습니다. 그래도 나이 든 사람은 요즘 보기 드문 점잖은 젊은이라면서 마음에 들어 하니, 인생 참 알 수 없는 거더라고요."

두 사람이 만난 것은 4년 전. 페니노가 신주쿠 쇼쿠안 뒷골목에서 아시아인 불량배와 엉켜 있던 것을 레이가 구해줬다고 한다. 불량배라고 해도 칼을 휘두르는, 약물로 완전히 눈이 돌아간 위험한 상대였다.

"자칫했다간 살해당했을지도 몰라. 그런 데에는 자기 목숨이나 남의 목숨을 어처구니없이 싸게 보는 녀석들이 있거든."

레이는 엄청나게 싸움을 잘 한다. 유도, 가라테, 권투 등 모든 격투기를 마스터했다. 자기 몸은 자기가 지켜야 한다는 것이 그의 지론이자 인생 철학이다.

그 이후, 페니노는 레이를 생명의 은인으로 우러러 보았다. 그래서 아무리 무리한 부탁을 들이대도 거절하지 않는다고 했다.

흥미진진해진 나는 페니노에게 물었다.

"페니노 씨는 대학에서 어떤 연구를 하고 계신가요?"

"아, 대학에서 말인가요?"

페니노는 등을 곳곳하게 세우면서 말했다.

"음, 그게 말입니다, 적혈구형이나 DNA형의 유전 표식에서 아이의 부모를 알아내는 일을 합니다. 흔히 말하는 친자 감정이죠. 수수께끼 풀기 같아서 재밌어요."

"그래. 실은 바로 그 일로 너한테 부탁이 있거든."

레이는 쓰시마 에미 건을 페니노에게 설명했다. 목욕 중에 죽어 욕조 안에서 녹아버린 여자가 있는데, 방에 남은 여권 사진과 아는 사람이 보여준 사진의 얼굴이 전혀 다르다고.

"그리고 말이야, 그 여자가 애한테 나타나는 모양이야. 반질반질한 인형 모습으로, 뭉크의 '절규'처럼 귀를 막고 비명을 지르려고 한다나."

레이가 내 어깨를 쿡 찔렀다.

페니노는 조심스레 레이에게 물었다.

"나온다니, 유령 말인가요?"

"그래그래. 그래서 어떻게든 해야 한다 이 말이지. 녹은 시체, 얼굴이 다른 두 여자, 뭉크의 '절규'. 수수께끼를 좋아하는 너로서는 모르는 척 할 수가 없지 않냐?"

페니노는 미간에 주름을 지으면서 묵묵히 스테이크를 입으로 날랐다.

"그래서 부탁이란 건 다름이 아니라, 네가 DNA 감정을 해 주었으면 해. 연구실에 기재가 있으니까 그걸 살짝 사용하면 공짜로 할 수 있잖아."

페니노는 딸그락 하고 나이프와 포크를 내려놓았다.

"부패해 녹아버린 살점에서 말인가요."

"맞아."

페니노는 고개를 숙여 눈앞의 검붉은 고기를 가만히 쳐다보았다. 식욕을 잃은 모양인지, 완전히 손이 멈춰버렸다.

"아깝잖냐. 안 먹을 거면 나 줘."

레이는 페니노 앞에서 스테이크가 남은 철판을 들어올렸다. 나도 그렇지만 레이도 음식 남기는 것을 극도로 싫어했다. 그것은 하나의 강박관념이었다. 보육원에서 음식을 남기면 몹시 화를 냈을 뿐더러, 남길 정도로 많은 음식이 나오지도 않았다. 그런 아픈 기억의 흔적이 아직 남아 있다.

레이가 스테이크를 작게 잘라 입으로 던져 넣으면서 말했다.

"너한테 부탁할 게 하나 더 있는데."

"뭡니까?"

"그 여자가 성불할 수 있게 경을 읽어 줬으면 해. 아까 네가 하던 독경, 꽤 심오한 경지에 올랐던걸."

페니노는 울상을 지으며 말했다.

"좀 봐 주세요. 그 사람, 귀신으로 나타날 거예요. 혹시 귀신 들리기라도 하면 어떻게 해요."

레이는 페니노의 모자챙을 들어 올리더니 머리를 찰싹 때렸다.

"중이 유령을 무서워하면 어떻게 하나."

얼른 식사를 마치고는 꽁무니를 빼려는 페니노의 팔을 잡아 억지로 차에 태웠다.

"어쨌거나 경을 읽어 줘. 제대로 풀어 주지 않으면 원한을 살지도 모르니까 말이야."

"그러니깐 그렇게 위험한 거에는 엮이고 싶지 않다니까요."

오이즈미 학원에서 '리플렉스'까지는 차로 10분 정도. 일단 절로 돌아가 법복을 가져오게 했다. 페니노는 좀 봐 달라고 투덜대면서도 레이에게 절대 복종했다.

페니노는 차고 안쪽에서 법복으로 갈아입었다. 흑인풍 스킨 헤드 형님도 가사를 차려 입으니 훌륭한 승려로 보이는 것이 신기할 따름이다.

쓰시마 에미의 물건을 앞에 두고 페니노가 경을 읽는 동안 나와 레이도 조용히 머리를 숙였다. 페니노의 목소리는 굵고

낭랑해서 울림이 깊었다. 넋을 잃고 듣다보니 독경이 끝났다.

레이가 수고했다며 페니노의 어깨를 쳤다.

"좋은 독경이었다. 다음에 또 부탁해."

"다음엔 귀신으로 나타나지 않는 건으로만 부탁드립니다."

레이는 페니노의 반질반질한 머리를 다시 때렸다.

검체를 가지고 가야 하니까 일단 대학 연구실에 들러야한다는 페니노를 레이가 바래다 주기로 했다. DNA 감정에 필요한 쓰시마 에미의 타액이 묻은 엽서도 물론 가지고 갔다.

혼자가 된 나는 시오리가 돌려준 책을 팔락팔락 넘겨보았다. 얼마 되지 않아 입구 쪽에서 안녕들 하쇼, 하는 목소리가 들렸다.

니자에 있는 폐기물 처리업체 '클린 그린 서비스'의 노가미가 동그란 얼굴로 싱글벙글하면서 차고로 들어왔다.

"수고 하십니다. 화물 가지러 왔습니다."

"죄송합니다. 사정이 좀 있어서 드릴 수 없는 게 늘어났습니다. 가전제품하고 가구하고 이불, 쓰레기류만 가져가셨으면 합니다."

"괜찮습니다. 그래도 1톤은 될 것 같은데요."

트럭 한 대로 시작해서 사업을 일으켰다는 점에서는 노가미도 레이와 마찬가지였다. 사람 좋아 보이는 싱글벙글 얼굴이지만 눈은 날카로웠다. 산업폐기물 중간처리장 주인으로 올라오기 전에는 나름대로 치열한 인생을 걸었던 것이리라. 어딘지 그런 생각이 들게 만드는, 무시무시한 구석이 있는 웃음이었다.

노가미는 조수와 함께 척척 맞는 호흡으로 짐을 트럭에 싣더니 눈 깜짝할 사이에 떠났다.

그러면 이제 뭘 해야 하나. 조금 넓어진 차고를 둘러보았다.

일단 집으로 돌아가 '사이버 포레스트'에 들어가 볼까?

유지라는 남자가 마음에 걸렸다.

쓰시마 에미가 남자와의 만남을 시사하는 글을 남긴 것이 3월 27일. '에코다에서 즐겁게 마시자☆모임' 오프 모임이 열린 것은 3월 26일. "젊은 여성은 열렬 환영입니다♪"라는 커뮤니티의 글을 보면 유지는 좀 노는 남자 같은 느낌이 든다.

레이가 말한 것처럼 '사이버 포레스트'를 미팅 사이트로 이용해 커뮤니티에서 친해진 여자를 척척 낚아 올리고 있는 것은 아닐까?

유지의 일기에 대한 댓글은 남녀 합쳐 100건 가까이 된다. 내용도 재미있고, 댓글에 대한 대답도 능숙해서 상당히 인기 있는 것 같았는데 오프 모임 이후 일기가 급감했다.

그에게도 무슨 일이 있었던 것일까? 쓰시마 에미와 무슨 일이 있었다든가.

사이버 프렌드 중에 애인 비슷한 여자도 있었을까?

그런 사람을 찾아보려고 사이버 프렌드 리스트를 보다가 깜짝 놀랐다. 사이버 프렌드가 150명이었다. 그저 둘러보기만 해도 상당한 시간이 들 것이다. 그중에서 특별한 관계의 여자를 찾아내기란 극히 어려운 일이다.

어쩐다.

나는 어찌해야 될지 알 수가 없었다.

그때 레이에게서 전화가 왔다.

용무를 마치고 피자와 프라이드치킨을 사서 돌아오겠다고 한다. 나는 좋아서, 애플파이도 사오라고 했다.

"문제는 쓰시마 에미의 일기를 읽을 수 없단 거군. 그러면 그 여자가 게시판에 남긴 글이나 주워 읽는 수밖에 없고, 얼마 안 되는 정보에서 자초지종을 추리할 수밖에 없어. 이래서야 아무리 해봤자 결론이 나겠어?"

레이는 프라이드치킨을 물어뜯으면서 말했다.

"그렇죠."

따끈따끈한 베이컨 감자 피자를 입에 미어지게 넣으면서 나는 대답했다.

"요컨대 그 여자의 페이지에 들어가면 되는 거잖아."

"가능해요? 그런 해킹 같은 게?"

"해킹이라고 해봤자 별 거 아냐. 사람들이 알면 바로 흉내 낼 수 있어서 위험할 정도로 간단한 거라고."

"말도 안 돼. 어떻게 하는데요?"

"가르쳐주고 싶지 않은걸."

레이는 떨떠름해 했다.

"알았다. 침입 방법을 가르쳐주면 내가 레이 거에 들어갈까 봐 그러는구나."

"아니, 흔히들 그러잖아."

"안 해. 들어가면 들어간 게 탄로 나잖아요."

"응. 탄로 날 테지. 본인이 살아있는 경우라면."

그러니까 쓰시마 에미의 경우에는 OK다. 누가 침입하든 이 미 이 세상에 없는 사람이 신경 쓸 리가 없으니까.

"그러니까 말이야, 타깃이 되는 메일 주소하고 패스워드만 알면 누구든 들어갈 수 있어. 아까 시오리 씨한테서 쓰시마 에 미의 메일은 받아놨거든."

"그래?"

메일 주소는 휴대전화 것이었다. 그렇지만 주소를 안다고 쳐 도 쓰시마 에미가 쓰던 패스워드를 모르면 소용없다.

"실은 이번 같은 경우가 제일 어려워. 친구든 애인이든 가까

운 사람이 있어야 어떤 단어를 패스워드로 쓸지 예측할 수 있
거든. 예를 들어서 내 패스워드는 뭘 거 같아?"

"음, 모르겠어."

"아무 거나 상관없으니까 말해 봐."

네 글자 이상 64자 이하의 영문과 숫자의 조합. 순열을 생각
하면 알아내기란 불가능하게 여겨진다.

나는 되는대로 말했다.

"reflex."

레이가 입을 딱 벌리고 내 얼굴을 보았다.

"한방에 맞추는 녀석이 있다니."

"뭐어! 정말로 reflex란 말이야?"

레이는 맛없는 거라도 삼킨 듯한 얼굴로 말했다.

"응, 정말로 reflex야."

너무 단순해. 나는 배를 잡고 웃으면서 소리쳤다.

"그러니까 그런 식이야. 상대의 생활 습관이나 인생 배경,
취미나 기호를 알면 패스워드는 쉽게 해독할 수 있어."

아직 웃음을 거두지 못한 나에게 레이가 난처해하는 얼굴로
설명해 주었다.

나는 웃느라 숨차 하면서 말을 이었다.

“정말 그런 거 같네. 그렇지만 우린 쓰시마 에미의 취미도 기호도 별명도, 아무것도 모르잖아.”

“그게 문제지.”

“네 글자 이상 64자 이하의 영문과 숫자를 모조리 끼워 맞춰 본다는 건 사실상 불가능하다고 생각되는데요.”

“그러니까 일단은 친구 관계나 커뮤니티를 전부 살펴서 그 여자가 패스워드로 쓸 거 같은 걸 추리할 수밖에 없겠지. 시험 삼아 조금 해볼까?”

레이는 tsushima, emityan 등, 패스워드로 쓸 법한 영어를 입력해 보았다.

“안 먹히는군.”

“그렇게 간단히 되겠어요?”

“만약 쓰시마 에미의 페이지에 침입할 수 있으면 메일이든 일기든 전부 볼 수 있을 텐데.”

분명 그렇다. 수신한 메일이나 발신한 메일을 읽어보면 그녀가 인터넷 안에서 맺은 인간 관계는 대략 파악할 수 있으리라.

“어쩐지 남의 집에 침입하는 것 같네요. 이거, 범죄겠지만 솔직히 말해 재밌는데요.”

“그 여자, 다자이 좋아했지. dazai로 해봐. 안 돼? osamu는? 꽝인가?”

"안 되네요."

나는 레이가 말한 패스워드를 모조리 쳐보았지만 전혀 반응이 나오지 않았다.

이러다가는 끝이 없을 터니, 일단 오늘은 해산하자. 내일도 일이 있다. 말은 그랬지만 의뢰인은 정리 불능 증후군인 미사키 씨다. 시체를 상대로 하는 힘든 일도 아니고, 속속들이 잘 아는 사람이라서 정신적으로도 편하다.

오후 10시. 레이는 돌아가고 나는 혼자 남았다. 아직 이른 시간이다. 쓰시마 에미의 책이라도 읽으면서 마음을 가라앉히자.

'꿈은 사람에게 무엇을 전하는가.'

오늘 밤에는 좋은 꿈을 꾸면서 잠들고 싶었다.

6

미사키 씨가 사는 곳은 니시오치아이에 있는 하얀 타일의 고층 아파트였다.

미사키 씨는 항상 안경과 커다란 마스크를 하고 있었다. 지저분한 집이 부끄러워서 그런 모양이지만, 실제로도 마스크를 하지 않으면 먼지로 호흡기가 망가질 것 같은 상황이다.

도대체 어떻게 한 달 만에 이렇게 많은 쓰레기가 쌓일 수 있을까? 원룸인 집은 복도까지 발 디딜 곳이 없었다. 식탁 위까지 잡지니 깡통, 편의점 도시락용기 등이 차지하고 있었다. 아무 생각 없이 보다가 깜짝 놀란 것이, 도시락용기 위에 핑크색 샌들이 한 짝만 놓여 있기도 했다.

질 나쁜 농담 같았다. 어떻게 현관에서 여기까지 신발을 들고 와서 올려 두려는 생각을 했을까? 한 가지 더 경악할 일은 주전자 속에 텔레비전 리모컨이 들어 있다는 사실이었다.

미사키 씨는 작은 목소리로 이런데 있었구나, 하고 기쁜 양 말했다.

이 사람에게는 정말 ADHD라는 병이 있는지도 모른다. 물건을 치우려고 손에 들고 이동하는 도중에 흥미를 끄는 다른 물건이 있으면 방금 들고 온 것은 그 자리에 놓고 다른 물건으로 바꿔 들고 만다. 그래서야 영원히 집을 치울 길이 없다. 우리로서는 아주 좋은 장사가 되지만, 이렇게 그냥 놔두어도 괜찮은 것일까?

우습게도 미사키 씨는 어떤 먼지라도 빨아들인다는 초강력 업무용 청소기를 일반 가정에 팔러 다니는 일을 한다. 차라리 그 청소기로 자기 집의 모든 먼지를 빨아들이면 될 일을.

세 번째 방문이어서 마음이 놓였는지, 미사키 씨는 수제 인형 열쇠고리를 나와 레이에게 주었다. 고객에게서 받은 것이라고 했다. 펠트에 솜을 채운, 간신히 사람임을 알 수 있을 정도로 볼품없는 것이었지만 마음을 따스하게 해 주었다.

치운 쓰레기를 니자의 '클린 그린 서비스'까지 가지고 갔다. 도중에 국수집에서 점심을 때우고 야와라에 있는 '리플렉스'로 돌아오니 페니노가 와 있었다.

"여어, 페니노. 어쩐 일이야. 감정 결과가 나왔어?"

"그렇게 빨리 나오진 않아요. 이거, 어머님이 주랍니다."

직접 만든 빵이었다. 호두와 베이컨 등이 빵 속에 박혀 있었다.

"우와, 갓 구운 빵이네. 맛있겠는걸."

"레이 씨한테 잘 부탁드린다고요. 또 놀러 오라고 하셨어요. 우리 어머니, 레이 씨 팬이거든요."

알 것 같기도 했다. 연상인 여자부터 젊은 여자, 심지어 유치원생까지. 레이는 모든 나이의 여자들에게 인기가 있었다. 애초에 여자에게 서툰 나보다는 레이야말로 훨씬 호스트에 맞을 것 같았다.

레이가 페니노에게 말했다.

"그렇지. 잠깐 기다려 봐. 저번 그 여자의 오프 모임 사진하고 여권 사진이 있거든. 어제 보여주는 걸 잊어버렸네.”

페니노는 레이가 내민 두 장의 사진을 말똥말똥 보더니 깊은 한숨을 내쉬었다.

“당신들 눈은 장식품으로 달고 다니나요?”

“뭔 소리야.”

“이건 동일 인물이잖습니까.”

“설마!”

“말도 안 돼!”

나와 레이는 제각각 외쳤다.

“잘 보세요.”

페니노는 여권 사진의 오른쪽 귀를 가리켰다.

“귀 형태에 특징이 있습니다. 귓바퀴가 튀어나왔고 동그라니 귓밥이 통통합니다. 오프 모임 사진도 마찬가지고요.”

분명 그랬다.

페니노의 말대로, 귀 모양이 상당히 특징적이었고, 그것은 두 장의 사진 모두 같았다.

레이가 물고 늘어졌다.

“그렇지만 얼굴이 전혀 다르잖아.”

“전혀는 아니죠. 분명히 눈은 다릅니다. 오프 모임 사진은 졸린 것처럼 부석부석한 외꺼풀이지만 여권 사진은 크고 또렷한 쌍꺼풀이죠. 그래도 이런 정도의 변화는 성형 수술 전후 비교 사진에서 얼마든지 볼 수 있잖습니까?”

분명 사람의 얼굴은 눈을 쌍꺼풀로 바꾼 것만으로도 인상이 확 바뀐다. 어두웠던 표정이 밝아지고, 또한 막혀 있던 것이 트인 듯한 느낌이 든다. 그래도 그 정도 가지고 이 사진처럼 극적으로 변할 수 있을까? 애초에 골격이 전혀 다르지 않은가.

“광대뼈와 하관은 깎았네요. 턱에는 뭘 주입하여 뾰족하게 만들었습니다. 아마 프로테제나 히알루론산일 겁니다. 오프 모임 사진에서는 뺨도 홀쭉하고 관자놀이도 함몰되어 있죠. 그래서 상당히 나이든 인상을 주니까 뺨과 관자놀이에 콜라겐이나 히알루론산을 주입해서 부풀려 놓은 거 아닐까요.”

나는 페니노의 관찰력과 해박한 지식에 혀를 내둘렀다.

“상당히 잘 아시네요.”

“법의학 수업에서 엠바밍이라고 해서 시신 복구를 하는 것이 있거든요. 사람 얼굴의 복구 방법은 대략 알고 있습니다.”

“그러면 쓰시마 에미는 처음부터 한 사람밖에 없었다는 건가?”

“그렇게 되겠네요.”

어쩐지 김이 빠져버린 것 같았다. 어느 쪽이 진짜 쓰시마 에미인지 따위로 고민할 필요가 애초에 없었던 것이다.

레이가 말했다.

"그렇지만 굉장히 과감하게 변신했군. 이 정도면 안면 전체를 바꾼 거잖아. 예전에 이 여자를 알던 사람은 아무도 알아보지 못했을걸."

에미가 시오리를 만나고 싶어 하지 않았던 것도 당연하다. 이 얼굴을 봤다면 시오리는 충격으로 기절했으리라.

여권 발행 날짜는 2004년 12월. 마지막으로 시오리와 만난 것이 재작년 여름이라고 했으니, 2004년 8월 무렵일까?

그 사이에 쓰시마 에미는 얼굴을 바꾼 것이다. 하지만 이렇게 극적으로 얼굴을 바꿀 이유가 있었을까? 그토록 원래 얼굴이 싫었던 것일까? 진실의 얼굴을 내던지고 가면을 쓴 것 같았다.

나는 퍼뜩 생각이 났다.

"잠깐 집으로 돌아가 '사이버 포레스트'에 접속해 보고 싶은데요."

"2층 내 방에서 하면 되잖아."

"그랬다가는 레이한테 내 패스워드가 탄로 나잖아요."

"눈치가 빠르군."

레이는 구김살 없이 웃었다.

나는 한발 먼저 집으로 돌아왔다. 레이는 샤워를 하고서 페니노와 함께 오겠다고 했다. 좌우간에 샤워를 하고 싶은 것은 나도 마찬가지였다. 에탄올로 소독한 다음 바디소프를 너무 많다 싶을 정도로 스펀지에 묻혀 한껏 거품을 낸다. 나나 레이나, 몸을 청결히 하는데 대해서는 신경질적이라고 할 정도를 넘어 병적일 정도다. 병균을 고려하면 옳은 선택이라고 생각한다. 미사키 씨 집 또한 시체야 없지만 부패한 음식찌꺼기가 곳곳에 흩어져 있었고 눈에 보이지 않는 피부 조각이니 비듬이니 진드기니 잡균 따위가 온 집안에 우글거렸을 것이다. 그런 곳에 있으면 알 수 없는 병에 걸린다고 해도 무리가 아니다.

어쨌거나, 쓰레기와 오물 소굴에 들어가야만 하는 우리가 취할 수 있는 방호 방법은 몸을 철저하게 깨끗이 닦는 일밖에 없다.

목욕을 마치고서 컴퓨터를 켜 '사이버 포레스트'에 접속했다.

쓰시마 에미의 메일 주소를 입력하고 아까 떠올랐던 패스워드를 쳤다.

이건 어때.

열렸다―.

"이럴 수가."

나는 멍 하니 '에이미'의 톱 페이지를 바라보았다. 프로필뿐 아니라 일기까지 표시되어 있었다. 참으로 싱겁게 쓰시마 에미 본인의 페이지에 침입한 것이다.

그때 찰칵 하고 현관 열리는 소리가 났다.

"우리 왔다."

나는 레이와 페니노 쪽으로 몸을 돌리고는 애써 침착한 척하면서 말했다.

"들어갔어."

"뭘?"

"쓰시마 에미의 페이지에."

레이와 페니노는 저마다 외쳤다.

"뭐!"

"패스워드를 알아낸 건가요?"

두 사람은 컴퓨터 앞으로 달려들었다.

"여길 좀 봐요."

나는 에이미의 사이버 프렌드인 '페르소나'라는 사람의 페이지로 넘어갔다.

'페르소나'는 첫 페이지에 사진이 없었다. 사이버 프렌드는 에이미 뿐. 자기 소개는 "잘 부탁합니다"라고만 쓰여 있다. 가입 커뮤니티도 없다.

"어설픈 위장이로군."

레이는 중얼거렸다.

"네. 쓰시마 에미라는 게 뻔히 보이죠."

"아니, 어떻게죠? 어떻게 그것만으로 '페르소나'가 쓰시마 에미의 위장이란 걸 알 수 있다는 겁니까?"

페니노는 '사이버 포레스트'에 대해 그다지 잘 아는 것 같지 않았다.

"먼저 사이버 프렌드가 에이미밖에 없다. 사진도 없고, 커뮤니티에도 가입하지 않았다. 이게 위장 가입의 전형이지. 아마 쓰시마 에미는 정체를 알리지 않고 몰래 보러 가고 싶은 페이지가 있었을 거야."

'사이버 포레스트'에는 '발자취'라는 기능이 있다. 예를 들어 내가 레이의 페이지를 방문하면 그 증거로 '발자취'가 남는다.

"그래서 에미는 '페르소나'라는 허수아비를 만든 거야. 그렇지만 커뮤니티 가입도 좀 하고, 사이버 프렌드도 늘렸으면 위장이란 게 탄로 나지 않았을 텐데. 근데, 넌 어떻게 쓰시마 에미의 패스워드를 알아냈어?"

"어젯밤, 시오리 씨가 돌려 준 책을 읽었죠. '꿈은 사람에게 무엇을 전하는가'라는, 융 심리학에 대해 쓴 책인데, 그 안에 페르소나라는 말이 나오고 밑줄이 그어져 있더라고요. 그래서 어라, 하는 생각이 들었죠. 페르소나란 가면을 쓴 인격이나 사회에 보이는 가짜 얼굴이란 의미잖아요. 쓰시마 에미도 가짜 얼굴을 가진 여자, 즉, 가면의 여자였죠. 그래서 persona를 입력해 봤어요.”

“뭐야, 그런 거였어?”

“트릭을 듣고 보면 다들 그런 거였어, 라고들 하죠.”

페니노는 말했다.

“아니, 패스워드란 게 그런 거죠. 용케 알아냈군요.”

레이가 몸을 내밀었다.

“자, 어디부터 갈까? 일기, 메일?”

“메일은 최대 비밀이니까 마지막 즐거움으로 빼놓고, 먼저 일기부터 보죠.”

사이버 프렌드의 일기가 떠 있는 아래쪽으로 이동해 ‘에이미’의 최신 일기를 클릭했다. 날짜는 오늘부터 약 두 달 전이었다.

2006.3.20 01 : 50

허망.

뭘까. 두 글자 뿐.

뭔지 모르겠다. 무슨 의미일까?(일본어 원문은 같은 발음으로 ‘원수’를 의미하기도 함 **역주**)

2006.3.7 03 : 10

한기 떨림.

2006.3.1 02 : 26

다리가 덜덜 떨린다.

"이런 거밖에 없어?"

"일기가 아니네요, 이런 건."

2006년 초까지 일기를 거슬러 올라가 보았다.

2006.1.4 02 : 34

몹시 불안. 사물이 겹쳐져 보인다. 약을 처방받았다. 수면도입제만.

손이 떨린다. 리타린이 필요하다.

2006.1.16 02 : 03

이상한 생각만 떠오른다. 창피해서 사람들한테 얘기를 할 수 없다. 약

의 부작용인지, 조금 전 일이 기억나지 않는다.

2006.2.7 02 : 44

머릿속에 벌레가 살고 있다. 내 꿈을 먹어버린다.

우리는 얼굴을 마주 보았다.

"맛이 간 거 아냐, 이 사람?"

"아니, 진짜로 병에 걸렸는지도 모르죠."

처음부터 일기를 전부 읽어보려고 쓰시마 에미가 가입했던 2년 반 전까지 거슬러 올라갔다.

첫 일기는 2004년 1월 6일.

2004.1.6 09 : 20

두근두근합니다. 뭘 써야 될까요? 좋은 친구가 생겼으면 좋겠네요.

2004.1.30 00 : 20

실연당했습니다. 그래봤자, 애당초 짝사랑이었지만요.

2004.2.16 11 : 03

처음으로 오프 모임에 나갔습니다. 아주 즐거웠어요☆

여기서부터 '시오리'가 종종 글에서 나타나게 되었다. 그것으로 '네리마 커뮤니티' 오프 모임에서 나가미네 시오리와 만났음을 추리할 수 있다.

2004.3.26 11 : 56

오늘, 정말 좋은 일이 생겼습니다. 자세한 건 비밀이지만☆ 이대로 나갔으면 좋겠어요.

레이가 말했다.

"뭔 일인가 있어 보이는 말투군. 이때 남자와 만난 거 아닐까?"

나도 끄덕였다.

"그런 것 같아요. 3월 26일이 '에코다에서 즐겁게 마시자☆ 모임'의 오프 모임이었으니까요."

"아, 그래. 시오리 씨 일기에 그렇게 올라가 있었지."

그 다음, '남친'한테 선물을 준 일이나 '남친' 집에 갔었다는 등, 달콤한 글이 이어졌다.

2004.8.26 03 : 48

역시, 안 되는 거였나.

아무리 그래도 너무해.

너무 심하잖아.

나 같은 사람도 살아갈 권리가 있어.

레이가 나직이 말했다.

"파국인가."

페니노도 끄덕였다.

"그런 것 같군요."

일기는 연애에 관해 채워진 것 같았다.

그러다가 갑자기.

2004.9.17 09 : 03

세상이 찬란한 빛으로 가득합니다. 오늘, 나는 다시 태어났습니다.

이 글이 신경 쓰였다.

레이가 말했다.

"혹시, 그거 아닐까? 성형수술."

"그런 느낌이 드네요."

시오리의 글이 그 즈음부터 뚝 끊어졌다. 성형수술을 해서 그때까지 친하게 지냈던 시오리하고도 만나지 않게 되었을 것이다. 그런 점을 보더라도 수술한 날짜가 그날이라고 확정지을 수 있을 것 같았다.

한동안 긍정적인 서술이 이어졌다. 새로운 사랑을 하자, 일도 바꾸자는 등, 포부도 밝히고 있었다. 톤이 바뀌기 시작한 것은 해가 바뀌어 3월.

2005.3.16 00 : 29

위화감. 내가 내가 아닌 것으로 변하는 느낌.

2005.8.16 01 : 54

아니다. 이런 결말은 받아들일 수 없다. 역시 내가 지는 건가. 무엇을

하든 난 패배자인가.

2005.9.6 04 : 20

생각이 나지 않는다. 노상 차를 흘리고 있다. 뭐 하는 거지, 난.

2005.10.6 03 : 12

머릿속에서 우글우글한다. 불안하다.

레이가 말했다.

"끝장이 안 나겠어. 노선을 바꿔 메일을 보자."

7

〈메일함〉

■유지

2004.3.26 23 : 58

안녕하세요!

에코다 커뮤니티의 오프 모임 참석, 고맙습니다!

오늘은 늦게까지 수고 많으셨습니다. 집까지 바래다 주지 못해서 미

안해요.

가까운 요시미에서 또 한잔 합시다.

■에이미

2004.3.27 00 : 36

저야말로 고맙습니다.

말주변 없는 저를 일부러 돌봐주셔서,

다정한 분이구나, 하고 감격했습니다.

술자리에 불러 주시다니, 기쁘네요.

언제든 연락하세요. 기다리겠습니다.

■유지

2004.4.5 23 : 02

직접 만든 케이크, 고마워요.

집 앞에서 계속 기다렸다니, 깜짝 놀랐어요.

다음엔 내가 그쪽 집으로 놀러 갈게요. 뭐라고 할까.

바빠서 한동안은 무리겠지만.

■에이미

2004.4.6 00 : 08

죄송합니다. 필시 놀라셨을 거예요.

그렇지만 명함을 받고서, 아, 가까운 곳이구나 싶어서, 가버리고 말았습니다.

오해하지 말아 주세요. 이런 직은 태어나 처음입니다. 아무한테나 이러는 거 아닙니다. 유지 씨가 다정하시기 때문이에요. 기쁘게 받아 주셔서 기쁩니다.

바쁘신가 보네요. 그럼, 다음에는 밥 지어서 가겠습니다!

■유지

2004.6.28 01 : 52

어제는 너무 마셨군.

미안.

…이라고 사과할 일이 아닌가.

뭐, 너무 심각하게 받아들이지 말아요. 그런 일도 있는 거니까.

■에이미

2004.6.28 02 : 14

어젯밤은 기뻤어요.

내성적이어서 사람들하고 좀처럼 얘기하기 힘든데. 그런 내가 당신하고만은 솔직하게 마음을 열 수 있었어요.

저요, 난 당신 거라고 말해도 좋은 거지요?

■유지

2004.7.26 22 : 58

그러니까 미안하다고 했잖아.

한 번 한 정도 가지고 뭔 소리야.

■에이미

2004.7.27 23 : 58

무슨 얘기죠? 기억 안 나요?

당신 몸은 최고라고, 또 만나고 싶다고 말했잖아요.

그거, 사귀자는 말 아니었어요?

■유지

2004.8.3 23 : 41

난 너하고 사귈 생각 없어.

확실히 말해서 좋아한다고 말한 기억도 없어.

귀찮아. 미안하지만.

네 얼굴을 보면 기분이 나빠진다고.

몸은 좋았어. 정말로.

그렇지만.

미안해.

더 이상 너에게 상처 줄 말은 하고 싶지 않아.

■ 리카

2004.8.9 01 : 15

당신, 못생겼잖아. 잘도 그런 얼굴로 유지를 건드렸군.

유지한테 마구잡이로 들이닥쳤다며? 그건 스토커 아냐?

할망구 주제에 뻔뻔하긴. 거치적거리니까 빠져 줘.

유지는 정말로 귀찮아 해. 당신 얼굴을 생각하면 토할 거 같대.

저번에는 정말로 토했다고.

당신이 그럴 권리가 있어? 유지를 기분 나쁘게 만들 권리가 당신한테

있냐 말이야.

당신이 주변을 얼쩡거리는 게 민폐야. 살아 있는 것부터 민폐라고.

진짜, 죽어버렸으면 좋겠어.

거기까지 읽은 우리는 깊게 한숨을 쉬었다.

레이가 머리를 긁적이며 말했다.

"이거, 할 말 없군. 나도 똑같은 짓을 했어."

페니노가 말했다.

“여자하고 자놓고서 사실은 그럴 맘이 아니었다든가, 취해서 한 짓이라면서 사과로 얼버무린다는 게 저런 거였군요.”

“음. 내가 오빠였다면 죽여버렸을 거 같아.”

나는 메일을 보고 분노를 느끼고 있었다.

“그래도 이건 좀 심하잖아요. 유지하고 리카 둘이서 쓰시마 에미의 얼굴 가지고 저렇게 지독히 헐뜯다니. 정말로 토했다느니, 진짜로 죽어버렸으면 좋겠다느니, 그러면 당연히 상처받죠. 얼굴 가지고 괴롭힐 권리 따위는 어느 누구한테도 없는 거라고요.”

“맞는 말이긴 하지만, 너는 얼굴 이상하다고 괴롭힘 당한 적 없을 텐데?”

“없긴 없죠. 레이도 없잖아요.”

“얼굴은 아니지만, 몸에 난 상처 가지고 노상 왕따를 당했지. 내 등에 담배로 지진 흉터가 몇 개 있잖냐. 그게 기분 나쁘다, 징그럽다고들 했지. 인간이란 어딘가 남의 약한 구석을 찾아내면 그걸 가지고 왈가왈부하고 헐뜯고 해서 우위에 서려는 맘이 드는 거야. 딱하게도 그게 인간의 본질이지. 그래서 왕따라는 건 절대로 없어지지 않는 거야.”

그 뒤에도 리카는 쓰시마 에미에게 ‘얼꽝 죽어라’, ‘왕재수 폭탄’이라고 써 갈긴, 괴롭히기 위한 메일을 보냈다.

"성형의 원인이 이건가?"

"얼굴 가지고 이렇게 괴롭혔으니."

쓰시마 에미는 분명 미인은 아닐지 모른다. 그렇다고 해서 아무 관계없는 사람한테서 그 따위 얘기를 들을 이유는 전혀 없다.

"리카라는 여자한테 가 보자."

'리카'라는 이름을 클릭했다. 첫 페이지는 본인 사진. 웨이브 진 길고 윤기 나는 갈색 머리칼. 가슴이 깊게 파인 캐미솔. 젖혀진 하얀 목 언저리가 섹시했다.

"이거 예쁘군. 괜찮은 여자네. 눈이 유혹하는 빛인 게, 요염한데요."

홀딱 반한 페니노에게 레이가 말했다.

"야, 잘 봐라. 예쁜 건 눈매밖에 없어. 속눈썹이 긴 건 가짜인 거야. 눈매가 요염한 건 금색 컬러렌즈를 껴서 그래. 얼굴 생김 자체는 여우형이고 별 거 없어."

나는 레이의 관찰력에 감탄했다.

"과연."

레이가 말했다.

"뭐든지 본질을 꿰뚫어 봐야지. 직업은 서비스업이라고 써 놨지만, 윤락업이나 나가요 걸 아니겠어."

페니노는 납득할 수 없다는 양 말했다.

"오프 모임 사진하고 여권 사진의 쓰시마 에미가 같은 사람인 건 몰랐으면서, 물장사 언니인 건 잘도 냄새를 맡는군요."

"그거야 너도 마찬가지야. 인체 복구 시각으로 보면 갑자기 눈이 날카로워지잖아."

"난 이 여자, 꽤 괜찮은 수준이라고 생각하는데요. 어느 가게에 다닐까요?"

"그것까지는 써 놓지 않았네."

리카. 출신지 사이타마. 현 주소 신주쿠. 나이 20세. 에미에게 메일을 보냈을 때는 만 18세인가.

"쓰시마 에미도 당시엔 만 22세였어요. 충분히 젊다고 생각하는데, 열여덟 짜리 여자애가 보면 네 살 연상인 여자도 할망구 취급을 할 존재인 걸까요?"

"여자들은 한 살이라도 젊으면 그것만으로도 이겼다고 생각하는 모양이더라고. 확실히 남자가 젊은 여자를 고르는 건 옳은 거야. 그쪽이 임신과 출산에 대한 위험은 줄고, 난자 상태가 좋으니까. 훌륭한 자손을 남기고 싶다는 게 인간의 본능임을 생각하면 무리도 아니지."

나는 다른 의견을 내놓았다.

"난 젊은 여자는 질색인데요."

"넌 마더 콤플렉스잖아."

레이는 가볍게 내 머리를 쥐어박았다.

리카의 일기를 열었다. 오랫동안 갱신이 없었다. 대충 내용을 훑어봐도, 네일이 어떻다느니, 뭘 먹었다느니 하는 신변잡기가 대부분으로, 직업에 대해서는 쓰여 있지 않았다. 그래도 신주쿠라는 단어가 자주 나오는 것을 통해 근무처가 신주쿠 아닐까 하는 추측이 가능했다.

페니노가 말했다.

"신주쿠라면 가부키초(도쿄의 대표적인 유흥가 ^{역주})겠죠. 첫 페이지에 뜬 사진을 프린트해서 가부키초에 가서 물어보는 건 어떨까요?"

"형사냐? 그렇게까지 하게."

"아니, 난 그 가게에 가고 싶단 말입니다."

페니노는 에로틱한 사진에 크게 자극받은 모양이었다.

"룸살롱이라, 오랜만에 한번 가볼까? 준, 넌 어때?"

"난 됐어요."

나는 꽁무니를 뺐다. 그런데 가봤자 아무 말도 못하고 여자에게 신경이 쓰여 피곤해질 게 뻔할 것 같았다. 게다가 리카를 만나게 되면 야단치고 나설 것이다. 왜 쓰시마 에미에게 그렇게 심한 말을 했냐고. 화를 참지 못하고 모질게 캐물을지도 모른다. 리카가 쓴 메일 문구가 떠오르자 몹시 불쾌한 기분이 들었다. 정말로 싫은 인간이다. 자기가 좀 예쁘다고 해서 그렇게 더러운 단어를 늘어놓을 수 있단 말인가.

나는 레이와 페니노에게 물어보았다.

"만약 쓰시마 에미와 리카, 둘 중 하나를 고르라면 어떻게 할래요?"

페니노는 즉각 대답했다.

"리카."

레이도 뒤를 이었다.

"미안하지만, 리카."

"어라, 왜요. 왜 둘 다 리카죠?"

"쓰시마 에미는 의외로 성격이 나쁘다고 할까, 자기 멋대로야. 남에게 민폐가 되는 것도 잘 모르고, 지레짐작도 심하고 오해도 심해. 이런 경우, 남자 쪽이 좀 불쌍하지."

"그쵸?"

"두 사람 다 너무하네요. 괴롭힘을 당해서 죽은 건 쓰시마 에미라고요."

"모르는 건 아닌데. 그렇다고 해서 좋아할 순 없잖나?"

페니노가 말했다.

"나, 잠깐 유지란 녀석의 페이지를 보고 있었는데요."

유지의 첫 페이지는 본인 사진. 푸른 나무들을 배경으로 하얀 티셔츠를 입고 쑥스러운 듯 웃고 있었다.

"산뜻한 훈남 느낌이랄까. 그리 나빠 보이진 않는군."

"주변에 있을 법한, 극히 평범한 오빠 이미지네요. 적어도 나쁜 바람둥이 같지는 않아 보여요."

커뮤니티에 올린 글과 일기를 읽어보더라도 누구에게나 붙임성 있고 마음 씀씀이가 좋았다. 가벼운 느낌이 들기는 했지만 근본이 나쁜 남자로 여겨지지는 않았다. 오히려 그런 외모를 가지고 여자에게 자상한 말을 해주면, 남자와 많이 사귀어보지 않은 여자는 오해해서 들떠버릴지도 모를 일이다.

"아아, 저거. 나도 찔린다. 여자한테 좋은 애기만 해 주다가 상대편이 진지하게 나오면 갑자기 손바닥 뒤집듯 뒤집어버리는 거지."

"한번 당해보는 게 좋을 텐데요."

레이는 페니노의 머리를 찰싹 때렸다.

"그러니까 말이다. 리카는 유지하고 진지하게 사귀고 있었는데, 쓰시마 에미가 넉살 좋게 끼어들자 기를 쓰고 밀어냈다. 이런 애기가 되나?"

룸살롱에 나가는 여자라도 당연히 진지한 연애를 할 수 있다. 리카 입장에서 보자면, 유지는 절대 빼앗기고 싶지 않은 남자였는지도 모른다.

유지는 쓰시마 에미에게 몸은 좋다고 칭찬했다. 리카는 계속 유지와 쓰시마 에미의 육체 관계가 이어지면 에미에게 빼앗길 수도 있다고 생각한 것 아닐까? 그래서 무시무시한 욕설 공격을 퍼붓고 나선 것이다.

쓰시마 에미의 모습을 처음으로 환시幻視한 때를 떠올렸다.

욕조 안에서 무릎을 껴안고 앉아 있던 여자는 알몸이었다. 얼굴은 하얀 천으로 가려져 있었지만 매끄럽고 나긋나긋한 라인은 틀림없이 아름다웠던 것 같다.

오직 하나, 내세울 수 있는 것은 몸. 그렇지만 얼굴이 걸림돌이 되어 그것을 사용할 기회를 얻을 수가 없다.

얼굴만 아름다워지면 모든 것을 손에 넣을 수 있다. 사랑도 남자도, 거기에 따르는 즐거움도. 고급 레스토랑에서의 식사, 낭만적인 데이트, 명품 선물, 모두 손에 들어온다. 얼굴만 아름답게 바꾸면.

나는 중얼거렸다.

"쓰시마 에미가 성형수술을 한 건 리카 탓이야. 악의로 가득 찬 리카의 말이 없었더라면 그렇게까지 얼굴을 바꿀 일도 없었어. 그리고 수술하지 않았다면 그녀가 죽는 일도 없었을 거야."

레이가 이의를 내놓으려는 듯, 한 손을 들었다.

"잠깐만. 분명 리카 때문에 쓰시마 에미가 엄청난 성형수술을 받기로 결심했을지도 몰라. 그렇지만 그 뒤에 꽤 긍정적인 글을 올렸다고. 수술은 힘들었을지 몰라도, 그녀는 다시 태어났어. 아름다움을 손에 넣고, 사랑도 새로 하자, 일도 바꾸자고 생각했어. 다시 말해서, 그야말로 이제부터 인생을 구가하려고 할 때, 때마침 이상이 온 거야. 몸과 마음에 말이야."

그런가.

중요한 것을 잊고 있었다.

그녀는 얼굴을 바꿔 이미 다른 기분을 불어넣었던 것이다. 새 생활을 시작하여, 바야흐로 행복을 손에 넣기 직전이었다.

레이가 말했다.

"문제는 그 뒤란 말이야. 성형 뒤에 무슨 일이 일어났던 거다."

페니노가 중얼거렸다.

"그녀가 호소하던 증상이 뭐였더라."

떨림, 오한, 다리가 떨린다.

"그 외에 수면제를 처방 받았다는 것 하고, 리타린이 필요하다고 썼죠."

여자는 신경정신과 쪽 병에 걸렸던 것일까? 우울증이나 자율신경 실조증 같은.

“아니, 그건 아닐 것 같습니다. 정신적 질환으로 떨림이나 오한이나 다리 떨림이 생긴다는 건 들은 적이 없거든요.”

“그럼 뭔가 다른 병일까?”

“증상을 보자면, 뇌질환 계통의 병이 아닐까 싶습니다만.”

페니노는 눈썹을 모으며 잠시 생각을 하는 것 같더니 벌떡 일어났다.

“연구실로 돌아가서 다른 방향으로도 조사해 보겠습니다.”

레이는 페니노를 올려다보며 고개를 끄덕였다.

“역시 믿음직해.”

페니노는 쓴웃음을 짓고는 말했다.

“어차피 살점이 저한테 있으니까요.”

나와 레이는 ‘리플렉스’로 돌아가 쓰시마 에미의 물건을 뒤졌다.

목적은 진찰권이었다. 그것을 보면 어떤 의사에게 갔는지, 언제부터 어떤 병으로 고생했는지 알 수 있을 것이다.

여권이 들어 있던 서랍장 안에 진찰권도 있을 터이다. 서랍장의 내용물을 담아 두었던 종이상자 안에서 의료보험증, 공공요금 청구서와 영수증, 일반 영수증, 명함첩을 꺼냈다.

“역시 통장은 없군.”

“집주인인 사와다 씨가 처리했겠죠.”

인척이 없는 사람이 예금을 남기고 죽은 경우에는 임대주가 부동산 관리회사를 통해 법원에 제출한다. '리플렉스'에 줄 청소비도 거기서 뺀다는 식이다. 물론 예금 잔액이 있을 때 얘기다.

"어, 있네."

명함 크기 상자에 전화카드, 도넛 가게 마일리지 카드에 섞여 진찰권이 들어 있었다. 안과, 치과, 내과, 그리고….

"아프로디테 클리닉. 미용 성형외과다."

레이는 해냈다는 양 진찰권을 손가락으로 튕겼다.

"이 병원에서 쓰시마 에미가 수술을 받은 게 분명해."

나도 흥분했다. 어떤 수술이 이루어졌을까? '아프로디테 클리닉'이란 어떤 병원일까?

레이와는 별도로 나는 인터넷으로 '아프로디테 클리닉'에 대해 찾아보기로 했다. 레이는 차고에 있는 물건을 철저하게 살펴보겠다고 말했다.

진찰권을 손에 들고 집으로 돌아가 '아프로디테 클리닉, 미용 성형외과'로 검색했다.

검색된 항목 제일 위에 병원 홈페이지가 있었다. '아프로디테 클리닉'. 미용 성형외과. 도쿄 도 신주쿠 구 오쿠보. 원장 우키타 야스카즈.

시술 내용은 쌍꺼풀 함몰법, 눈 앞트임, 실리콘을 넣어 코를 높이는 융비술, 턱이나 광대뼈 깎기, 히알루론산을 주입해 턱을 가늘게 하는 등등. 그 외에 필링, 써마쿨, 포토페이셜, etc.

'이거 참, 성형에도 갖가지 방법이 있구나.'

시술을 받은 여성들의 비포&애프터 사진이 있었는데, 어느 사진을 봐도 원래 얼굴은 상상할 수 없을 정도로 아름다워져서 행복해 보이는 미소를 띠고 있다.

"예뻐져서 기뻐요!"

여자들의 감상이 실려 있었다.

하네다 사치에 씨(가명) 26세.

"사소한 일로도 얼굴 가지고 괴롭힘을 당해서 학교든 회사에서든 무슨 소리를 듣지 않을까 벌벌 떨며 살았습니다. 애인이 생겼지만, 바람을 피우고서는 네 얼굴 때문에 그랬다는 말을 들었습니다. 잠을 잘 수도 없고, 음식도 먹을 수가 없어서 한 달에 12킬로그램이나 빠졌습니다. 이래서는 안 되겠다 싶어서 성형을 부탁했는데, 몸이 약해서 전신마취를 견딜 수 없다고 선생님이 말씀하셨습니다. 잘 먹고 잘 자서 수술을 견딜 수 있는 몸 만들기를 시작했습니다. 인생을 바꾸고 싶다, 두 번 다시 사람들의 손가락질을 받고 싶지 않다. 오로지 그런 마음뿐이었습니다.

　그리고 수술. 드디어 바라마지 않던 아름다움을 손에 넣었습니다. 그 이후, 사는 곳과 직장도 바꿔 인생을 새 출발하기로 마음먹었습니다. 모두들 믿을 수 없을 정도로 친절히 대해 줬습니다. 얼굴을 바꿨을 뿐인데, 인생이 이렇게 밝아지다니, 꿈만 같습니다. 그 전의 인생이 너무나 힘들었기 때문인지도 모릅니다. 그 악몽 같은 생활로는 두 번 다시 돌아가고 싶지 않습니다."

　다마루 요시미 씨(가명) 24세.

　"길을 걷고 있는데 갑자기 어떤 남자가 괴물이라고 욕을 퍼부어서 충격을 받고 집에 틀어박히게 되었습니다. 사람을 만나는 게 무서워서, 어떻게 하면 아무도 만나지 않고 살아갈 수 있을까, 그런 생각만 하게 되었습니다. 저금도 줄어들어 가고, 이대로 가다가는 죽을 수밖에 없다는 생각에 골몰해 있었는데, 어차피 죽을 거면 가진 돈을 몽땅 털어서 성형수술을 하자는 생각이 들어 수술을 받았습니다. 그 결심이 나를 바꿨습니다. 지금은 걷고 있을 때 남자들의 뜨거운 시선을 느낄 정도입니다. 매일매일 즐겁기 그지없습니다. 이로써 자신을 가지고 앞을 향해 걸어갈 수 있습니다."

여자들의 절절한 체험담을 읽은 나는 충격을 받았다. 어떻게 그토록 심한 말을 할 수 있을까? 미인이 아니라고 해서 그게 어쨌다는 건가. 면전에서 그런 말을 내뱉어 상처를 줄 권리가 누구에게 있다는 말인가.

약한 사람을 괴롭혀 기분 전환을 하는 인간의 추한 마음은 지겹도록 잘 알고 있다. 나는 괴롭힘을 당하는 쪽이었다. 보육원에서 학교를 다니는 어린이들은 어떤 식으로든 차별의 대상이 된다. 선생님은 구해 주지 않는다. 왕따 현장을 보더라도 못 본 척 할 따름이다. 심지어 괴롭히는 학생에게 영합하기도 한다.

그런 환경에서 살아왔기 때문에 남을 괴롭히는 사람을 보면 도저히 참을 수 없을 정도의 분노가 무조건 끓어오른다.

내가 쓰시마 에미 편을 드는 것은, 그녀가 약자이며 나도 그쪽 사람이기 때문이다. 성형수술을 한 여자는 모두 얼굴 가지고 심한 욕을 먹고, 죽고 싶을 만큼 처참한 기분을 맛보았다. 그렇기 때문에 그 여자들은 목숨이 위험할 정도로 큰 수술을 받아서라도 새로운 인생을 손에 넣으려 한 것이다.

쓰시마 에미도 그런 여자 중 하나였다.

광대뼈를 깎고, 얼굴 아래를 깎고, 코와 턱을 고치고, 눈을 두 배 가까이 크게 만들었다. 거기에 관자놀이나 뺨에도 실리콘 같은 것을 주입해 부풀렸다.

모든 것이 보통 사람들 정도의 행복을 손에 넣기 위함이었다.

고통이나 공포는 느끼지 않았을까? 아무리 예뻐지기 위해서라고 해도, 얼굴의 뼈를 깎고 피부를 벗겨내는 일이다. 그로써 더욱 타격을 받아 정신에 이상이 생길 위험은 없는 것일까?

성형수술을 받는 횟수에 비례하여 이상 행동을 하게 되었다는 미국 남성 흑인 가수가 떠올랐다.

무엇이 그를 과도한 성형을 거듭하게 몰아넣었을까? 그 모습에서는 광기마저 느껴졌다.

성형 중간 단계에서 그는 분명 아름다워졌다. 권투 선수처럼 납작했던 코는 콧날이 오뚝해졌고, 턱과 광대뼈의 골격은 갈아냄으로써 샤프해져서 비할 바 없는 형태를 손에 넣었다.

그렇지만 날이 갈수록 그의 얼굴은 이상해져갔다. 들어가고 나오고 한 부분이 전부 없어지는 바람에 평면적으로 변해서 눈만 붙어 있을 따름이지 파충류 같은 얼굴이 되었다. 얼굴 한가운데에는 동굴처럼 뻥 하고 뚫린 두 개의 콧구멍. 그의 취약한 내면을 드러내는 것처럼 무너지기 시작한 얼굴은 어설픈 진흙 세공 같았다.

더욱 더 아름다워지기를 그는 바랐으리라. 흑인으로서가 아니라 백인으로서의 궁극의 미를 손에 넣으려고 했던 것이리라.

쓰시마 에미는 어땠을까? 아름다워진 시점에서 성형을 멈출 수 있었을까? 무간지옥에 떨어진 듯, 성형 반복을 피하지 못한 것은 아닐까?

생각에 잠겨 있는데, 메일이 왔음을 알리는 알람 소리가 나서 움찔했다. '사이버 포레스트'에서 보낸 알림 메일이었다. "시오리님의 메시지가 도착했습니다."

서둘러 '사이버 포레스트'에 접속했다. 시오리가 보낸 메일을 열었더니 내용은 어제 만남에 대한 감사였다. 다음에는 자기가 사겠다는 의리 있는 내용에서 나는 시오리 씨답구나, 하고 미소 지었다.

그때 퍼뜩 떠올랐다. 쓰시마 에미가 리카 일을 가지고 시오리와 의논하지는 않았을까? 리카가 메일을 보낸 시점은 시오리가 쓰시마 에미와 아직 교류하고 있을 때였다.

나는 시오리에게 답신을 썼다.

저야말로 정말 고맙습니다. 쉬는 날에 소중한 시간을 빼앗아 죄송합니다.

케이크, 기쁘게 드셔주셔서 다행입니다. 여쭤보고 싶은 것이 좀 있습니다.

쓰시마 씨에게서 리카라는 이름을 들은 적이 있으신지요?

실은 쓰시마 씨, 네리마 커뮤니티의 유지라는 사람과 사귀었던 거 같은데, 리카 씨는 유지 씨의 애인이었습니다. 그래서 다툼이 생겨 옥신각신했던 모양입니다. 혹시 그 일이 쓰시마 씨의 죽음과 관계가 있을지도 모릅니다.

만일 리카 씨와 유지 씨에 대해 무언가 아시는 게 있으면 알려 주십시오.

바로 답신이 왔다.

안녕하세요.

메일 감사합니다.

꼭 다시 케이크를 같이 했으면 합니다. 다음에는 제가 내겠습니다.

에이미님 건 말인데, 리카라는 이름, 들은 것 같습니다.

풀이 죽어 있을 때 이유를 물었더니, 그 이름을 꺼냈습니다.

뭔가 메일로 상당히 심한 말을 했던 것 같습니다. 얼굴이 어떻다는 둥 하고요.

그런 말은 절대 해서는 안 될 거라고 생각합니다만.

언젠가 되갚아 주겠다고, 에이미님이 울었습니다.

미안합니다. 너무 민감한 문제라서, 전에 만났을 때는 말씀 못드렸습니다.

나도 바로 답신을 보냈다.

매번 고맙습니다.

하기 어려운 얘기를 해 주셔서, 진심으로 감사드립니다.

쓰시마 씨가 왜 죽었는지 생각해 보면, 리카 씨의 메일로 들은 말이

아무래도 마음에 걸립니다.

분했을 테지요. 그런 말을 들었으니.

그 때문에 죽었다고 할 마음은 없지만, 리카 씨에게도 책임이 있다고

생각합니다. 그 메일을 읽었을 때의 쓰시마 씨의 기분을 생각하면 참

을 수가 없습니다.

죄송합니다. 어쩌다 보니 감정적이 되고 말았네요.

제가 아직 기분 정리가 안 된 모양입니다.

시오리에게 메일을 보낸 나는 한동안 생각에 잠겼지만, 아무

래도 기분이 추슬러지지 않았다. 마음을 굳히고 리카에게 메일

을 보내기로 했다.

처음 뵙겠습니다. 준이라고 합니다. 쓰시마 에미 씨, 이쪽에서는 에이

미님이라고 하는 분과 아는 사람입니다.

알고 계실지 모르겠습니다만, 쓰시마 에미 씨는 돌아가셨습니다. 욕

실에서 알 수 없는 죽음을 당한 것입니다.

이 일에 대해서 드리고 싶은 말이 있습니다.

오늘 밤, 어디서 만날 수 없을까요? 이대로 방치했다가는 쓰시마 씨의 죽음에 관련해 유지님이 의심받을 가능성이 있습니다.

모쪼록 답신 부탁드리겠습니다.

메일을 리카에게 보냈다. 보낸 뒤에 나 자신의 대담함에 놀랐다. 너무 밀어붙였나? 협박범 같은 느낌마저 들었다. 상대방을 동요시킨다는 의미에서는 다소 그런 부분이 있는 게 좋을지도 모르지만, 아슬아슬한 선까지 갔을지도 모른다.

진정이 되지 않아서, 답신을 기다리는 동안 '아프로디테 클리닉'의 홈페이지를 보기로 했다.

원장 우키타 야스카즈는 어떤 인물일까?

약력을 보니, 일본에서는 최고라고 일컬어지는 대학의 의학부를 나와, 메이저 미용 성형외과 병원에서 연구 실적을 쌓고, 한 사람이라도 더 많은 여성에게 미용성형의 훌륭함을 알리기 위해 적절한 가격으로 시술받을 수 있는 '아프로디테 클리닉'을 개설했다고 되어 있다.

미용 성형외과의는 돈을 엄청나게 번다고 들은 적이 있다. 임상 경험이 적은 신입 연수의도 연수입 4천만 엔을 넘을 정도라고. 시급 100만 엔인 미용 성형외과의가 화제에 오른 적도 있다.

우키타는 여성에게 꿈과 희망을 주고 싶어서 이 일을 시작했을까? 아니면 그저 돈벌이 목적으로 미용 성형외과의의 길을 선택했을까? 우키타의 목적이 돈이든 뭐든 간에, 그로써 도움을 받은 사람이 있다면 괜찮다. 그렇지만 모든 수술이 잘 될 리는 없지 않겠는가. 성형수술에 실패는 있을 수 없는 걸까?

다시 메일함을 보았다. 메일은 오지 않았다.

무언가를 기다리는 상태란 도저히 차분하게 있을 수 없는 법이다. 나는 '즐겨 찾기'를 들여다보았다. '즐겨 찾기'에 상대를 등록해 두면 입퇴출 시간이 표시되므로 접속한 시간을 알 수 있다. 이미 리카나 유지나 '즐겨 찾기'에 등록되어 있었다.

'즐겨 찾기'를 보고는 흠칫 놀랐다. 리카가 '사이버 포레스트'에 접속한 상태였다. 그렇다면 아까 보낸 내 메일을 벌써 읽었을 것이다.

빨리, 빨리 메일을 보내라. 몇 번이나 메일함을 보았다. 오지 않았다.

큰맘 먹고 리카의 페이지로 가 보았다. '발자취'를 남기기 위해서였다. 그렇게 일부러 흔들어 놓고, 그것을 몇 번 거듭했다.

"왔다!" 메일이 왔다. 보낸 사람은.

리카.

가슴 두근거리면서 메일을 열었다. 답신 내용은.

"오늘밤 6시에 가부키초 고마 극장 앞 광장에서 기다리겠습니다."

나는 시계를 보았다. 오후 5시. 황급히 옷을 갈아입고 쓰시마 에미와 리카의 사진을 들고 약속 장소로 향했다.

8

해질 녘의 가부키초. 하늘은 호박색으로, 아직 낮의 여운이 남아 있었다. 신주쿠 고마 극장 앞 광장에는 만나기로 약속한 듯한 사람들이 어슬렁거렸고, 구석에는 부랑자들이 앉아 있었다.

나는 영화 간판 옆에 서서 어디랄 것도 없이 주변을 둘러보았다. 내 휴대전화 번호와 메일 주소는 리카의 '사이버 포레스트' 메일로 보냈다. 고마 극장에 도착하면 전화 달라고 써 놓았는데, 정말로 전화를 걸어올는지. 나는 상대의 모습을 알지만, 상대는 내 얼굴도 체격도 모른다.

리카에게는 상당히 불안한 상황으로 여겨지지만, '사이버 포레스트'의 내 프로필이나 일기, 글을 읽으면 수상한 인간이 아님은 알 수 있으리라. 전혀 모르는 상대와 만나는 데이트 사이트만큼 불안하지는 않을 것 같은데, 과연 어떨까?

6시에서 15분이 지났다. 리카는 오지 않았다. 어떻게 할까? 휴대전화로 메일을 보내 볼까? 휴대전화의 메일 주소는 모르니까 또다시 '사이버 포레스트'를 통해 보낼 수밖에 없나?

20분이 지난 시점에 메일을 보내기로 했다.

"지금 어디 계신가요? 나는 위는 짙은 파랑 셔츠, 아래는 청바지입니다. 보이면 말을 걸어 주십시오."

수상한 외모는 아니니까 겉모습을 전해 두는 편이 유리하겠다는 생각이었는데, 과연 어찌 될까? 초조해 하면서 답신을 기다렸다.

40분 넘어, 1시간이 지났다. 바람을 맞히고도 남을 사람이라는 생각이 들었다. 어쩌면 내 모습을 보고서도 말을 걸지 않고 그냥 갔을지도.

어떻게 해야 좋을까? 하늘은 완전히 군청색으로 물들어버렸다.

올 건지 말 건지, 철수해버릴까 망설이면서 다시 메일을 보내려 했을 때, 여자가 말을 걸어왔다.

"아니, 당신은?"

순간, 리카인가 하고 얼굴을 들었더니, 첫 페이지에 있던 사진과는 하나도 닮지 않은 얼굴의 여자가 눈앞에 서 있었다.

누구였지? 붙임성 있게 웃는 얼굴을 봐도 전혀 생각나지 않았다. 혹시 그 사진은 가짜고, 이 사람이 리카 본인인 것일까?

"모르겠어요? 무리도 아니지."

그렇게 말하더니, 그 여자는 내 귓가에 속삭였다.

"내 술은 못 마시겠단 거야?"

"아!"

나는 소리 치고서 나도 모르게 여자의 얼굴을 손으로 가리켰다.

그것은 호스트바 체험 출근 때, 나를 호되게 몰아붙였던 호스티스 사리나였다.

굳이 차를 마시자고 하기에 광장이 보이는 가게라면 괜찮을 것 같아 사리나와 같이 갔다.

고마 극장 옆에 있는 햄버거집에서 아이스커피를 앞에 두고 사리나는 옛 친구 사이처럼 친근하게 웃음을 던졌다.

나는 어떻게 해야 좋을지 몰라서 머뭇머뭇 말했다.

"저어, 일 하러 가지 않아도 되나요?"

"응. 오늘은 늦게 나가는 날이거든. 미용실에 갔다가 출근하려고 했어. 그러니까 시간 충분해."

부스스한 기미의 갈색 머리를 손으로 매만지면서 대답했는데, 도중에 여자는 웃음을 터뜨렸다.

"당신, 여전히 쭈뼛거리네. 그래도 건장해지고 얼굴이 아주 좋아졌어. 지금 뭐 해?"

나는 어릴 적 친구와 함께 특수청소 일을 한다고 대답했다.

사리나는 가는 담배를 손가락에 끼고 눈웃음을 치며 말했다.

"특수청소라니, 뭐 하는 거지?"

질문을 받은 나는 대체 어떻게 설명해야 좋을지 고개를 갸웃했다.

"음, 그게 말이죠. 사람이 죽어서 썩으면 집안이 엄청나게 더러워지거든요. 그걸 깨끗하게 치우는 게 우리 일입니다. 시체의 잔해를 철저하게 씻어내고, 거기서 생긴 파리나 구더기를 제거하는 거죠. 냄새 제거에서 살균까지 완벽하게 해야 완료. 그런 일입니다."

사리나는 흥미진진한 듯, 눈을 동그랗게 뜨고 들었다.

"놀랐어. 꽤나 대단한 일을 하고 있네. 그럼 호스트는 바로 그만둔 거?"

"네. 그날 그만뒀습니다. 나한테는 무리인 것 같아서요."

사리나는 끄덕였다.

"응. 나도 그렇게 생각했어. 당신은 그 일에 맞지 않아. 하루라도 빨리 그만두는 게 좋겠다고 생각했지."

3년 전 일을 떠올렸다. 까불지 말라고 악다구니를 썼던 사리나. 건드렸다가는 불이 튈 것처럼 매서웠다. 그러나 지금 눈앞에 있는 사리나는 오히려 부드럽고 상냥했다.

"그때는 빌끈해서 미안해. 당신을 보니까 정말로 충고를 하고 싶었거든. 물장사라는 건 말이야, 간단하게 돈을 벌 수 있을 거라 생각할지 몰라도 이 세계에서 살아남기란 엄청나게 힘든 일인 거야. 당신, 얼굴은 좋지만 그것만으로는 안 돼.

강해야 되고 약아야 되고 근성도 있어야 해. 그때 당신한테는 그런 게 있어 보이지 않았어. 호스트를 해봤자 지쳐 빠져서 금방 끝장날 거라고 생각했지."

나는 쓴웃음을 짓고 솔직하게 머리를 숙였다.

"처음부터 탄로 난 거네요. 일찌감치 종막을 고하게 해 줘서 다행이라고 생각합니다. 그때 눈이 뜨였어요. 내 생각이 안이했구나 하고."

사리나는 쿡 하고 웃었다.

"아직 어리면서, 종막이라는 말도 알고."

"사리나 씨도 나하고 같든가 조금 위 아닌가요."

사리나는 큰 소리를 내며 웃었다.

"무슨 소릴. 나 벌써 서른 후반이야."

나는 깜짝 놀라 눈을 크게 떴다.

"거짓말. 아무리 봐도 그렇게는."

사리나는 웃으면서 한 손을 흔들어 내 말을 막았다.

"그러니까 힘든 일인 거지. 노력하는 거라고. 그야말로 피눈물 나게 말이야."

나는 눈앞의 사리나 얼굴을 말끄러미 쳐다보았다. 눈이 번쩍 뜨일 만큼 미인은 아니었지만 나이에 비해 상당히 젊은 것은 사실이었다. 웃으면 눈초리가 내려가 어수룩해 보이는 얼굴이 되지만.

사리나는 눈웃음 지으며 담배 연기를 날리고서 말을 이었다.

"나한테는 얼굴도 몸도 장사 도구. 원래 미인이 아니었던 나는 몸과 테크닉을 닦는 수밖에 없었어. 결국 남자의 목적은 그 거니까. 서비스가 좋으면 단골이 되어 주지. 그런 노력을 사서 손님이 많이 와 주었어. 그래도 나이를 먹으니까 거기에도 한계가 오긴 해."

그렇게 말하고서 뺨을 톡톡 쳤다.

"이거, 여기에 이것저것 집어넣었어."

나는 어리둥절해 했다.

"넣다니, 뭘요?"

"폴리프로필렌하고 고어텍스. 케이블 리프트라는 거야. 실에 낚싯바늘을 달아 늘어진 뺨을 당겨 올려주는 거지."

나는 뚫어져라 사리나의 뺨을 보았다. 저 안에 폴리프로필렌이 들어 있다니, 도무지 상상이 되지 않는다.

"아프지 않나요?"

"마취하니까 아프지 않아. 오히려 아픈 건 히알루론산을 주사할 때랄까? 주름을 잡으려고 석 달에 한 번 정도 눈 아래하고 입가에 맞거든. 그건 아파서 눈물이 나와."

나는 한숨을 쉬었다.

"아름다움을 얻기 위해 말 그대로 피와 눈물을 흘리는 거네요."

설마 이런 데서 성형한 여자를 만날 줄은 몰랐다. 그래도 사리나의 경우에는 일을 위해서라고 선을 그어 놓았기에 병원 홈페이지의 여자들과는 달리 언행에 비장감은 없었다.

그래. 그 일에 대해 물어보면 어떨까?

"혹시 아프로디테 클리닉이라고 아세요?"

사리나는 뜻밖이라는 얼굴로 아이스커피의 빨대를 물고 있었다.

"아는데. 왜?"

나는 놀라서 높은 목소리를 냈다.

"아세요?"

"알다마다. 난 거기 단골이니까. 그렇다곤 해도 성형외과는 거기 말고 다른 데도 여기저기 다녀.”

너무나 쉽게 대답을 얻어낸 나는 김이 빠지고 말았다.

“거긴 느낌이 어때요?”

“어떤 느낌?”

“솜씨가 좋다거나 나쁘다거나.”

사리나는 조금 생각에 잠겼다.

“솜씨는 나쁘지 않아. 그런데 애프터케어가 건성이랄까? 그래도 가격이 싼 걸 생각하면 어쩔 수 없긴 하지. 어쨌거나 손님은 자꾸자꾸 와. 언제 가든 만원이어서 1시간, 2시간 기다리는 건 당연한 일이야. 접수 보는 여자애도 서투르고 어수선한 게 너무나 편의점 분위기라니까. 성형외과 특유의 고급스런 느낌은 없지.”

“아프로디테 클리닉에서는 구체적으로 무얼 하나요?”

“쌍꺼풀을 만들어 주거나, 코에 실리콘을 넣는 게 주라고 할까. 이른바 쁘띠 성형이라는 건데, 콜라겐이나 히알루론산, 보톡스를 주사로 주입하는 거야. 수술은 원장인 우키타 선생이 하고, 포토페이셜처럼 기계를 쓰는 시술은 전부 젊은 여자 간호사가 하지.”

“그, 포토 뭐라는 건 뭔가요?”

“얼굴에 레이저로 손상을 가해서 진피층의 콜라겐을 활성화

한다는 시술법이야. 따끔따끔하지만 기미가 올라와 부슬부슬 떨어져.”

나는 한숨지었다. 아름다워지고 싶다는 여자의 욕구에는 한계가 없는 모양이다.

“꽤나 많은 방법이 있군요.”

“무엇보다도 겉모습을 우선하는 세상이 됐으니까. 남자가 여자한테 원하는 건 아름다움과 젊음. 마음 따위는 나중 문제. 여자가 성형에 광분하는 것도 무리는 아냐. 근데 왜 아프로디테 클리닉에 대해 알고 싶은 건데?”

나는 이제까지의 자초지종을 설명했다. 욕조 안에서 죽은, 질척질척 녹아버린 쓰시마 에미. 과도한 성형을 했는데, 그것하고 욕조에서의 수상한 죽음이 어떤 관계가 있지나 않은지, 지금 조사하고 있는 중이라고.

사리나는 진지한 표정으로 듣다가, 이윽고 “지독한 얘기네.” 하고 깊은 한숨을 쉬었다.

나는 큰맘 먹고 말했다.

“실은 나, 그 여자의 모습이 보입니다. 꿈을 꾸거나 실제로 욕조 안에 있는 모습이 보이기도 하고요.”

입에 담고서야, ‘아차, 이상한 말을 떠들어버렸구나.’하고 혀를 깨물고 싶었지만 막상 사리나는 태연했다.

"아, 그렇구나. 우리 할머니도 봤으니까 그리 이상한 일도
아냐."

"그런가요."

안심하는 한편, 몹시 맥이 빠졌다. 이런 부류의 얘기에 온몸
으로 거부반응을 보이는 사람도 있어서 얘기를 꺼내는데 용기
가 필요하다.

"나 아오모리 쓰가루 출신인데, 할머니가 살던 마을에 무당
같은 사람이 있었거든. 나물 캐러 갔다가 행방불명된 사람이
생기거나 하면 부근 마을이나 시내에서도 물어보러 왔어. 우리
할아범 어디 갔냐고 말이야. 거긴 영혼이나 신령 같은 게 일상
생활에 녹아 있었던 셈이지."

아오모리였구나. 쓰시마 에미도 아오모리 출신이었다. 그리
고 그 지방에는 영혼이나 신령하고 사람이 무리 없이 동거할
수 있는 곳이라고 한다. 쓰시마 에미의 영감이 강한 것도 그래
서인지 모른다. 거기에 나하고 라디오 주파수가 맞는 것처럼
파장이 맞아 떨어진 것일지도.

문득 제정신이 들어 얘기를 되돌렸다.

"아까는 고마 극장 앞 광장에서 리카라는 여자를 만나기로
했죠. 쓰시마 에미한테 못생겼다느니 죽으라느니 하고 폭언을
퍼부은 사람인데, 그 탓에 에미가 과도한 성형으로 내달리게

됐다고 생각합니다.”

“어머, 그랬구나! 미안. 내가 억지로 끌고 와서.”

“괜찮습니다. 1시간이나 기다렸으니까, 필시 바람맞은 걸 거예요.”

나는 프린트한 리카 사진을 사리나에게 내밀었다.

“이 사람이 리카입니다. 아마 가부키초의 룸살롱에서 일할 것 같은데, 짐작 가는 곳은 없나요?”

“글쎄, 룸살롱은 여기저기 많으니까. 그렇지만 나도 그런 여자는 용서가 안 되는걸. 보이면 목을 비틀어 주겠어. 친구들한테도 돌려서 물어 볼게. 이 사진, 가져도 되지?”

“그럼요. 얼마든지 프린트할 수 있으니까요.”

사리나는 사진을 핸드백에 넣으면서 말했다.

“이제 뭘 할 건데?”

“글쎄요.”

리카와 만나 얘기를 들으려고 여기까지 왔는데 기대가 빗나가고 말았다. 리카는 성형 후에 쓰시마 에미가 어떻게 되었는지 알았을까 몰랐을까? 욕지거리 메일을 보낸 것도 유지 건이 불거졌을 때밖에 없었고, 그것도 쓰시마 에미가 물러남으로써 종식되었던 것 같다. 그 다음에 메일을 주고받은 흔적도 없다.

사리나는 문득 떠오른 듯 말했다.

"맞아! 아프로디테 클리닉에 물어보러 가는 건 어때?"

나는 그 아이디어에 기겁할 뻔 했다.

"성형외과 병원에 물어 보라고요?"

남자인 내가?

"나도 성형 단골인데. 지금 얘기 엄청 신경 쓰이거든. 아프로디테 클리닉에도 빈번하게 다니고 있고. 쓰시마 에미 씨가 만약 성형 수술 실패로 자살했다면 그냥 지나칠 순 없어."

"아니, 나로서는 수술 자체는 성공했다고 생각됩니다. 원래 누구였는지 못 알아볼 정도로 예뻐졌으니까요. 이게 쓰시마 에미입니다. 성형 전과 성형 후의."

나는 오프 모임과 여권 사진을 사리나에게 보여 주었다. 사리나는 진지한 눈빛으로 두 장의 사진을 비교해 보았다.

"이건 대수술이었겠는걸. 결과는 훌륭하네. 딴 사람처럼 예뻐졌어. 그런데 말이야, 이런 건 나중이 무서운 거거든. 극적으로 변했다는 건 나중에 트러블이 생기기 쉽다는 뜻. 특히 하관을 깎은 다음에는 풀려버릴 가능성이 있어. 얼굴이란 부드러운 부분부터 먼저 무너지는 건데, 이 정도로 여기저기 주물러 놓으면 어디가 어떻게 변할지 예상도 할 수 없게 돼."

그 미국 흑인 가수도 그랬던 것일까? 처음에는 성형에 성공한줄 알았는데, 여기저기 풀리기 시작하더니 급기야 붕괴가 전체로 퍼지고 말았다. 그래서 어느 시점부터는 붕괴를 막기 위한 재수술을 거듭하게 된 것이다.

"수술 뒤의 쓰시마 씨에 대해서는 집도의인 원장이 제일 잘 알 거라고 생각해. 애프터케어를 위해 병원에도 다녔을 거고."

"원장과 얘기하라고요?"

나는 이미 주저하고 있었다.

"뭘 기가 죽어서 그래. 뭐 하면 내가 물어보고 올게. 아프로디테 클리닉은 바로 저기니까."

가부키초 2번가. 호스트바 거리를 빠져나가 오쿠보 방면으로 걸어 7, 8분. 한적한 호텔가에 있는 '아프로디테 클리닉' 앞에 사리나와 함께 멈춰 섰다. 건물은 흰색 3층짜리였다. 새 건물에 깨끗했지만 입구는 작아서 눈에 띄지 않았다. 어딘지 병원 자체가 러브호텔 같았다.

화장도 진하고 몸매가 뛰어난 젊은 여성이 자동문 안으로 슥 빨려 들어갔다. 병원을 출입하는 사람은 모두 평균 이상으로 예뻤다.

나는 흠칫거리면서 사리나에게 물었다.

"이제 어떻게 하죠?"

사리나는 손목시계를 보았다.

“8시 넘었군. 병원은 9시까지 영업이야. 원장에게 캐물어보기에는 딱 좋네. 나 혼자 가도 괜찮지만, 그러면 깊은 얘기가 안 되니까 당신도 같이 가는 게 좋겠어.”

사리나는 휴대전화의 주소록에서 병원 번호를 찾아냈다.

“일단 전화해 볼게. 레이저로 점을 빼러 왔다고 말해 보지. 그건 5분이면 되고, 누가 뭐라고 해도 난 VIP니까.”

역시 나도 같이 가야 되나. 물론 그래야 마땅하지만, 왠지 주눅이 들었다.

사리나는 전화를 끊고 말했다.

“오케이야. VIP의 특전. 바로 접수를 하래. 상담은 전부 원장이 하니까, 그때 캐물어볼 수 있을 거야.”

결국 병원에 들어가 있던 키 큰 여자를 보고 나는 각오를 다졌다.

그는 여장 남성이었다. 남자 아닌가. 나 또한 사내다. 두려울 게 무엇인가.

나는 사리나의 뒤를 따라 미용 성형외과 ‘아프로디테 클리닉’의 입구로 들어섰다.

9

우리가 오늘 마지막 손님인 모양이었다. 대기실 의자에 하릴없이 앉아 있자니 여자 손님들의 시선이 여기저기에서 거침없이 날아왔다. 아무리 그래도 뚫어져라 보는 정도까지는 아니었지만, 내 존재가 여자들의 흥미를 끄는 것 같았다. 아까 그 여장 남성도 옆에 앉아 힐끔힐끔 내 얼굴을 곁눈으로 훔쳐보았다.

사리나가 내 귓가에 살짝 속삭였다.

"당신 얼굴이 잘생겨서 모두들 성형했나 보다 생각하는 거야. 신경 쓰지 마."

그때 여장 남성의 호출이 있었다.

가볍게 눈인사를 하면서 일어나는 모습을 보니, 더 이상 어디를 고치겠다는 건가 싶을 정도로 완벽하게 가다듬어져 있었다.

대기실을 둘러보니, 무기질적인 하얀 벽에 폴 클레의 수채화가 걸려 있었다. 호화롭지는 않지만 밝고 청결해서 모던한 느낌이었다.

여장 남성은 금방 원장실에서 나오더니 별실로 들어갔다. 곧 비이, 비이 하는 기계음이 들리기 시작했다.

"저건?"

“레이저계 치료. 오로라나 뭐라나 하는 걸 거야.”

또 알 수 없는 시술명이 늘었다. 나는 이제 명칭 외우기를 포기했다.

“많이 기다리셨습니다. 무라니시 다카코님. 원장님 상담입니다. 이쪽으로 오세요.”

“가자.”

사리는 나한테 작은 소리로 속삭이고는 벌떡 일어났다.

“네? 근데 무라니시라고.”

“내 본명이야.”

사리나는 복도 안쪽 방을 향해 총총히 걷기 시작했다.

그렇구나. 사리나는 예명이었던가.

하긴 그렇겠구나. 나는 납득하면서 그녀의 뒤를 따랐다.

“실례합니다.”

“아아, 당신은.”

우키타 원장은 사리나의 얼굴에 눈길을 보냈다.

“오랜만입니다. 전에 케이블 리프트와 포토페이셜을 받은 무라니시입니다.”

우키타는 컴퓨터 화면에 뜬 사리나의 진료기록을 보면서 말했다.

"무라니시 씨군요. 그 뒤에 어떠셨나요?"

"아주 느낌이 좋아요. 기미도 칙칙한 것도 빠졌고, 늘어짐도 없어졌어요."

우키타는 만족스럽게 고개를 끄덕였다. 나이는 40대 중반 성도일까? 거무스름하지만 팽팽한 피부, 입술 위로 기른 작은 수염이 라틴계 지골로 같은 인상을 주었다. 격무에 시달리는 사람치고는 생기 있고 활력이 넘치는 것처럼 보였다.

"그거 잘 됐군요. 오늘은 점 제거를 하러 왔다고요?"

"네. 입가의 점을 레이저로 빼 주셨으면 하고요."

"알았습니다. 그럼 지금 바로 할까요? 먼저 화장을 지워 주세요."

"그 전에 잠깐 여쭙고 싶은 게 있는데요."

"뭔가요?"

"여기에 왔던 환자 분 중에 쓰시마 에미라는 여자가 있었던 것 같은데."

우키타는 우뚝 움직임을 멈췄다. 미심쩍다는 듯 미간을 찌푸리면서 고개를 갸웃했다.

사리나가 옆구리를 찔러, 그 뒤는 내가 이어서 말했다.

"쓰시마 씨는 2개월 쯤 전에 돌아가셨습니다. 아마 자살인 것 같습니다. 여기서 큰 성형 수술을 받았는데, 그 일과 무슨 관계가 있을 않을까 싶어서 말씀을 들어보려고 왔습니다."

잠시 입을 다물고 생각에 잠겨 있다가, 잠시 뒤에 우키타가 입을 열었다.

"쓰시마 씨, 돌아가셨습니까? 그거 참 안됐군요. 그러나 성형 수술을 받았기 때문에 자살했다고 단정하는 건 경솔한 판단이라고 생각합니다만."

"단정 내린 건 아닙니다. 그저 수술 후 정신적으로 몹시 불안정했던 것 같아서, 그 즈음의 모습을 선생님이라면 잘 알고 계시지 않을까 하고 생각했습니다."

"아무것도 모릅니다. 무슨 일이 있었다고 하더라도 담당 의사로서는 아무 대답도 할 수 없습니다."

사리나가 끼어들었다.

"사진을 보면 수술이 정말 잘 된 거 같은데요, 시술 후도 그게 유지되었나요? 시간이 지나니까 무너지기 시작했다든가 하는 일은."

대응하는 우키타의 말투가 엄격해졌다.

"당신들, 시비 걸려고 온 겁니까? 비밀 보호 의무가 있어서 아무것도 대답해 줄 수 없다고 아까 얘기하지 않았습니까."

나는 끈질기게 물고 늘어졌다.

"그렇지만 쓰시마 씨는 죽었단 말입니다. 비밀 보호 의무 운

운하기보다는 자살의 원인을 규명하는데 협력하는 편이 오히려 의사가 해야 할 의무가 아닐까 생각합니다만.”

“그 사람은 어떤 방법으로 자살했습니까?”

“술과 수면제를 먹고 욕조에 늘어갔습니다. 사인은 익사인 것 같습니다만, 사체가 걸쭉하게 녹아버려서 조사할 수 있는 상태가 아니었습니다.”

우키타의 몸에서 눈에 띄게 긴장이 사라졌다.

“그러면 자살인지 아닌지도 모르는 거 아닙니까. 사고사이거나 살인일지도 모르겠군요.”

나는 할 말을 잃었다.

“그건 그렇습니다만.”

“거듭 말하지만, 성형과 자살을 연관 지을 증거를 가져와 보십시오. 그런 게 하나도 없는 이상, 담당 의사로서 대답할 수 없습니다.”

사리나가 말했다.

“사진을 보여 주실 수는 없나요?”

“네?”

“그 정도의 수술을 받았으니까, 쓰시마 씨, 애프터케어 상담을 위해 몇 번 들렀을 테죠. 그때 사진을 찍었을 거라고 생각되는데, 그걸 보여 주지 않으시겠어요? 그러면 시술 뒤에 트러블이 생겼는지 아닌지 확실히 알 수 있을 테니까요.”

“당신은 그런 말을 할 자격이 없어요.”

우키타 원장은 컴퓨터를 끄고 벌떡 일어났다.

“오늘 진료는 여기까지입니다. 돌아가 주시죠.”

“아, 그렇지만 점 레이저 치료는?”

“처음부터 레이저 같은 거 할 마음이 없었잖소. 얼른 나가 줘요.”

‘아프로디테 클리닉’에서 쫓겨난 나와 사리나는 하릴없이 한 동안 병원 앞에 서 있다가, 그대로 있어봤자 어쩔 도리가 없기에 큰길을 향해 걷기 시작했다. 그 여장 남성의 레이저 치료는 잘 끝났을까?

“원장의 태도, 분명히 이상해. 그렇게 벌벌 떨다니.”

쓰시마 에미의 이름만 듣고서도 우키타의 표정은 확 바뀌었다.

“보통 환자의 이름이란 거, 그렇게 잘 외우고 있나요?”

“외우고 있지는 않아. 나만 해도 진료기록에서 이름만 보고서는 몰랐을 거야. 얼굴을 보고서야 아 이 사람이구나, 하는 거지. 몇 번이나 왔었는데도 그런걸. 쓰시마 에미라는 이름만 듣고서도 몸이 굳어졌다는 건 시술 후에 상당한 트러블이 일어났다는 증거라고 생각해.”

사진이다. 이렇게 되면 역시 사진이 보고 싶다. 수술 후 몇 개월 지난 쓰시마 에미의 사진을 볼 수 있다면 모든 것이 명백해지리라.

그때 청바지 주머니 속에서 휴대전화가 진동했다. 꺼내서 발신자를 보니 레이한테서 온 것이었다.

"여보세요."

전화를 받자 레이가 퉁명스럽게 말했다.

"어디 있는 거야?"

"가부키초."

"뭐! 날 따돌리고 혼자 룸살롱에 갈 셈이었냐?"

"아니 아니."

나는 '사이버 포레스트'를 통해 리카에게 접촉하여 만나기로 하는 데까지는 성공했지만 바람맞았다는 것. 그 뒤에 아는 사람의 도움으로 '아프로디테 클리닉'에 물어보러 갔었던 일 등을 설명했다.

레이는 감탄한 듯한 소리를 냈다.

"벌써 아프로디테 클리닉까지 갔었냐? 대단한걸. 그런데 아는 사람이란 건 누구야?"

"호스트바에 체험 출근했을 때의 손님."

"와! 너도 여간내기가 아닌걸. 여태까지 그 손님을 잡아두고 있었던 거야?”

“아니, 우연히 만났어요.”

“그래서 어떻게 됐어? 병원에선. 쓰시마 에미에 관해 뭐 좀 알아냈어?”

“비밀 보호 의무를 방패로 원장은 노 코멘트로 나왔지만 뭔가 트러블이 있었던 건 확실한 거 같아요.”

“그러냐? 이쪽도 수확이 있었다.”

“아, 어떤?”

“쓰시마 에미의 짐에서 주사기를 찾아냈어.”

“주사기?” 나는 높은 소리를 냈다.

“주사기라니, 설마 마약….”

“어쨌거나, 나도 지금 가부키초로 갈게. 15분 뒤면 도착할 거 같은데, 거기서 만나자.”

그렇게 말한 레이는 전화를 끊어버렸다.

나는 불이 꺼진 휴대전화 화면을 멍 하니 바라보았다.

방에서 주사기가 나왔다고? 어찌된 일이지? 쓰시마 에미는 주사기로 무엇을 했다는 말인가.

“주사기가 어쨌다고?”

“그녀 집에서 주사기가 발견됐답니다. 그게, 혹시 마약이라도 맞았던 거 아닌가 싶어서.”

"뭐라고? 그럼 자살 원인이 그걸지도 모르겠네."

"지금 우리 사장이 이리로 오고 있는데 15분쯤 기다릴 수 있으세요?"

"응. 괜찮아. 오늘은 쉬어도 되고."

"네? 그건, 좀 안 되는 거 아닌가요?"

"괜찮아. 요즘엔 나한테 별로 기대도 안 해. 그 가게도 떠날 때가 된 건지 모르겠어."

사리나는 담박하게 말했다. 3년 동안 사리나에게도 나름대로 흥망성쇠가 있었다는 얘기인가.

우리는 룸으로 된 술집으로 들어가 거기서 레이를 기다렸다.

10분 뒤, 점원의 안내를 받아 방으로 들어온 레이를 사리나는 멍 하니 쳐다보았다. 테이블 옆에 서서 처음 뵙겠습니다, 하고 인사하는 레이를 올려다보며 헤벌쭉 웃으니, 눈초리가 내려갔다.

또, 또.

사리나의 시선 끝에는 어떤 여자라도 한방에 쓰러뜨리고 마는 레이의 매력적인 웃음이 있었다.

쿨해서 다가가기 어렵지만, 웃으면 붙임성 있게 보여서 엄청나게 귀엽다.

레이에 대한 사리나의 인물평이었다.

"몸은 호리호리한데 근육질이고, 온몸에서 사내 분위기가 넘쳐 나와. 레이는 호스트에 엄청나게 적합할 거 같아. 준은 무리지만."

"뭡니까. 왜 난 무리라는 거예요."

나는 욱해서 말했다. 호스트에 맞지 않는다는 거야 처음부터 잘 알고 있지만, 그래도 그런 식으로 말하지 않아도 될 것을.

레이는 내 어깨를 가볍게 치면서 말했다.

"애가 할머니들한테는 엄청 인기예요. 노인한테 되게 친절하거든요."

그런 말은 전혀 도움이 안 되잖아. 나는 오히려 풀이 죽어버렸다.

"준은 준 나름대로 귀여워. 그래도 아직 어린애지. 처음에 만났을 때보다는 훨씬 좋은 남자가 되긴 했지만."

"그런데 딱 한 번 본 애를 용케 기억하고 있네요."

"얼굴 기억하는 게 내 일이니까요. 더군다나 얘, 여자애처럼 깔끔한 얼굴이기도 하고."

"네 네. 고맙습니다."

나는 자포자기해서 말했다.

"삐쳤어?"

레이가 고개를 숙이면서 쿡 하고 웃었다.

"그거, 그 웃는 얼굴. 아아, 정말 죽여요."

농짓거리는 작작 하고 얘기를 바꾸자고 생각했을 때, 큰 맥주잔이 왔다. 운전을 해야 할 나는 복숭아주스였다.

"건배."

세 사람이 잔을 힘차게 맞부딪쳤다.

사리나와 처음 만났을 때, 설마 이렇게 될 줄은 생각지도 못했다. 이 무서운 여자하고 사이좋게 술을 나눌 날이 올 줄이야. 사람의 인연이란 재미있는 것이다.

사리나는 단숨에 큰 잔의 반을 비웠다. 술이 센 것은 변함이 없었다.

"준한테 들었는데, 대단한 일을 하고 있다면서요?"

"별 거 아닙니다. 썩은 시체 뒤처리일 뿐이죠. 나 자신이 시체가 되는 건 아니니까요."

레이는 생글거리며 대답했다.

"인체를 상대로 하는 일이라는 의미에서는 나도 마찬가지네요."

"상대가 살았냐 죽었냐가 다를 뿐이로군요."

나는 말했다.

"그런 카테고리로 보자면, 성형외과도 마찬가지라고 해야 할까?"

"그럴 듯한 얘기인걸. 근데 아프로디테 클리닉 원장이란 사람은 어떻디?"

나는 우키타 원장이 더할 나위 없이 수상하다고 단언했다.

사리나도 끄덕였다.

"그래요. 성형외과 의사는 수 천 명의 여자를 상대하기 때문에 웬만큼 강한 인상을 가진 사람 아니면 환자 이름 따위는 잊어버려요. 그런데 우키타는 쓰시마 씨 이름을 기억했어요. 말이 나온 순간 태도가 변했거든요. 그건 시술 후에 상당한 일이 일어났기 때문이라고 생각해요."

"맞아. 극적으로 변했어요. 절대로 사진을 보여 줄 수 없다고 정색을 하더라고."

레이는 턱을 쓰다듬으면서 말했다.

"사진이라. 쓰시마 에미의 성형 후 얼굴 사진이 병원에 남아 있겠구나."

"응. 원장이 쓰는 컴퓨터에 환자의 모든 데이터가 들어 있을 거예요."

"보고 싶은걸. 어떻게 볼 수 없을까?"

으음, 하고 세 사람은 생각에 잠겼다.

주문한 요리가 잇달아 나왔다. 닭 튀김, 찹스테이크, 소혀 샐러드, 튀긴 감자, 모둠 닭꼬치, 돼지고기 볶음밥, 육회. 무서울 정도로 고칼로리인 메뉴들이었다.

"그렇지." 레이가 얼굴을 들고 말했다. "우리 일을 이용하면 어떨까?"

나는 눈을 동그랗게 떴다.

"일을 이용하다니?"

"아프로디테 클리닉이 특수청소업자를 부르지 않으면 안 될 상황을 만드는 거야."

"무슨 소리예요?"

"오물을 병원 안에 뿌려 놓은 다음 우리 광고지를 우편함에 넣어두는 거야. 우리 일을 우키타 원장한테는 말하지 않았지?"

"응, 말 안 했어."

그렇군. 청소할 동안 사람들을 내보낼 수 있으니까 병원 내부를 맘대로 둘러볼 수 있다. 꽤 좋은 아이디어일 것 같다.

"아, 그런데 난 얼굴이 알려졌잖아."

"방진 마스크에 방호복을 입으면 누가 누군지 모를 거야. 인사야 나만 얼굴을 보이면서 하면 그만이고."

사리나는 수상쩍다는 듯 레이에게 물었다.

"오물이라니, 뭘 뿌릴 생각?"

"병원에서 나온 폐기물이 좋을 것 같습니다. 쓰레기로 폐기

될 운명인 것들을 수거해서 여기 저기 뿌려 놓는 거죠.”

나는 미간을 찌푸렸다.

“병원에서 나오는 폐기물이라니, 그게 뭔데?”

“성형외과에서는 지방 흡입을 하잖냐.”

“아, 그렇군!”

“지방뿐 아니라, 살점이니 뼈니 여러 가지 나올 거야. 즉, 평소에 우리 업무에서 취급하는 것들이지.”

인체에서 떼어져 폐기물이 된 살점, 생명 활동이 정지되자마자 급격히 부패하도록 운명지어진 단백질 덩어리를 병원 여기 저기에 놓는다는 계획이다.

“상당히 심한 짓이 되겠네요.”

썩은 고기의 악취가 가득한 가운데 병원에 온 사람들이 아비규환의 혼란에 빠지는 모습을 떠올리면서 나는 한숨지었다.

“먼저 어디에서 물건을 손에 넣느냐가 문제야. 그런 것들을 병원 안 쓰레기통 같은 데서 주울 수 있을까?”

“흡입된 지방은 의료폐기물로 취급할 것 같은데요. 그거야말로 ‘클린 그린 서비스’ 담당 아닌가요?”

레이는 찹스테이크를 향해 뻗었던 젓가락을 문득 멈췄다.

“그러고 보니, 아직 너한테 말하지 않았구나. 내일 일이 들어왔어.”

"그래요? 난이도는요?"

"상당히 높아. A와 B의 중간 정도. 그러니까 말이야." 레이는 기쁜 듯 말했다. "어디에서 훔쳐오지 않아도 썩은 살은 얼마든지 손에 넣을 수 있단 거지."

나는 육회에 뻗었던 젓가락을 멈추고 말았다. A와 B의 중간이라, 꽤 마음이 무거워지는 상황이다.

레이는 내 얼굴을 보고 웃음을 터뜨렸다.

"농담이야. 아무리 그래도 그건 인간적으로 너무 심하잖나? 쓰레기는 '클린 그린 서비스'에서 받는 게 좋겠다. 되도록 더러운 걸로 달라고 주문을 하자고."

인육에 가까운 것, 필시 동물의 잔해일 터. 그것을 흩뿌린다. 병원에 있는 사람들이 신발도 안 신고 정신없이 도망치지 않을 수 없을만한 대용물을.

정말로 그런 짓을 하려는 걸까? 만약 그렇게 한다고 쳤을 때, 대체 누가 한다는 말인가.

"미안합니다. 식사 중에 이런 얘기를 해서."

레이는 부끄러워하는 기색도 없이 사리나에게 사과했다.

"괜찮아요. 오물이라면 나도 다루는데 익숙하니까요. 우리가 얼마나 더러운 꼴을 당하는지 알면 당신들도 깜짝 놀랄걸요."

레이는 말했다.

"피차 몸으로 먹고 사는군요. 남자의 힘에 기대 살려는 여자는 경멸하지만 사리나 씨처럼 어디까지나 자기 힘으로 운명을 열어나가려는 여성은 존경합니다."

"아이 참, 레이 씨도. 더 마시기나 해요."

사리나는 레이와 잔을 마주쳤다. 항상 그렇듯이 여자에 대한 레이의 말은 매끄러웠다.

"그런데 문제는 누가 오물을 가지고 가서 병원에 뿌리느냐인데."

레이는 흘긋 내 얼굴을 보더니, 그 다음에 사리나의 얼굴을 보았다.

맥주잔을 기울이던 사리나의 손이 멎었다.

"뭐, 내가?"

높은 목소리로 물었다.

레이가 너무나 미안하다는 듯 말했다.

"죄송합니다. 물론 싫다면야 할 수 없지만."

사리나는 빙긋 웃고서 말했다.

"아녜요. 좋아요, 물론."

"정말이십니까?"

레이가 속삭이듯 말하더니 사리나의 팔에 살짝 손을 댔다.

"레이 씨를 위해서인걸. 해달라는 건 뭐든지 해 주는 게 당연하잖아요.”

이 인간, 정말로 여자를 속여 먹는데 능숙하구나.

나는 사리나를 향한 레이의 친밀감 담긴 웃음을 반쯤 어이없어 하며 바라보고 있었다.

“그런데 레이가 쓰시마 에미한테서 발견한 주사기란 건 뭐야?”

“아, 그렇지.”

레이는 종이냅킨을 테이블에 깔더니 그 위에 종이봉투에서 꺼낸 주사기를 놓았다.

사용하지 않은 주사기와 바늘도 있었다. 포장지에는 시린지(바늘 없는 주사기란 뜻 **역주**) 10ml라고 쓰여 있다.

“남들이 보면 위험하잖아.”

나는 점원이 방으로 들어오지 않는지 입구에서 머리를 내밀어 슬쩍 바깥을 살폈다. 모든 점원들이 바쁘게 통로를 오가는 중이어서 이쪽에서 부르지 않는 한 올 기색은 보이지 않았다.

나는 안심하고 얘기로 돌아왔다. 레이가 사리나에게 설명하고 있었다.

“다시 말해서, 문제는 왜 쓰시마 에미한테서 주사기가 나왔느냐 하는 겁니다. 더구나 여벌의 주사기와 바늘까지 있어요.

이건 상습적으로 자기가 주사를 놨다는 말이죠. 자기가 주사를 놨다면, 마약 이외에는 생각하기 힘들어요. 죽기 전 그녀의 언동도 상당히 석연치 않았으니까 마약 중독이라고 해도 이상할 게 없고요. 그렇다면 그 마약은 어디서 생겼고, 어디에 숨겨 두었냐는 겁니다. 그래서 쓰시마 에미의 짐을 살펴보았죠. 그랬더니 액세서리들 짤그랑거리는 속에서 앰풀 조각이 나오더군요. 새로운 의문이 생겼습니다. 이 앰풀은 뭘까? 글씨가 보였습니다. '주사용'이라고. 그렇구나 싶었죠. 그녀는 그걸 주사했던 거예요.”

나와 사리나는 레이의 이야기에 빨려들듯 말없이 듣고 있었다.

“앰풀을 보존하려 했다면, 일단 냉장고겠지? 준야.”

레이는 갑자기 나에게 되물었다.

“너, 냉장고 안에 거 '클린 그린 서비스'에 주는 거 잊어버렸지?”

“앗, 죄송!”

넘겨 주는 것을 잊어버렸고, 분류해서 버리는 것마저 잊고 있었다.

“그건 됐어. 덕분에 이걸 손에 넣을 수 있었으니까. 노가미한테 줬으면 지금쯤은 파쇄업자한테 가버렸겠지.”

레이는 작은 상자를 보여 주었다.

상품명은 프라세몬. 한 갑 세 개 들이. 상자에는 '인태반 추출물'이라고 쓰여 있었다.

"이거 뭔지 아시겠습니까?"

사리나는 고개를 갸웃거리면서 상자에 있는 글씨를 읽었다.

"아, 이거 사람 태반이네."

나는 깜짝 놀랐다.

"사람 태반이요? 그걸 주사해서 뭐 하는 건데요?"

"태반은 미용 전반에 효과가 있어. 기미 · 주름 · 미백 · 늘어진 피부, 어디든지 효과가 있다는 평판이야. 만성피로나 노화 방지에도 효과가 있다고 해서 나도 몇 번 주사를 맞았지."

"사리나 씨도?"

"화제가 되기 시작했을 초기에 전문 병원에서."

"효과는 어떻든가요?"

"그땐 피로 해소가 우선이었는데, 솔직히 효과가 있다는 실감은 안 나더라고. 이삼일은 주사 맞은 팔에 힘이 빠질 거라고 했는데, 내 장사에서는 팔에 힘이 빠지면 상당한 마이너스거든. 그 뒤에 몇 번 맞긴 했는데, 효과가 뚜렷하지 않아서 그만 됐지. 사람에 따라서는 피부가 반질반질해졌다든가, 힘이 난다든가, 눈에 띄는 효과가 있기도 하나 봐."

상자를 보니 "인태반 추출물, 만성 간 질환자에 대한 간 기능 개선제"라고 쓰여 있었다.

원래 태반은 간염 환자를 위한 의약품으로 사용되었던 모양이다. 그것이 어느새 미용용 만능약이라고 효능을 선전하기 시작했던 것이다.

상자 안에는 사용하지 않은 2ml 앰풀 세 개와 사용한 앰풀 한 개. 미사용 10ml 주사기와 바늘도 있었다. 주사바늘 두께는 27G 4분의 3.

갈색 앰풀 안에는 끈기 있어 보이는 옅은 황갈색 액체가 남아 있었다. 이것이 사람의 태반으로 만든 것이란 말인가.

다른 사람의 장기로 만든 것을 내 몸 안에 넣는다니, 나는 생리적으로 혐오감이 느껴졌다. 남자와 여자는 그런 부분에서는 감각이 다른 것일까?

"글쎄? 태반 물질은 어느 여성지에서나 크게 다뤄졌고, 효능이 대단하다고 소문이 자자해서 저항감이 없었어. 게다가 나는 젊었을 때 태반 크림을 판매하는 회사에서 아르바이트도 했거든. 그래서 괜히 더 친근한 물건이지. 사원들 얼굴이 반지르르한 게 그 크림 덕분이라는 말이 있었어."

마약은 아니었다. 쓰시마 에미는 프라세몬이라는 태반 물질을 스스로 주사했던 것이다.

그렇지만, 왜?

그녀는 충분히 아름다워지지 않았던가.

그런데도 스스로 주사기까지 사서 프라세몬을 주사했다. 그렇게까지 할 필요가 있었을까?

레이가 단호하게 말했다.

"어쨌거나 내일 아프로디테 클리닉에 쳐들어가자. 모든 건 그 다음 일이야."

10

다음날의 현장은 사이타마 현 와코 시. 가와고에 가도를 따라 자리한 낡은 아파트였다. 세워졌을 당시에는 핑크색이었을 외벽이 배기가스와 먼지로 인해 갈색으로 변해 있었다. 오랫동안 이런 데에서 살면서 배기가스를 들이마시면 필시 신경질이 늘 것 같았다.

레이와 함께 방호복·방진 마스크를 착용하고 들어갔다. 이 아파트에서 살인 사건이 일어났다는 것은 널리 알려진 사실이어서 어설프게 신경 쓰는 척 하지 않아도 되는 점은 다행이었다.

"우와. 이거 심한걸."

나는 방진 마스크 안에서 중얼거렸다.

억지로 동반 자살을 시도했다고 들었는데, 이렇게 끔찍한 짓을 했을 줄이야.

남편이 5년 전부터 별거 중이었던 아내에게 선물을 가지고 찾아왔다. 그날이 아내 생일이라서 재결합 애기를 꺼낼 셈이었다. 그런데 아내는 이미 다른 남자와 같이 살고 있었다. 화가 치민 남편은 주방에 있던 식칼을 집어 들고 아내와 남자를 마구잡이로 찔렀다. 도망치려고 허둥대던 두 사람의 피가 방 두 개짜리 집의 벽과 천장에 흩뿌려졌다.

남편은 그것으로 만족하지 못하고 남자의 시체를 조각내 믹서로 갈아서 주방 싱크대에 쌓아놓았다. 그 다음에 자기 경동맥을 식칼로 찔렀지만 죽음에 이르지는 않았다.

아내도 목숨은 구해서 입원해 있다고 했다. 죽은 것은 결국 아내의 애인 뿐. 한때 부부였던 사람들은 앞으로 아찔할 만큼 긴 세월을 살아가야만 할 것이다.

오늘 업무는 온 집안의 혈흔을 닦아내는 일과 싱크대에 남은 살점을 제거하는 일이다.

우리는 불륜의 사랑 끝에 싱크대에서 다진 고기가 되어버린 남자에게 조용히 묵념을 했다.

사리나와 만나기로 한 시간은 오후 8시. 일단 집으로 돌아가 꼼꼼하게 샤워를 한 다음에 레이와 함께 나갔다.

사리나는 가공의 인물 '가토 미치코'라는 이름으로 '아프로디테 클리닉'에 초진 예약을 잡아 두었다. 얼굴이 알려져 있기는 하지만 성형외과라는 장소 특성상 선글라스나 마스크를 하고 찾아오는 사람도 적지 않다. 즉, 얼굴을 감춰도 부자연스러워 보이지 않기 때문에 변장하고 안으로 들어가기에는 안성맞춤이다. 또한 보험 외 진료여서 보험증이나 신분증도 필요 없다.

성형외과의 진료 시스템에 대해 듣고는 상당히 놀랐다. 문진표에 주소나 전화번호 등을 쓰기는 하지만 대부분의 경우에는 누가 누군지 모른다. 일일이 물어보지 않으므로 거짓말로 써도 모르는 것이다.

트러블이나 사건은 일어나지 경우는 없을까? 범죄의 온상이 되지는 않을까? 성형수술로 얼굴을 바꾸고 어둠 속으로 잠복하는 범죄자도 많이 생기고 있다. 또한 의사에 대해 말하자면, 임상경험이 적은데도 바로 시술을 맡기는 경우가 많아서 성형외과 의사가 되자마자 연수익이 10배나 뛰어오르는 사람까지 있다고 들었다.

그 정도로 아름다워지고 싶다는 사람이 많다는 말인데, 비뚤어진 세상의 영향이 이 부분으로 집중된 듯한 기분이 드는 것은 나쁜일까?

화려하게 보이지만 뒤집어 보면 군데군데 검은 그늘이 소용돌이치고 있다. 그것이 바로 세상인 것인지도 모른다.

사리나하고는 '아프로디테 클리닉' 뒷문으로 통하는 길에서 만나기로 했다. 관계자에게 검문이라도 당하면 곤란하기 때문에 병원에서 떨어진 자리에 탑차를 세웠다. 호텔 거리여서 이 길도 인적은 드물었다.

기다리기를 20분. 선글라스에 마스크를 한 사리나가 모퉁이를 돌아 나타났다. 경보 선수처럼 빠른 걸음으로 다가오는 사리나에게 드라이아이스 채운 아이스박스에 넣어 두었던 백을 탑차 차창을 통해 건넸다.

사리나는 그것을 받아 들고 말없이 빠른 걸음으로 사라졌다.

레이는 사리나의 뒷모습을 보면서 탄식했다.

"대단한 여자야. 정말이지 존경할만해."

"우리 회사에 입사 시킬래요? 요즘 손도 모자라니까."

"그거 좋네. 사리나라면 겁먹지 않고 기를 쓰고 해낼 거 같아."

사내들 물건을 너무 빨아서 잡균 때문에 얼굴이 부었다. 3년 전, 처음 만났을 때 사리나는 그렇게 말했다. 하루하루를 살아

나가기 위해 온몸을 내던지고 있다. 그런 사리나가 내 눈에는 산뜻하게 비쳤다. 성스러운 창부. 그런 단어가 떠올랐다.

만일 신이 있다면 우리 같은 인간에게 손을 뻗어 주기를 기도하겠다. 매일매일 땅 위의 더러운 것을 상대로 필사적으로 싸우는 사람들에게.

어젯밤, '아프로디테 클리닉' 우체통에 '리플렉스' 전단지를 넣어 두었다.

"특수청소라면 '리플렉스'에게 맡겨 주세요! 모든 오염 물질을 제거하여 원래의 깨끗한 상태로 되돌려 놓습니다. 막힌 수도관, 부패물 · 동물 시체 철거 등, 무엇이든 맡겨 주십시오. 살균 · 냄새 제거도 완벽합니다. 가벼운 마음으로 상담해 주십시오."

썩은 고기는 세면실, 메이크업 룸 등, 사리나가 혼자 있을 수 있는 곳에 놓아두기로 했는데, 일을 맡은 사리나는 사람 눈이 없으면 대기실에도 뿌리고 오겠다고 했다.

괜찮을까? 무리한 행동을 하다 들켜서 붙잡히기라도 하면? 그 경우에는 기물 파손 등으로 명백한 범죄가 된다.

10분, 20분, 차 안에서 초조하게 기다렸다. 사리나가 오지 않는다. 40분이 지나도 아무 연락 없이 사리나가 나오지 않을 경우에는 붙잡힌 것으로 보고 방진 마스크와 방호복을 입고서 나와 레이가 뛰어 들어가기로 되어 있었다.

30분이 지났다. 레이와 얼굴을 마주 보았다. 어떻게 할까? 약속된 40분까지는 앞으로 10분밖에 남지 않았다.

35분.

"준야, 준비해라."

"네."

병원 안으로 뛰어들자마자 중대한 오염이 발생한 것 같다고 소리치면서 소독용 에탄올을 분무하여 환자들의 피난을 유도한다. 그 다음에 사리나 구출에 나선다.

잘 될까? 아무래도 현실감이 나지 않는다. 어딘가 어설픈 연속극 같다.

마스크를 착용하고 있는데, 길에 사리나의 모습이 나타났다. 쏜살 같이 달려오는 모습을 보고 나와 레이는 환호성을 올렸다.

레이가 조수석에서 뛰어내려 탑차 뒷문을 열었다.

"괜찮아요? 별일 없었어요?"

"잘 됐어요."

나는 차창을 열어 운전석에서 머리를 내밀고 두 사람의 목소리에 귀를 기울였다.

"어쨌거나 뒤에 타세요. 잠깐이니까 참아요. 녀석들 눈에 띄지 않을 곳으로 갈 테니까.”

탑차 문을 닫자마자 레이는 조수석으로 뛰어올랐다.

“준야, 출발! GO! GO!”

미국 형사 드라마처럼 짧게 외쳤다. 나는 차를 급발진 시켜 ‘아프로디테 클리닉’에서 조금이라도 빨리, 먼 곳으로 사리나를 이동시켰다.

“겁먹고 있었습니다. 좀처럼 연락이 없어서.”

“이것저것 하느라고요.”

방호복을 입고 있어서 어디 들어가지도 못하고 공원 자동판매기에서 커피를 사 사리나에게 건넸다.

“메이크업 룸에 들어가 쓰레기통에서 화장 지우는데 쓴 화장솜을 꺼내 대신 그 물건을 넣어 놓고 그 위에 다시 화장솜을 덮어 놨어. 잡지함 밑 하고 티슈 박스 안에도 넣었고. 그러는데 수술이 어쩌고 하면서 걸어가는 원장 목소리가 들리더라고. 그래서 수술 들어가는구나 생각했지. 그러면 원장실은 빌 테니까 그 틈에 숨어 들어가 물건을 뿌려 놓을 셈으로 기회를 엿보고 있었어.”

수술 준비를 위해 원장과 간호사들이 필요한 사항을 의논하고 있었다. 아마 케이블 리프트를 할 모양이었다. 수술에는 다소 시간이 들지만 통증이 적어 환자가 병원에서 쉴 필요가 없기 때문에 바로 돌아갈 수 있다. 계획에는 안성맞춤이었다.

그대로 메이크업 룸에서 수술이 시작되기를 기다렸다. 원장과 간호사의 목소리가 들리다가 갑자기 조용해졌다.

시작된 것이다. 잠시 상황을 살피고서 완전히 사람 소리가 끊겼을 때 메이크업 룸에서 나왔다. 그것이 오늘 마지막 시술인 듯, 대기실은 한산했다. 복도를 살금살금 걸어가 정면 안쪽에 있는 원장실 문을 조금만 열어 보았다.

아무도 없었다. 방안으로 몸을 슬쩍 밀어 넣었다.

커다란 테이블이 있고, 건너편에 원장이 앉는 의자가, 가까운 쪽에는 환자가 앉는 의자가 둘 있었다.

테이블 오른쪽 끝에 컴퓨터가 놓여 있었다. 원장은 이 컴퓨터 화면에 뜬 환자의 얼굴을 보면서 시술 방향을 결정하는 것이다.

저 안에는 분명 쓰시마 에미의 데이터가 있다. 수술 후 사진까지도.

사리나는 동그라미 표시를 한 메모지를 레이에게 건넸다.

"자요. 이게 물건 놓아 둔 장소를 표시한 그림이에요. 청소하는데 위치를 미리 알고 있는 게 좋겠죠? 원장실에다가 메이크업 룸하고 화장실이에요."

"과연."

나는 사리나의 수완에 혀를 내둘렀다.

레이는 감격해 마지않은 듯 말했다.

"정말 멋진 여자예요. 당신은."

사리나는 밝게 웃었다.

"재밌었어요. 고등학교 때 연극부에 있었거든요. 변장 같은 걸 하니까 두근두근한 게, 나 이런 걸 좋아하는 모양이에요. 사실 예전엔 탐정이 되고 싶었던 적도 있었거든요."

"완전 유니크한 스타일이네. 실은 나도 탐정이 되고 싶었는데."

"나도요. 탐정학교 팸플릿 받은 적도 있는걸."

"뭐야, 모두 탐정이 되고 싶었던 거야?"

사리나의 손님 중에 일본에서 가장 유명한 탐정 사무소에 적을 두고 세계를 돌아다니며 활약하는 '다나카 씨'라는 사람이 있다고 한다.

그가 유럽 임무를 맡았을 때 일이다. 마피아의 딸과 사랑에 빠졌다가 화가 난 마피아 아버지에게 쫓겨 총격전이 벌어지는 바람에 딸은 폭사, 자신은 벼랑에서 뛰어내려 도망쳐서 북한 배에 올라탔다. 그 뒤에 소련으로 들어가 고르바초프 암살을 막기도 하고, 러시아 유부녀와 일본으로 사랑의 도피를 했다. 그 세계에서는 숨은 거물이라고 해서 KGB나 CIA에서도 한 수

접어주는 존재인 모양이다. 꽤 오래 전부터 그를 주인공으로
한 모험 이야기가 나온다 나온다 했는데, 아직 출판되었다는
말은 듣지 못했단다.

애기를 듣고 크게 웃었다.

"대단한 과대망상이네, 다나카 씨. 그냥 거짓말쟁이일 뿐이
잖아요."

"그렇죠? 그런 거물이 가부키초에 한 달에 한 번은 꼭 와요.
영어도 못하는 주제에 뭐가 CIA람."

나도 레이도 깔깔대며 웃었다.

그때 레이의 휴대전화가 진동했다. 모두 웃음을 삼켰다.

레이가 착신 버튼을 눌렀다.

"네. 네. 그렇습니다. '리플렉스'입니다."

얼굴이 긴장되어 있었다.

"네. 알겠습니다. 전부 우리한테 맡겨 주시면 됩니다. 손대
는 사람이 없도록, 모쪼록 주의해 주십시오. 바로 찾아뵙겠습
니다."

전화를 끊었다.

"어디?"

레이는 나를 향해 말했다.

"아프로디테 클리닉. 업무 발주다."

됐어! 하고 나는 소리쳤다.

레이는 사리나에게 몸을 돌려 말했다.

"원장실에 엄청난 사태가 벌어졌다는군요. 지금 바로 어떻게 좀 해달라고, 원장이 패닉 상태에 빠져 있는 모양입니다. 사리나 씨의 노림수가 적중했어요."

가져간 물건의 양과 오염 정도를 생각하면 악취에 비해 실제 청소 내용은 대단치 않다. 난이도는 B, 아니 C 정도라고나 할까?

사리나는 가까운 카페에서 대기하기로 했다.

10분 뒤, 나와 레이는 병원을 향해 차를 출발시켰다.

접수 담당 여직원이 코와 입을 손수건으로 막고는 우리를 맞았다. 나는 물론 방진 마스크 착용. 마스크를 하지 않은 레이가 여직원의 설명을 들었다.

"이상한 썩은 고기 같은 게 여기저기 떨어져 있고, 거기서 구더기가."

그 뒤는 말을 잇지도 못했다.

"알았습니다. 모든 방을 약품으로 살균 소독할 테니 모두 밖으로 나가 주십시오. 청소와 악취 제거를 완벽하게 마치려면 1시간 이상 걸릴 것 같습니다. 책임자 이외의 분은 귀가하시는 편이 좋겠습니다.”

“알았습니다. 책임자에게 전하도록 하겠습니다.”

여직원은 원장실 가는가 싶더니 그 옆 엑스선실로 사라졌다.

잠시 후, 여직원과 함께 우키타 원장이 모습을 나타냈다. 나도 모르게 나는 마스크 속의 얼굴을 긴장시켰다.

우키티는 공포와 분노를 드러내며 레이에게 물었다.

“어찌된 일인가, 이건.”

“모르죠. 제대로 조사해 보지 않으면요. 하지만 바이오해저드의 위험도 있으므로 모두들 빨리 건물에서 퇴거하는 편이 좋을 거 같습니다. 어디 가까운 곳에서 작업 완료를 기다리시든가, 아예 퇴근하는 게 나을지도 모르겠습니다.”

우키타는 여직원에게 몸을 돌려 소곤소곤 무어라 의논을 하더니 얼굴을 들어 말했다.

“나 혼자 남으면 되겠지. 모두 돌아가도 괜찮겠나?”

“물론입니다. 나머지는 전문가에게 모두 맡겨 두십시오.”

간호사 네 명과 접수 직원 한 명은 귀가하고, 원장인 우키타만 대각선 맞은편의 카페 ‘나르키소스’에서 작업 완료를 기다리기로 했다.

청소할 곳은 화장실과 메이크업 룸, 그리고 원장실. 나는 비닐봉지에 든 고기 조각을 아이스박스에 다시 주워 담았다. 찢어진 비닐에서 리놀륨 바닥으로 썩은 물이 흘러 나와 있었지만 속까지 스며든 것은 아니어서 훔쳐내면 그만이다. 그 다음은 세정, 소독, 악취 제거를 하면 오케이. 화장실과 메이크업 룸 청소는 20분 만에 완료. 사리나에게 중간 경과를 보고했다. 지금 우키타는 카페 '나르키소스'에 있다고 하니까, 그 카페 이름은 너무하다면서 웃었다. 성형외과 맞은 편 카페가 '자기애自己愛'라는 꽃말을 가진 이름을 쓰다니, 다소 노리는 바가 있는 것처럼 여겨지기도 했다.

원장실로 들어갔다. 엄청난 냄새였다. 방진 마스크에서 일반 마스크로 바꾼 탓에 토할 뻔했다.

레이는 쓴웃음을 지었다.

"사리나 씨, 마음껏 저질렀군."

이랬으니 우키타는 잠깐이라도 원장실에 있을 수가 없었을 터. 더구나 테이블 위에는 구더기가 기어다니고 있었다. 허둥지둥 엑스선실로 도망쳤을 그의 기분을 충분히 알 것 같았다.

물건 뿌린 장소를 적은 메모를 꺼내 재빨리 수거. 아이스박스에 집어넣고 밀폐. 그러는 동안에 레이가 보안 카메라 유무를 확인했다. 천장 왼쪽 구석에 하나. 상담하러 온 여자에게 조준을 맞춰 놓은 듯해서, 각도로 보면 컴퓨터도 비칠 것 같았다.

소독하는 척하면서 레이가 카메라 방향을 돌려놓았다. 컴퓨터 만지는 모습이 카메라에 비치면 침입했다는 움직일 수 없는 증거가 되기 때문이다.

청소와 소독을 마치고 냄새 제거에 들어갔다. 곧 청소가 끝난다. 내가 도구를 정리하는 동안 레이가 컴퓨터 침입을 시도했다.

병원 규모를 볼 때, 전자 진료기록 시스템을 사용하여 병원의 모든 컴퓨터가 네트워크로 연결되어 있지 않을까 하고 레이는 걱정했다. 사용자 ID와 패스워드로 인증이 안 되면 접근 불가능할지도 모른다.

"어라."

마우스를 쥔 레이가 놀란 소리를 냈다.

"왜요?"

"컴퓨터, 그냥 켜놨잖아."

"뭐라고요?"

모니터에는 전자 진료기록 같은 것이 떠 있었다.

"이럼 안 되지. 원장이 상당히 놀라긴 놀란 모양이지만, 최고 기밀 누설이잖아. 나쁜 녀석들이 보기라도 하면 큰일 날 수도 있는데."

"그 나쁜 녀석들이란 게 우리잖아요."

"아, 그런가."

가장 곤란할 것 같았던 컴퓨터 침입이 너무 간단하게 끝나버려 다소 맥이 빠졌다. OS도 익숙한 'Window XP'였다. 전자 진료기록은 만져 본 적이 없었지만 윗부분에 이름이 붙은 버튼이 늘어서 있어서 사용법은 금방 이해할 수 있었다.

'명단' 버튼을 클릭했다. 화면이 바뀌었다. 환자가 번호순으로 나오고, 성명 뒤에 초진 연월일이 기록되어 있었다.

"쓰시마 에미가 처음 성형수술 받은 게 언제였지?"

"아마, 2004년 9월."

'2004년 9월'과 '쓰시마 에미'라는 글자를 찾으려고 나와 레이는 화면 위를 눈으로 훑었다. 초진 받은 날짜순으로 번호가 붙어 있는 것 같았는데, 매일 20명 이상의 초진자가 있었기에 방대한 숫자였다.

"여기 있다!"

진료기록 No.206478 쓰시마 에미.

초진 날짜는 2004년 9월 9일.

이름을 클릭했다.

쓰시마 에미의 진료기록이 열렸다. 이름과 생년월일이 쓰여 있다.

영상 표시라는 항목을 마우스로 클릭하자, 모니터에 쓰시마 에미의 성형 전 얼굴이 크게 떴고, 나는 무의식중에 숨을 삼켰다.

정면 확대. 그리고 옆얼굴과 좌우에서 비스듬히 찍은 사진.

오프 모임 사진과 같은 얼굴이었다. 눈은 가늘고, 부석부석한 눈꺼풀이 무겁게 덮여 있다. 하관은 퍼졌고, 뺨은 야위었고, 관자놀이도 움푹했다. 옆에서 본 코는 납작하니 낮았고, 위턱은 나오고 아래턱은 심하게 들어가 있었다.

나는 클로즈업된 그 얼굴을 보고 충격을 받았다.

오프 모임의 작은 사진으로는 몰랐던 현실이 불쑥 눈앞으로 다가왔다.

아무리 좋게 봐도 아름다움이나 귀여움은 털끝만큼도 느낄 수 없는 얼굴. 태어났을 때부터 내내 이 얼굴로 살아오면서 얼마나 힘들었는지, 어두운 눈빛이 과거에 받은 아픔의 깊이를 말해주고 있었다. 그녀는 20년 이상, 슬픔과 실의로 얼굴을 물들이면서 살아온 것이다.

나는 더 이상 볼 수가 없어서 화면을 다음으로 넘겼다.

다음 사진은 2004년 9월 16일.

수술 직후 사진이었다. 전체적으로 얼굴이 부어 있었다. 절개해서 상처가 생긴 부분은 살이 빨갛게 부풀어 있었다. 특히 눈꺼풀이 심했다. 심하게 얻어맞은 것 같아서 똑바로 보기 힘들 정도였다.

2004년 9월 30일.

부기가 상당히 가라앉았다. 얼굴 라인은 확실히 예뻐졌다. 그렇지만 아직 군데군데 내출혈이 있는 듯, 푸르죽죽하거나 노랬다.

2004년 11월 9일.

화면을 보고 놀랐다. 단적으로 말해, 아름다웠다. 눈꺼풀의 부기가 완전히 빠져 깨끗한 쌍꺼풀이 만들어졌다. 뺨은 통통해졌고 턱도 매끄러운 선을 그리고 있었다. 그러고 보니 하얀 피부색이 두드러져 보였다. 북쪽 지방에서 자란 에미는 도자기처럼 피부결이 곱고 아름다웠던 것이다.

2005년 3월 30일.

완벽하다고 해도 좋을 정도다. 아이돌이나 여배우와 비교해도 뒤지지 않았다. 똑바로 앞을 응시하는, 기쁨과 자신에 찬 눈길. 입은 굳게 다물고 있었지만, 엷은 웃음을 참고 있는 것처럼 보이기도 했다.

나는 깊은 한숨을 쉬었다.

반년, 아니 두 달. 수술에 대한 공포와 회복 기간만 참아내면 뛰어나게 아름다운 얼굴을 손에 넣을 수 있는 것이다. 22년이라는 오랜 세월에 걸쳐 까닭 없는 능멸과 조소의 표적이 되었던 얼굴에서 누구나 칭찬하는 얼굴로.

성형이 옳은지 그른지. 부모에게서 받은 얼굴을 바꾸는 것은 말도 안 된다고, 지금까지는 안 될 일이라고 생각했지만 쓰시마 에미에 대해서는 옳은 일이었을 것 같다.

그녀는 이제 더 이상 길을 걷다가 어떤 심한 말을 듣게 될지 몰라서 벌벌 떨지 않아도 된다. 다른 사람이 뒤에서 손가락질 하지도 않을 것이고, 괴롭히는 일도 없을 것이다. 그녀의 얼굴에 대해 깔볼 사람은 아무도 없다. 그야말로 성형으로 운명을 바꾸었다. 태어났을 때부터 짊어져 왔던 이유 없는 삶의 무게를 떨쳐버린 것이다.

화면 속 그녀는 행복한 것 같았다. 기쁨과 감사의 따스한 기운이 얼굴에서 비쳐 나오고 있었다.

그것을 보고 있자니 눈물이 흐를 것 같았다. 진심으로 잘 됐네요, 하고 말하고 싶었다. 성형으로 행복을 손에 넣을 수 있다면 얼굴을 바꾸는 일 따위는 별 것 아니라는 생각이 들었다.

사진은 아직 남아 있었다.

2005년 5월 30일.

아니, 하고 생각했다. 뺨 언저리가 늘어진 것 같았다. 갈아낸 하관 부분 살이 늘어져 약간 내려와 있었다.

2006년 3월 30일

화면으로 보고, 나와 레이는 숨을 삼켰다.

"뭐야. 이 얼굴은."

레이가 목소리를 억누르며 말했다.

이마에도 뺨에도 턱에도, 여기저기에 혹처럼 불룩불룩 부풀어 있었다. 뺨도 심하게 늘어져서 불도그처럼 처졌다.

2006년 6월 20일.

그 이미지가 떴을 때, 나는 조그맣게 비명을 질렀다.

거대하게 부풀어 오른 얼굴에 찌부러진 눈과 코와 입이 아무렇게나 박혀 있었다.

도저히 얼굴이라고 부를 수 없는 것이었다. 현실적으로 이런 모양은 나올 수가 없다.

나는 신음했다. 너무하다. 지독하게 너무하다.

남들처럼만 행복해지고 싶다고 성형에 한 가닥 희망을 건 결과가 이것인가.

잠시 엄청난 아름다움을 손에 넣었는데. 누구보다도 행복해 보이는, 빛나는 표정을 보여주었는데.

신은 쓰시마 에미를 버렸다. 아니, 이 세상에 신 따위는 없는 것이다.

필시 성형 수술의 실패다. 무엇을 어떻게 했기에 얼굴이 이토록 망가졌을까? 이것이 원인으로 쓰시마 에미는 죽었다. 얼굴이 그렇게 되어버렸으니 정신적인 병도 들었을 것이다. 일기

에 호소했던 신체적 문제는 얼굴이 염증을 일으키면서 다른 병
까지 생겼기 때문인지도 모른다. 그리고 절망한 그녀는 죽었
다. 약을 먹고 술을 마시고 욕조에 몸을 담갔다.

"어쨌거나 이 이미지를 증거로 가지고 나가야겠어요."

완벽한 의료 사고. 두 번 다시 피해 여성이 나오는 일이 생기
지 않게 하기 위해서라도 우키타의 행위는 묵인할 수 없다.

데이터를 외부로 가져 나가려면 어떻게 해야 할까? 이 컴퓨
터로는 인터넷에 접속할 수 없다. 외부 침입을 차단하기 위해
액세스 포인트와 통신 가능한 것은 병원의 다른 컴퓨터들만 설
정해 놓은 모양이었다.

인터넷에 연결되어 있지 않으니 첨부 파일을 메일로 보낼 수
가 없다. 광자기 디스크도 없고 시디롬도 없다. 기록 매체에
담아 밖으로 가지고 나가는 것도 무리다.

시험 삼아 USB포트에 내 휴대용 플래시메모리를 끼웠더니,
"패스워드를 입력해 주십시오"라는 문자가 화면에 떴다. 로그
인 인증이 필요한 것이다. 접근은 간단했지만 데이터를 가지고
나기기는 어려웠다.

"뭐 하는 거야."

"성형 실패에 대한 증거 이미지를 가지고 나가려고 하는데,
그게 안 돼요."

"이 화면을 휴대전화 카메라로 찍으면 되잖아."

"앗, 그렇구나!"

이미지가 컴퓨터 파일일 필요는 없다. 눈으로 볼 때 어떤 상태인지 알 수 있기만 하면 된다.

휴대전화 카메라로 화면을 찍었다. 화소수가 많아서 상당히 선명했다.

레이한테 보여주니, "충분하네, 이걸로."라고 만족스럽게 말했다. 지나간 화면으로 되돌려 시술 전부터 시술 후, 모든 화면을 찍었다.

그때 레이의 휴대전화가 울렸다.

"네. 예? 뭐라고요?"

레이는 바로 전화를 끊고 컴퓨터 전원을 껐다.

"왜요?"

"큰일이다. 우키타가 돌아오고 있대."

"사리나가 '나르키소스'를 감시하고 있었어. 서둘러. 철수다!"

황급히 청소 도구를 들고 문을 열었다.

그 순간, 온몸이 얼어붙었다. 정면에 숨을 멈춘 채 우키타가 서 있었다.

"너는."

내 얼굴을 보고 신음했다.

나는 팍 얼굴을 구겼다. 큰 실수를 저질렀다. 마스크 쓰는 것을 잊어버렸던 것이다.

우키타는 심한 악취와 책상을 기어 다니는 구더기에 놀란 나머지 아무 생각 없이 원장실에서 뛰쳐나갔다. 그렇지만 컴퓨터 끄는 것을 잊어버렸음을 깨닫고, 불안해서 안절부절못하다가 되돌아온 것이다.

"악취 소동은 너희들 짓이었군. 업무 방해와 기물 파손으로 경찰에 신고할 테다."

화가 치민 우키타에게 레이가 뻔뻔한 웃음을 띠며 말했다.

"잠깐만요, 우키타 선생. 수술에 실패해 놓고, 그럼 안 되죠."

"실패 같은 거, 난 모르는 일이야. 생트집 잡지 마."

"쓰시마 에미의 데이터, 뽑아 놨습니다. 벌써 외부 사람에게 전송했죠. 그걸 발표하면 남들이 뭐라고 할까요?"

"뭐야!"

"수술 후 1년 반 뒤, 여자의 얼굴은 도저히 얼굴로 볼 수 없는 상태가 되었다. 그 변천 과정을 인터넷에 공개하면, 이 병원도 끝장나겠죠?"

“너희들은, 대체.”

레이는 진지한 표정이 되어 말했다.

“당신을 궁지에 빠뜨리거나 협박하려는 게 아냐. 그 여자에게 무슨 일이 일어났는지 알고 싶을 따름이다. 당신은 의사로서 모든 것을 명백히 밝힐 의무가 있다고 생각하는데.”

우키타는 입술을 깨물고 허공을 노려보았다.

나도 말했다.

“그 얼굴은 그냥 성형 수술 실패로 처리할 수 있는 게 아닙니다. 그렇게 심한 결과가 나오면 누구나 죽고 싶을 겁니다. 그런 의미에서는 당신이 그녀를 죽였다고 해도 과언이 아닙니다. 아무 얘기도 해 주지 않겠다면 우리는 당신을 고발할 겁니다.”

우키타의 눈빛이 흔들렸다. 조금 뒤, 우키타가 신음했다.

“그게 아냐.”

“뭐가 아냐.”

“너희들은 아무것도 몰라. 그건 내가 한 게 아냐. 그 여자가 자기 자신에게 한 짓이라고!”

“자기 자신에게?”

나와 레이는 동시에 외쳤다.

레이가 분노를 드러내며 말했다.

“그런 말도 안 되는 소릴. 그럴 리가 없잖아.”

“아니, 거짓이 아냐. 그녀가 스스로, 자기 얼굴이 부풀어 오를 때까지 주사했어. 인태반 추출액을 말이야.”

11

우키타는 원장용 의자에 풀썩 주저앉더니 깊숙이 몸을 묻었다.

컴퓨터 화면에는 수술 1년 반 뒤의 쓰시마 에미의 얼굴이 떠 있었다.

우키타는 띄엄띄엄 수술 경위에 대해 얘기하기 시작했다.

쓰시마 에미의 수술은 대성공이었다. 우키타가 집도한 수술 가운데 최고 작품이었다고 해도 좋을 정도였다.

“이렇게 말하면 뭐 하지만, 그녀의 얼굴은 수술하는 보람이 느껴지는 소재였네. 바탕이 바탕인 만큼, 약간만 손을 대도 효과가 극적으로 나타나지. 고칠 부분이 광범위하게 퍼져 있어서 결과적으로는 대수술이 되었지만 완성도는 예술이라고 해도 될 정도였다네. 나도 그녀도 아주 만족했지. 그런데 8개월이 지날 무렵부터 약간 변화가 생겼어. 깎은 하관에 뺨 늘어짐이 생긴 거지. 그렇지만 그건 흔히 일어나는 일이야.”

그러고 보니, 사리나도 비슷한 말을 했다.

"변화가 심하면 나중에 트러블이 생기기 쉽다고 들었습니다."

우키타는 고개를 끄덕였다.

"트러블이 지나치면 원래대로 되돌려 놓기도 하지. 그런데 그녀는 막무가내로 인정하지 않았어. 약간의 트러블이 생기는 건 어쩔 수 없는 일이네. 그걸 감안하고 성형하는 거라고 아무리 설명해도 듣지 않더군. 어쨌거나 수술 직후에 보였던 최상의 상태로 되돌려 달라고, 편집증적으로 볶아대더란 말일세. 그래서 난 프라세몬이라는 태반 추출물을 주입하기로 했지. 뺨에 실을 넣을까 하는 생각도 했지만, 조금 더 수술이 정착된 다음에 하려고 했네. 그보다는 프라세몬으로 팽팽함을 찾는 편이 좋겠다고 생각한 거지. 그녀도 그 방법을 맘에 들어 했네. 피부에 광택이 돌았고, 컨디션도 좋아졌다면서 좋아했지. 그래서 정기적으로 프라세몬을 주사하기로 했는데, 그 여자는 양을 더 늘려달라고 졸랐어. 나야 그건 안 된다고 매몰차게 거절했지. 부작용 등 여러 문제들이 생기니까. 그런데 그때를 계기로 여자는 병원에 나타나지 않았어.

오래간만에 찾아온 게 수술한지 1년 지났을 무렵이었던가, 난 그 얼굴을 보고 깜짝 놀랐네. 얼굴 여기저기 불룩불룩 부풀어 올라서, 말도 안 되는 상태가 되어 있었거든. 스스로 주사를 놓은 게 분명했어. 어쨌거나 프라세몬 주사를 멈추라고 말했네. 얼굴이 거부반응을 일으키고 있어서 우리도 손을 쓸 수가 없다. 거부반응이 없어진 뒤에 재수술을 하자고 한 거지.

그런데 그러고서 한참 뒤에 다시 찾아온 그 여자의 얼굴을 보고, 이건 틀렸구나 생각했네. 얼굴이 두 배 정도나 부풀어 있었거든. 전보다 확실히 프라세몬 양을 늘렸던 게야. 프라세몬뿐 아니라 다른 것도 주입했을지 몰라. 자신이 어떤 이상 상태에 빠져 있는지, 판단하지도 못했어. 이미 내 손을 떠난 문제였지. 정신과의 영역이라고 생각했네. 그래서 그 여자의 주소를 보고 부근 신경정신과를 소개해 줬어. 그로써 여자는 우리 병원에 오지 않게 되었던 걸세."

우키타는 깊은 한숨을 지었다.

레이가 말했다.

"그 뒤, 그 여자가 어떻게 됐는지 알아보지는 않았습니까?"

우키타는 자조 섞인 웃음을 보였다.

"우린 바쁘거든. 매일 다른 환자들이 들락날락하니까. 실제로 마음에 걸리긴 하더라도, 잊어버리게 되지. 솔직히 클레임도 상당히 들어온다네. 여자들의 요구라고 해도 이쪽 사정은 고려해 주지 않아. 트러블이 일어난 환자의 클레임에 일일이

상대하다 보면 몸도 마음도 견뎌내기 어렵지. 요즘엔 경쟁자도 자꾸 늘어나 가격 경쟁도 치열해졌어. 이 세계에서 살아남으려 면 눈앞에 있는 환자만 생각해야 해. 나로서는 그렇게 할 수밖 에 없었네."

그렇게 해서.

그렇게 해서 쓰시마 에미는 버려진 것이다.

"그 여자와의 대화는 테이프에 녹음되어 있네. 만약 의료 사 고로 고소당하면 제출할 생각이었지. 뭐 하면 복사해 줄까?"

"부탁드립니다."

레이가 머리를 숙였다.

나는 우키타에게 물었다.

"대체 무엇이 안 좋았던 걸까요? 성형입니까, 프라세몬입니 까?"

우키타는 고개를 저었다.

"태반은 만능약이라고 불릴 정도로 옛날부터 소중히 여겨져 왔어. 하지만 사용량이 과하면 독이 되기도 해. 태반만 그런 게 아니라, 적확한 용법과 용량이 아니면 아무리 뛰어난 약이 라도 독이 되지. 성형도 마찬가지네. 어디까지 바라고, 어디에 서 멈출지, 그게 문제지. 성형으로 아름다워진 사람은 만능의 불을 손에 넣은 것처럼 생각할지도 모르지만, 그 불은 언젠가

꺼져 버려. 시간이 흐름에 따라 효과는 없어지고 나빠지기 시작하지. 그런데 한번 성형이 가진 기적의 힘을 맛본 다음에는 나빠지는 것을 받아들이기 힘들다네. 어디서 포기할지를 정해야 해. 포기하지 못하는 사람에겐 지옥이 기다리지. 죽을 때까지 영원히 이어지는 지옥이.”

12

나와 레이, 사리나 세 사람은 니시신주쿠의 패밀리 레스토랑에 자리 잡았다.

낙담한 사리나는 팍삭 늙어 보였다. 우키타한테서 들은 얘기를 해주고 쓰시마 에미의 사진을 보여 주자, 이제까지의 피로가 확 밀려나온 모양이었다.

레이는 사리나에게 머리를 숙였다.

“패밀리 레스토랑 같은 데라서 미안합니다. 다음에 파크하야트의 프랑스 요리든 쓰키지의 초밥이든, 뭐든지 사 드릴 테니, 오늘은 이걸로 양해해 주십시오.”

사리나는 쓴웃음을 지었다.

“괜찮아요, 이 집도. 새우니 스테이크니 다 먹을 수 있는데,

충분하잖아요?"

"그럼 가재 통구이 같은 걸로 할까요? 그나마 이 집에서 제일 호화로운 요리를 시키죠."

레이는 웨이터를 불러 가재 통구이, 스테이크, 새우 칵테일, 로스트 비프, 게살 샐러드 등, 비싸 보이는 것을 닥치는 대로 주문했다.

"사리나 씨, 마음껏 드세요. 마실 것은 일단 맥주로 할까요? 나중에 와인도 따죠."

"저어, 레이."

"아, 준야. 넌 운전해야 하니까 당연히 무알코올이다. 이 집 오렌지주스 맛있어."

우리는 레이의 선창에 따라 건배를 했다.

어쩐지 기분이 가라앉아 있었다. 레이가 분위기를 띄워 보려하는 것이야 모르는 바 아니었지만, 잘 되지 않았다.

쓰시마 에미가 죽은 원인은 분명히 밝혀졌다.

과도한 성형. 그 뒤의 자기 주사에 의한 안면 붕괴. 그녀를 죽음으로 몰아넣은 것은 자기 자신이었다.

성형한 것은 쓰시마 에미. 지나쳐서 실패한 것도 쓰시마 에미. 죽음을 선택한 것도 쓰시마 에미. 즉, 모두 쓰시마 에미 자신의 책임이었다.

“그럴 리가 없어. 그 여자만 나쁜 거였다니.”

나는 무심코 중얼거렸다.

레이가 맥주잔을 기울이면서 말했다.

“선풍기 아줌마라고 알아?”

사리나가 앗, 하고 외치더니 몸을 내밀었다.

“알아요! 한국에서 있었던 사건이죠. 그러고 보니 닮았네. 쓰시마 에미 씨의 커다랗게 부푼 얼굴. 닮은 정도가 아냐. 완전히 선풍기 아줌마야.”

레이가 선풍기 아줌마에 대해 설명해 주었다.

열 명에 한 사람은 성형 수술을 한다는 한국에서 ‘선풍기 아줌마’라고 불리는 아줌마가 있다. 젊었을 적에는 보기 드문 미모를 자랑하는 가수였다고 한다.

“그런데도 나이를 먹어 용모에 그늘이 지자 아름다움을 지키고 싶다는 강박관념이 그 여자를 미치게 만들었어.”

얼굴에 기름을 넣으라는 환청이 들렸다. 그 목소리에 따라 스스로 실리콘이나 식용유, 파라핀을 주사했다.

그 결과 얼굴이 어깨 넓이로 부풀어 올랐고 늘어진 살은 턱 아래로 몇 겹이나 접힐 정도가 되었다. 눈이나 입은 부푼 살에 눌려 모양이 짜부라지고 말았다.

“처음에 인터넷에서 화상을 봤을 땐, 얼굴이라고 믿어지지가 않았어. 나쁘게 말해서, 무슨 호러 영화라고 해도 저런 꼴로 나오진 않을 거라고 생각했지. 쓰시마 에미의 얼굴은 그 선풍기 아줌마하고 똑같아.”

사리나가 말했다.

“나, 선풍기 아줌마나 쓰시마 씨에 대해서는 할 말이 없어. 그렇게 심하지는 않지만 나도 비슷하거든. 우키타 원장의 말도 마음에 와 닿아. 어디에선가 포기하지 않으면 한없는 지옥. 내 얘기를 하는 것 같아서 괴로워.”

주문한 요리가 나왔다. 레이가 샐러드를 나눠 주면서 말했다.

“요즘은 직접 재료를 구해서 스스로 주사를 놓는 여자도 많은 모양인데, 그게 얼마나 무서운지 모르는 것 같습니다. 요는 신의 불을 어떻게 쓰느냐는 거죠. 적어도 사리나 씨는 잘 쓰고 있어요. 제대로 된 의사에게서 적소 적량을 지켜서 씁니다. 그러니까 두려워 할 게 없지 않을까요?”

“고마워요.”

샐러드를 받으면서 사리나는 마음이 놓인다는 듯 웃었다.

가재 통구이가 나왔다.

“우와, 맛있겠다!”

자리를 억누르던 주문이 풀린 것처럼 활기를 띠었다. 요리에 이어 술을 마시고, 사리나의 재미있는 쓰가루 사투리 강연에

배꼽을 잡고 웃었다.

와인도 두 병째, 슬슬 디저트로 넘어가려 할 때 레이의 휴대전화가 진동했다.

레이는 실례한다고 하고 휴대전화를 손에 들고 가게 밖으로 나갔다.

나와 사리나는 올리브를 집어 먹으면서 레이의 뒷모습을 쳐다보았다.

"두 사람, 즐거워 보여."

사리나가 나에게 미소를 던졌다.

"그런가요? 이 일, 꽤 힘든데요."

나는 머리를 긁적이며 말했다.

"일은 힘들지 몰라도, 알차게 지낸다는 건 알겠는걸. 일은 벌써 끝났는데도 죽은 사람의 한을 풀어주려고 애쓰는 거잖아. 보통은 그런 일 아무도 안 해. 당신네 같은 사람이 세상을 구하는 거라고 생각해."

"너무 거창하네요, 세상을 구한다니."

"아냐. 사람들의 작은 배려나 자상함이 세상을 바꿔 나가는 거라고 난 믿어. 그런 걸로 사람은 구원을 받기도 하고, 그런 걸 얻지 못해서 죽을 정도로 추락하기도 하는 거야."

나는 문득 생각했다.

만일 쓰시마 에미에게 어떤 일이라도 털어놓을 수 있는 친구가 있었다면, 어떻게 되었을까?

얼굴 따위는 아무럼 어떠냐, 신경 쓰지 말라고 모든 것을 그대로 받아주는 친구가 있었다면. 성형을 하든, 그래서 추해지든, 무엇이 어떻게 되든 괜찮다고 말해 줄 친구가 있었다면.

그녀는 죽지 않을 수 있었을지도 모른다.

레이가 돌아와 말했다.

"페니노 전화야. 지금 연구실에 있는 모양인데, 나중에 '리플렉스'로 온다는군."

"음. 뭐래요?"

"그게, 물어봐도 얘기를 안 하네."

레이가 고개를 갸웃거리면서 와인잔을 손에 든 채 잠시 생각에 잠겼다.

13

신주쿠 햐쿠닌초의 아파트로 사리나를 바래다주고, 나와 레이는 귀갓길에 올랐다.

오전 8시부터 일했으니 오늘은 상당한 장시간 노동이었다.

오전 0시. 그제야 '리플렉스'에 돌아왔다.

"아아, 힘들다."

종이상자를 한 구석으로 모아 누울 만한 공간을 만들고서 벌렁 누운 레이가 하품을 했다.

"미안해, 레이. 나 때문에 시간을 너무 빼앗겨서. 정 그러면 위로 올라가 자요. 페니노 얘기는 내가 들으면 되니까."

"괜찮아 괜찮아. 신경 쓰지 마."

그렇게 말한 나도 솔직히 지쳐 있었다. 페니노는 언제 올 건지. 차고에 놓아둔 쓰시마 에미의 짐도 슬슬 폐기해야겠구나. 그녀의 죽음에 대한 수수께끼는 모두 풀렸으니까.

가슴 속에서 중얼거리고 있자니 어딘지 개운치 않았다.

그녀의 죽음에 대한 수수께끼가 모두 풀렸다고?

쓰시마 에미의 죽음에 대해 해명할 것이 이제 하나도 없단 말인가?

무언가가 목안에 걸려 있는 듯한 느낌이었다. 원인이 밝혀졌다는데도 전혀 카타르시스가 느껴지지 않는다. 도무지 마음이 안정되지 않아 견딜 수가 없다.

종이상자 속의 물건을 꺼내 보고 있자니, 레이가 놀란 양 말했다.

“아직도 보고 있냐? 내가 말이야, 꽤 꼼꼼하게 봤다고.”

“응, 미안. 그냥 좀.”

레이는 난감하다는 듯 콧등을 긁작였다.

“너의 그런 부분, 정말이지 완고하다고 할지, 외곬수라고 할지.”

“정말 미안. 레이를 못 믿는 게 아니고 그냥. 게다가 슬슬 여길 치워야 되잖아. 그러기 전에 한번 더 봐야겠다 싶어서.”

“그러냐, 네가 그렇다면 나도 돕기로 할까.”

레이가 영차 하며 자리에서 일어났다.

“됐어, 레이는. 거기서 천천히 누워 있어요.”

“아니, 네 근성을 봐서라도 나도 도와야겠다.”

레이는 종이상자에서 옷가지를 꺼내 펼치면서 콧노래를 부르기 시작했다.

“어, 엘레노어 릭비잖아. 레이도 그 노래 아는구나.”

“너야말로다, 오래된 노래잖아.”

“보육원에서 영화 봤잖아. 옐로 서브마린.”

“아, 그 영화에서 나왔지. 리버풀 거리가 나올 때 확 흘러나왔어.”

“이상하지? 나도 그 장면이 제일 강하게 마음에 남아. 둘 모두 같은 걸 기억하고 있다니.”

"가사가 그리는 마음속 풍경에 딱 맞아떨어진다고 해야 할까, 고독한 엘레노어 릭비는 아무도 모르는 채 죽고, 맥킨지 신부는 밤에 혼자 양말을 기운다. 외로운 사람들. 그들을 구할 자는 아무도 없다."

"나도 그 노래, 오랜만에 생각이 나더라. 쓰시마 에미를 떠올리면 그 멜로디가 머릿속에서 맴돌아. 아무도 알아차리지 못한 죽음에, 그 뒤에 오랫동안 방치되었던 게 꼭 엘레노어 릭비 같아서 말이야."

"아, 그러고 보니 그런 것도 같군."

레이는 끄덕이고서 무엇인가를 골똘히 생각했다.

그것이 눈에 들어온 것은 봉투류를 묶은 고무 밴드가 끊어지는 바람에 봉투들이 땅에 흩어졌을 때였다.

"어. 뭐지, 이게?"

무슨 글씨가 쓰여 있는 것 같았다. 한자는 한 글자도 없는, 더구나 지렁이 기어가는 것 같은 글씨여서 제대로 읽을 수가 없었다.

"레이, 이거 뭐라고 쓴 거 같아?"

"어디."

레이가 다가와 봉투를 손에 들었다.

“음. 뭘까?”

고개를 기울였다.

“리가버러지한케머켜든다?”

우리는 얼굴을 마주 보았다.

“우리나라 말로 쓴 거 맞나?”

“거꾸로 읽어 볼까? 다든켜머케한지러버가리.”

“도무지 모르겠군, 어떻게 읽어도.”

“암호일지도 몰라요.”

“글씨를 엉망으로 휘갈겨 썼을 뿐이야. 아예 아무 의미도 없는 거 아닐까?”

레이가 웃고는 봉투를 나한테 건네려 할 때.

공기가 구웅 하고 무거워졌다.

레이의 손이 도중에 멈췄다. 레이도 무엇인가 일어나고 있음을 깨달은 것 같았다.

기압이다. 기압이 변했다.

온도가 급격히 낮아졌다.

무겁고 커다란 인기척.

나도 레이도 움직일 수가 없었다.

사람 모양의 검은 그림자가 종이상자 위에 앉아 있었다.

그것을 바라보면서, 우리는 꼼짝도 할 수 없었다.

귀가 멍멍하다. 머리가 꽉 조여 드는 것처럼 아프다.

그림자가 어른어른 움직였다. 이쪽으로 걸어왔다.

나는 비명을 지르려 했다.

그때 요란한 소리를 내며 레이의 휴대전화가 ‘Quicksand Jesus’를 울렸다. 모래늪 위를 걷는 하나님. 스키드 로의 곡이다.

스윽, 기척이 사라졌다.

나와 레이는 포박당했다가 풀려난 듯 몸을 움직였다. 거짓말처럼 공기가 가벼워졌다. 심호흡을 하고서 레이는 착신 버튼을 눌렀다.

“너였구나.”

진심으로 안심한 양 말했다.

“아니, 아무것도 아냐. 과연 스님답다. 좋은 타이밍에 전화를 걸었어.”

페니노인가.

나도 마음을 놓고 어깨에서 힘을 뺐다. 추운데도 겨드랑이에서 땀이 배어나오고 있었다. 지금 이 상황에 전화를 걸어 온 것은 스님의 절묘한 감이라고밖에 말할 수 없겠다.

레이가 휴대전화 플립을 닫고 말했다.

“페니노, 곧 도착한단다.”

“다행이다.”

페니노의 도착이 몹시 기다려졌다.

레이가 나에게 몸을 돌려 말했다.

"그런 거였냐? 영혼과의 조우라는 게."

"지금 건 상당히 강렬했어. 레이는 어떻게 느꼈는데?"

"갑자기 공기가 무거워졌어. 숨이 막힐 것 같았고, 도무지 움직일 수가 없더군."

"종이상자 위에 앉아 있던 검고 어슴푸레한 그림자는 봤어?"

"못 봤어. 그런 게 있었나?"

레이는 어쩐지 으스스한 듯 종이상자 위의 허공을 보았다.

"같은 쪽을 보고 있었으니까, 틀림없이 봤을 거라고 생각했는데."

"아무것도 보이진 않았지만, 어찌된 일인지 거기서 눈을 돌릴 수가 없었어."

쓰시마 에미는 아직 무언가 전하고 싶은 바가 남아 있는 게 아닐까?

대체 무엇일까? 그녀는 무엇을 말하고 싶은 것일까?

앞문 쪽에서 자동차 문 닫히는 소리가 들렸다.

"먼저, 두 분에게 질문을 드리고 싶습니다만."

페니노가 평소와는 달리 아주 진지한 표정으로 말했다.

"쓰시마 에미의 사체를 처리했을 때, 신체 어느 부분인가 직접 사체에 닿지는 않았습니까?"

나와 레이는 얼굴을 마주 보았다.

"아뇨."

"설마."

레이가 대답했다.

"우린 감염증에 대해 상낭히 신경을 쓰고 있다고. 죽은 사람이 C형 간염이나 에이즈에 걸렸으면 대충 넘어갈 수 없을 정도로 위험한 거고, 그거 말고도 어떤 병원균을 가지고 있는지 모르거든. 혈액이나 살에 닿은 경우에는 감염될 확률이 확 높아지지. 그래서 절대로 만지지 않아."

"정말입니까?"

"정말이야. 시체를 만지면 내가 시체가 된다. 우린 그런 기분으로 일해."

"그럼 괜찮습니다만."

"대체 무슨 일인지 혼자만 안도하지 말고 우리한테도 가르쳐 줘야지."

페니노는 한 템포 쉬었다가 말했다.

"스크리닝 결과, 쓰시마 에미의 살점에서 이상 프리온 단백질이 발견되었습니다. 그 여자는 변종성 크로이츠펠트 야콥병에 걸렸을 가능성이 있습니다.”

페니노의 말에 나와 레이는 입을 딱 벌렸다.

크로이츠펠트 야콥병.

그런데 그게 대체 무슨 병이었지?

“크로이츠펠트 야콥병이 뭔지 모르겠으면 인간 광우병이라고 부르죠. 쓰시마 에미는 인간 광우병에 감염되었던 겁니다.”

14

광우병. 소 해면상 뇌증.

이상 프리온이 증식함에 따라 뇌가 스펀지처럼 구멍이 숭숭 나는 병.

지금이야 광우병을 모르는 사람이 없으리라. 그렇지만 크로이츠펠트 야콥병이라니?

“소가 걸리는 해면상 뇌증은 BSE, Bovine Spongiform Encephalopathy의 약자로, 일반적으로 광우병이라고 부릅니다. 한편 사람이 걸리는 해면상 뇌증은 발견자의 이름을 붙여 크로이츠펠트 야콥병이라고 부르죠.”

크로이츠펠트 야콥병에도 산발성, 변종성 등 여러 종류가 있
다. 산발성은 100만 명 중 1명 비율로 고령자에게 발생한다.
한편 소를 먹음으로써 경구 감염되는 것은 변종성 크로이츠펠
트 야콥병이다. 세간에서는 이 변종성을 인간 광우병이라고 부
른다.

"이 병에 걸리면 중추 신경이 망가져서 불안, 불면, 건망증,
우울, 편집증적 망상, 운동신경 이상, 치매 같은 증상이 나타납
니다."

원래 크로이츠펠트 야콥병은 고령자의 병이었는데, 영국 젊
은 층에서 이 증상이 빈발하여 그 원인을 추적한 결과, 다다른
결론이 광우병 소에 의한 경구 감염이었다.

"그러니까 뭐야, 쓰시마 에미가 그 변종성 크로이츠펠트 야
콥병에 걸렸다면 쇠고기를 통해 감염됐을 거란 말인가?"

"생활력을 추적해 보지 않고서는 뭐라 말할 수 없지만, 솔직
히 감염 경로는 전혀 짐작할 수 없습니다."

"뭐야! 모르겠다니."

나와 레이는 깜짝 놀랐다. 광우병이니까 쇠고기로 감염되었
다고 보는 것이 타당할 텐데, 그 이외의 것을 통해 감염되는
일도 있다는 말인가?

"가공식품이나 스낵과자에 맛내기로 쓰는 쇠고기 농축액도

있고, 젤라틴도 있습니다. 소로 만든 위험품목을 보면 놀랄 겁니다. 위험하다고 여겨지는 식품을 전부 빼버리면 거의 먹을 게 없을걸요? 그 외에도 수혈이나 치과 의료로 감염될 수 있고, 각막 이식으로 감염된 사례도 있죠. 잠복 기간도 수년에서 수십 년이라고 하니까, 어떤 원인으로 감염되었는지는 도저히 되짚어볼 수가 없을 정도예요.”

“일본에서 변종성 크로이츠펠트 야콥병에 걸린 건 쓰시마 에미가 처음인가?”

“아뇨. 2004년에 사망한 40대 남성이 일본 국내에서는 첫 발병자로 알려져 있습니다.”

남자는 1989년 영국에서 24일 동안 체류했다. 수술 경력이나 수혈 경험은 없었다. 유럽 여러 나라에 갔었는데, 감염된 것은 영국 체류 당시로 여겨진다.

“고작 24일 동안 영국에 있었던 걸로?”

“운이 정말 없었던 거죠.”

먹은 음식은 키드니 파이(소 내장과 고기를 다져 속을 넣은 파이 역주), 로스트 비프, 블랙 푸딩(돼지 선지로 만든 일종의 소시지 역주), 카레, 햄버거 스테이크, 그레이비 소스(쇠고기를 철판에 구울 때 생긴 국물을 이용해 만든 소스 역주).

필시 감염 원인은 햄버거 스테이크. 당시 영국에서는 값싼

햄버거 스테이크의 맛을 좋게 만들기 위해 소의 뇌를 갈아 넣었다.

"그 즈음 영국에서는 광우병 소가 폭발적으로 늘었습니다. 1992년에는 3만 5천 마리나 되는 소가 광우병에 감염됐죠."

그 숫자를 듣고 나는 경악했다.

"일본과는 차원이 다르군요. 고작 24일 동안 체류했다고 해도 그 정도면 걸릴 수도 있겠네요."

"거꾸로 말하자면, 일본에서 생활하면 괜찮다는 거 아냐? 일본에서는 몇 명이나 그 병에 감염됐지?"

"현재 변종성 발병자는 그 남자 한 명뿐입니다. 하지만 실제 환자는 공식적으로 발표된 것보다 훨씬 많지 않을까 합니다. 최근까지도 검사 방법이 정립되지 않았고, 치매 증상을 보이다가 죽은 사람을 전부 해부할 수도 없으니까요. 그 남자도 처음에는 산발성으로 판정되었다가 사후 부검으로 변종성이라고 알려졌을 정도입니다."

임상 사례가 적어서 정확한 진단을 내릴 수 있는 의사가 일본에는 거의 없는 실정이다.

"증상이 비슷해서 알츠하이머병이나 파킨슨씨병 하고 혼동할 가능성도 있습니다. 불안한 점은 알츠하이머병이든 조발성 치매든 간에 근년에 증가 일로를 걷고 있다는 사실. 미국에서는 산발성 크로이츠펠트 야콥병이 집단 발병하기도 했습니다. 그런데 애초에 산발성 크로이츠펠트 야콥병은 집단 발병하는 부류의 병이 아닙니다. 그러니까 정말 수상한 거죠.”

뉴저지 주 체리힐. 인구 1만 1천의 마을로, 11년 동안 17명이 산발성 크로이츠펠트 야콥병에 걸려 사망했다. 공통점은 모두 ‘가든 스테이트 경마장’의 레스토랑에서 식사를 했다는 것. 레스토랑에서는 특대 티본 스테이크를 팔았다. 티본은 이상 프리온이 축적되는 특정 위험 부위다.

“아까 산발성 크로이츠펠트 야콥병은 100만 명에 한 사람이라고 했잖아. 그렇다면 확률적으로 이상해 보이는걸?”

“이상하죠. 체리힐뿐이 아닙니다. 펜실베이니아나 플로리다, 뉴욕과 오리건에서도 산발성 크로이츠펠트 야콥병이 집단 발병했습니다. 이거야 일반적이 아니라고밖에는 말할 수가 없죠.”

발생수로 보자면 산발성 크로이츠펠트 야콥병일 수가 없다.

미국에서는 앞으로 크로이츠펠트 야콥병이 폭발적으로 늘어날 것이라는 발표가 있었다. 이를 어떻게 받아들이며 좋을까? 아직도 소에 대한 전수 검사에 나서지 않는 미국의 상황이 크로이츠펠트 야콥병의 집단 발생에 집약되어 나타난 결과라고 말해도 좋지 않을까?

레이는 페니노에게 물었다.

"언제부터 쓰시마 에미가 그런 병일 거라고 의심했지?"

"일기에 쓰인 증상을 읽고 나서입니다. 오한, 떨림, 다리가 떨린다고 쓰여 있었는데, 그건 우울증이나 자율신경실조 같은 정신 질환이 아닙니다. 아무리 생각해도 뇌신경계 장애로, 알츠하이머병의 증상과 비슷했죠. 그런데 쓰시마 에미는 젊으니까 그럴 리가 없었습니다. 그래서 몰래 연구실 기재를 이용해 유전자를 스크리닝 검사해봤던 거죠."

"스크리닝 검사가 뭔데?"

"스크리닝이란 선별, 혹은 걸러내 분류한다는 뜻입니다. 즉, 어떤 표현형을 타깃으로 삼아 그 조건에 맞는 유전자를 뽑아내는 거죠. 이번엔 이상 프리온을 특정물질로 해서 쓰시마 에미의 살점을 조사한 거예요. 그 결과, 표현형이 일치했죠."

프리온이란 단백질을 말한다. 정상 프리온 단백질은 리본처럼 깔끔한 나선 모양이다. 그러나 이상 프리온은 다리미로 다린 것처럼 판판한 시트형이다. 정상 프리온, 이상 프리온 모두 아미노산 배열은 같지만 입체 구조가 다르다.

어떤 원인에 의해 인체로 들어온 이상 프리온이 정상 프리온에 닿으면, 연달아 시트형으로 모양이 바뀌어버린다. 프리온 모양이 바뀌면 단백질 분해 효소에 녹지 않기 때문에 덩어리 모양으로 축적된다. 불필요한 덩어리에 둘러싸여 영양 공급을 받지 못하게 된 뇌세포는 죽어버린다. 그 결과, 뇌는 스펀지처럼 구멍이 뻥뻥 뚫리는 것이다.

그렇다면 쓰시마 에미의 체내에는 어떻게 이상 프리온이 들어왔을까?

"영국 가는 비행기를 탄 적이 있습니까?"

"아니. 여권은 있었지만 해외로 나간 흔적은 없었어."

"산발성이라면 우선 쇠고기를 통한 경구 감염을 의심해야 하지만, 국내 쇠고기로 감염된 사람은 없거든요. 언제부터 그 여자의 상태가 이상해졌는지 모르십니까?"

레이가 고개를 갸웃거리면서 말했다.

"일기에 뭔가 실마리가 될 만한 게 쓰여 있었던가?"

"시오리 씨가 오프 모임에서 쓰시마 에미를 만났을 무렵엔 별다른 모습이 없었어요."

"얌전하고 내성적이라고 했지. 남자에 대해서는 스토커 기미가 좀 있기는 했지만."

적어도 자신의 얼굴이 변형될 정도로 인태반 추출물을 주사해대는 사람은 아니었다.

나는 페니노에게 물었다.

"수술 기구로 감염되는 경우는 없나요?"

“있다고 합니다. 이상 프리온은 매우 강해서 어지간해서는 불활성화 되지 않죠. 섭씨 134도에서 20분간 고압 증기 살균하거나 나트륨 용액에서 1시간 동안 처리하지 않으면 멸균시킬 수 없다고 해요. 그러니까 환자한테 쓴 수술 도구는 쓰고 버리도록 의무화되어 있습니다.”

“그럼 주사바늘 같은 것도 위험한가요?”

“당연하죠.”

나는 레이에게 몸을 돌렸다.

“성형수술 받았을 때, 감염된 거라고 생각할 수는 없을까요?”

“그러게. 성형수술, 혹은 프라세몬을 주사할 때 감염되었을 가능성은 있지 않을까?”

“아, 그렇지만 일본에는 감염자가 한 명밖에 나오지 않았다잖아요. 그러니까 그런 일은 있을 수 없죠.”

페니노가 끼어들었다.

“뭔 소립니까. 프라세몬을 주사하다니?”

“쓰시마 에미가 자기 얼굴에 놨어. 미용을 위해.”

페니노는 질렸다는 듯 말했다.

“쇠고기나 주사바늘보다 그 내용물이 훨씬 위험한데요.”

“왜?”

"프라세몬은 태반 추출물입니다. 만일 크로이츠펠트 야콥병에 걸린 사람의 태반이 쓰였다면 어떻겠어요?"

나와 레이는 앗, 하고 놀랐다.

"종이 다르기 때문에 소에서 사람으로 옮는 것보다는 사람에서 사람 쪽이 감염력이 강하죠. 만일 크로이츠펠트 야콥병에 감염된 사람의 태반 추출물을 직접 주사했다면, 감염된 소를 먹은 것하고는 정도가 달라요."

프라세몬 자체가 크로이츠펠트 야콥병의 원인이 되는 이상 프리온에 감염되었을 가능성. 그런 부분은 생각조차 못했다. 그 프라세몬을 얼굴이 부풀어 오를 정도로 많이 주입한 쓰시마 에미.

레이가 생각났다는 양 말했다.

"그렇지. 준야, 여자 얼굴을 보여 줘."

"아, 그렇구나!"

나는 페니노에게 휴대전화로 찍은 쓰시마 에미의 얼굴을 보여 주었다.

페니노는 깜짝 놀란 것처럼 눈을 크게 뜨더니 디스플레이를 집어삼킬 듯이 쳐다보았다.

"이해할 수가 없군요. 왜 이렇게 되도록 주입했답니까?"

"도저히 정상이 아닌 거지."

크로이츠펠트 야콥병의 초기 증상은 극도의 피로, 현기증, 불안, 불면, 환청, 편집증적 망상.

"선풍기 아줌마는 얼굴에 기름을 넣으라는 환청을 들었다더군요. 그와 가까운 상태에 쓰시마 에미가 빠졌다는 걸까요? 프라세몬을 주사해라 주사해라, 라는 목소리가 들렸다는 식으로."

페니노는 끄덕였다.

"그럴지도 모르죠. 제대로 된 정신 상태에서 이렇게 되도록 자기 얼굴에 주사를 한다는 건, 있을 수 없으니까요."

크로이츠펠트 야콥병이 진행되면 운동 실조를 일으켜 걷기 어려워진다. 무감동, 누워서 꼼짝도 못하고 말도 할 수 없게 되어서 호흡 곤란 등으로 사망한다.

쓰시마 에미는 어떤 진행 단계에서 죽었을까?

"욕실에 들어갔다고 했죠? 가벼운 운동 기능 장애는 있었겠지만, 일상생활이 불가능하지는 않았을 겁니다."

"젊은 여자가 욕실에서 자살했다고 해서 이상했는데, 이제 뭔가 알 것 같은 기분이 드는군."

"무슨 얘기죠?"

"자기를 녹여버리고 싶었던 걸 거야. 부풀어 오른 꼴로 변한 얼굴을 말이야."

그런가.

쓰시마 에미는 녹아 없어지고 싶었던 것이다. 망가진 뇌와 무너진 얼굴과 함께.

모두들 허탈해져 바닥과 종이상자 위에 주저앉아 있었다.

크로이츠펠트 야콥병.

꽤 오래전이지만, 그 병에 걸린 영국의 젊은 여성의 영상을 본 적이 있다. 바싹 말랐고, 표정은 멍했으며, 비틀거리며 삐딱하게 걸었다. 그 노인 같은 모습은 몹시 참혹했고, 무서웠다.

그 비참한 상태가 쓰시마 에미를 덮쳤던 것이다.

"물론 프라세몬 제조사에서는 완전 멸균을 강조하고 있으니까 모든 상품이 위험한 건 아닙니다. 쓰시마 에미가 감염되었다면 바늘구멍만 한 허점에 당한 걸 테죠. 정말 운이 나빴다고 해야 할까요?"

"쓰시마 에미는 주사용 프라세몬을 '아프로디테 클리닉'에서 샀을까요?"

"내용물을 조사하면 되지 않나? 아, 그래. 프라세몬이라면 여기 있어."

레이는 냉장고에서 프라세몬 앰풀을 꺼내왔다.

"아니, 레이. 왜 거기 넣어놨어요?"

"헤헤."

"혹시 써 보려고요?"

"아니, 뭐, 피로 회복에 좋다고 했잖아."

"설마 주사는 안 했겠죠?"

"설마. 그렇지만 오늘밤쯤 시험해 볼 생각이긴 했지."

위험할 뻔했다. 쓰시마 에미가 이 프라세몬을 통해 감염되었다면 레이도 마찬가지로 감염될 수 있다.

페니노에게 프라세몬을 건네 신속하게 분석해 달라고 했다.

나나 레이나 녹초가 되어 있었다. 잘 자라는 인사를 나누고 각자의 보금자리로 흩어졌다.

15

암흑 속에서 컴퓨터 안 모터 소리가 희미하게 울렸다.

나는 퍼뜩 잠에서 깼다. 샤워를 한 다음, '사이버 포레스트'에 접속한 채 컴퓨터 앞에서 잠이 들었던 모양이다.

방바닥에 그냥 뒹굴어 자고 있었던 탓에 몸이 굳어 뻑뻑했다. 신음 소리를 내며 일어나 마우스에 손을 대자 모니터가 밝아졌다. 메일함에는 메일 착신이 표시되어 있었다. 그 이름을 보고 나는 숨을 삼켰다.

메일은 리카가 보낸 것이었다.

단숨에 잠기운이 날아가 버렸다. 바로 메일을 열었다.

바람 맞혀 미안합니다. 분수대 앞까지는 갔었습니다. 말은 걸지 않았지만. 에이미님의 일, 미안하게 생각합니다. 남친을 빼앗길 것 같아서 심한 말을 했습니다. 죽다니 충격이네요.

남친하고도 잘 안 되고 에이미님한테도 미안하고. 내가 나빴던 거겠지만 왠지 괴로워서 모든 게 싫어졌습니다. 남친은 관계없습니다. 전부 나 혼자 한 겁니다.

이젠 어쩔 수 없겠죠. 미안합니다. 사라지렵니다.

나는 바로 답신을 썼다.

사라지겠다는 식으로 말하지 말아 주십시오.

에이미님 일에 대해 유지님에게 책임이 있다는 말은 거짓말이었습니다. 미안합니다.

당신을 만나 얘기를 듣고 싶어서 그랬습니다.

책임을 물을 생각은 없습니다. 얘기를 좀 해 주십시오.

그렇게 할 수 없다고 해도 좋습니다. 어쨌거나 사라지지는 말아 주십시오.

부탁드립니다.

송신했다.

리카의 페이지로 갔다. 아직 탈퇴는 하지 않았다. 일단은 안심이 되었다.

사라지겠다는 것이 '사이버 포레스트'에서인지, 아니면 이 세상에서 그러겠다는 것을 의미하는지 몰라서 초조했다. 어느 쪽이든 간에 사라져서는 곤란하다.

리카의 행위에 대해 분노를 느끼기는 했지만, 그녀로서는 유지와의 사랑을 지키려 했을 따름인지도 모른다. 그렇다고 해도, 쓰시마 에미의 죽음에 대한 수수께끼가 풀리려는 판국에 그 책임의 일부를 가진 리카가 마지막까지 지켜봐 주기를 바라는 마음이 있었다.

답신이 올까? 졸다가 또 메일함 보다가를 되풀이했다. 메일은 오지 않았다.

*

뭔가.

소리가 들린다.

귓가에 무언가가 말하고 있다.

중얼중얼. 중얼중얼.

한 단어를 반복해서 말하고 있다.

주문처럼 외우고 있다.

중얼중얼. 중얼중얼.

얼굴 없는, 온몸이 밋밋한 인형이 어둠 속에 서 있었다. 두 손으로 귀를 막고 있다.

입 움직임이 또렷하게 보였다.

희미하게 목소리가 들린다.

"리가버러지한케머켜든다."

소리를 지르며 벌떡 일어났다.

"리가버러지한케머켜든다."

나는 방안의 어둠을 뚫어져라 보았다.

"알았다, 그 뜻을."

그 말의 의미를 깨달았다.

봉투 뒤에 휘갈겨 쓴, 뜻 모를 글자의 나열.

뇌가 버러지한테 먹혀든다.

뇌가 벌레한테 먹혀들어가고 있다.

쓰가루 사투리로 써서 더 알아보기 힘들었던 것이다.

쓰시마 에미는 쓰가루 출신이었다.

그래서 그녀는 가장 쓰기 편한 말로 말한 것이다.

뇌가 벌레에게 먹혀들어가고 있다.

"그게 너무 무서웠던 거다. 쓰시마 에미는."

16

도코로자와 현장 일을 마치고, 나와 레이는 오이즈미 방면으로 가고 있었다.

나는 간밤에 꾼 꿈에 대한 생각에 잠겼다.

쓰시마 에미의 뇌 속에서 무슨 일이 일어나고 있었을까?

이상 프리온이 정상적인 프리온을 만나게 되면 잇달아 모양이 바뀐다고 한다.

리본처럼 깔끔한 나선을 그리는 정상 프리온이 평평한 막대기 모양으로 변하고, 뇌 안에 축적된다. 이상 프리온에 둘러싸인 신경세포는 활동을 저해 받고, 망가지고, 소실되어 뇌에는 구멍이 뻥뻥 뚫린다.

그녀는 그런 것을, 뇌가 벌레에게 먹히는 것을 느꼈을까?

기묘한 벌레가 뇌 속을 파먹으며 기어 다닌다. 자신의 의식이, 기억이 벌레의 먹이가 되어 구멍이 뚫려 나간다. 급기야 전부 벌레에게 먹히고 만다. 존재조차, 목숨조차.

운진대를 잡고 레이가 중얼거렸다.

"견딜 수 없을 거야."

"생각만 해도 돌아버릴 거 같네요."

리가버러지한케머켜든다.

그 말은 그야말로 이상 프리온에 먹혀 존재가 소실되려는 여자의, 비통한 외침이었던 것이다.

레이는 나를 보고 말했다.

"어떻게 말뜻을 알았냐?"

"사리나 씨의 할머니, 아오모리 출신이었잖아. 그래서 어제 레스토랑에서 쓰가루 사투리 강연을 들었고."

"아아! 그거였군."

"그때 비슷한 말이 나왔었어요. 그 소리가 귀에 남아 있었던 거죠. 그래서 꿈속에서 중얼거리는 소리가 들린 순간 알았어요. 지렁이 기어가는 것 같았던 그 글자만 봤다면 몰랐을 테죠."

우리는 '텍사스 보이'에서 오전에 대학에 간 페니노와 만나

점심을 함께 했다. 광우병이니 뭐니 소란을 떨었으면서도 아랑곳하지 않고 우리는 쇠고기를 먹었다. 먹지 않으면 몸이 버티지 못하기 때문이다.

물수건으로 머리를 닦으면서 페니노가 말했다.

"그 꿈 얘기를 듣고 생각난 게 있습니다."

독일제 인체 건조 경막 '라이오듀라'를 뇌 외과수술 때 이식해서 죽은 일본 여자가 있었다.

"그 여자는 '라이오듀라'에서 크로이츠펠트 야콥병에 감염된 겁니다. 그녀에게 이식된 건조 경막이 크로이츠펠트 야콥병 환자의 거였죠."

"뭐!"

레이가 눈을 부라렸다.

"'라이오듀라'는 시체의 건조 경막으로 만들어지는데, 그 경막에 이상 프리온이 섞여 있으면 쇠고기하고는 비교할 수 없을 정도의 감염력을 가집니다. 뇌에서 가장 활성화하는 이상 프리온을 뇌에 이식한 꼴이니까요. 독을 급소에 주입한 것과 같죠."

그 여자가 쓴, 마지막 일기의 한 구절이 쓰시마 에미의 말과 비슷하다고 한다.

"그 여자는 꿈이 사라진다고 썼습니다. 문자 그대로 뇌가 사라져 가는 공포를 쓴 겁니다. 그 여자는 그걸 반쯤 의식하고 있었죠. 이렇게 무서운 일이 세상에 또 있겠습니까?”

‘라이오듀라’는 일본 국내에서 이제까지 약 50만 명에게 이식되었다. ‘라이오듀라’ 이식에 의한 크로이츠펠트 야콥병 환자는 현재 일본에서 100명 이상 확인되고 있는데, 잠복 기간이 명확하지 않기 때문에 앞으로의 발병 숫자는 예측할 수가 없다.

“50만 명이라니, 끔찍하군.”

1987년에 미국이 위험성을 지적, 수입도 금지되었지만 일본에서는 1997년에 사용 금지가 되기 전까지는 그냥 방치되어 있었다.

‘라이오듀라’의 위험성에 대해서는 70년대 초부터 얘기되고 있었던 만큼 일본 후생성이 빨리 수입 금지를 했더라면 그 여자도 죽을 일이 없었을 것이다.

“말도 안 되는 얘기군.”

“도저히 있을 수 없는 일이죠.”

“쿠루병이라고 있잖아요.”

“아! 딱 그겁니다. 잘 아시네요.”

파푸아뉴기니 동부의 포어족은 장례식 때 죽은 사람의 살을 나눠 먹는 관습이 있었다. 그 결과 쿠루라는 병이 발생, 수천

명이 사망했다.

"죽은 건 대부분 여자와 어린이였는데, 죽은 사람을 먹는 역할을 했던 게 여자와 애들이었던 겁니다. 나라에서 인육을 먹지 말라고 명령을 내린 뒤로 쿠루병은 급감했습니다. 덧붙여 쿠루는 떨린다는 뜻입니다. 크로이츠펠트 야콥병과 거의 비슷한 증상이죠."

레이가 말했다.

"다시 말해서 문제는 서로 잡아먹기인 거로군. 경막 이식도, 인태반 주입도, 감각적으로는 쿠루병하고 비슷하잖아."

페니노가 끄덕였다.

"소도 원래는 초식동물인데, 소나 양을 갈아 만든 육골 가루를 사료로 썼기 때문에 광우병이 생겼다는 설이 있으니까요."

스테이크가 지글지글 철판 위에서 맛있는 소리를 내면서 눈앞에 놓여졌다. 쇠고기가 구워지는 구수한 냄새가 식욕 중추에 직격탄을 날린다. 광우병 얘기를 하면서 스테이크를 먹는다. 인간이란 배가 고프면 그러고도 남을 존재라는 생각이 들었다.

"오늘 일은 고기를 먹을 수 있을 만한 정도였나요?"

페니노는 나를 배려하는 듯 말했다.

"아, 괜찮아. 오늘 일은 아주 깨끗했어. 극히 평범한 청소였거든."

오늘 현장은 도코로자와였다. 시내 아파트에서 죽은 사람은 38세의 남성. 화장실에서 목을 매 자살했는데, 사후 발견도 빨랐기 때문에 맥이 빠질 정도로 집이 깨끗했다. 작업 내용은 일반 이삿짐센터에서 하는 일과 크게 다르지 않았다. 아들이 남긴 모든 짐을 인수한다고 해서 부모 집에 그것들을 옮겨줌으로써 업무 완료. 일은 쉬웠지만 노령의 착한 부부에게서 요금을 다 받자니 기분이 착잡했다.

레이가 히죽거리면서 말했다.

"완전히 속았어."

"무슨 소리예요?"

"그 부부, 아들에게 거액의 생명보험을 들어놨어."

"예엣."

"설마요!"

"5년 전에는 딸이 죽었어. 그쪽도 보험금이 걸려 있었지."

페니노가 고개를 갸웃하면서 말했다.

"살인… 인가요?"

"모르지. 심증적으로야 수상하지만."

"경찰한테는 얘기하지 않습니까?"

"증거가 없잖아. 있는 거라고는 소문뿐. 경찰도 말만 가지고는 손도 발도 내밀 수 없는 상태겠지."

충격이었다. 우리 할아버지 할머니라면 얼마나 좋을까라는 생각까지 들었던 두 사람이었다.

"왠지 맥이 탁 풀려버리네요. 인간이란 도무지 알 수가 없어요."

"준야 씨도 읽어내지 못하는 게 있습니까?"

물론이다. 모든 산 사람의 생각을 읽는다면 미쳐버리고 말 것이다. 동조되는 것이 없을 때는 아무것도 보이지 않는다.

다만ㅡ.

"너무나 어두운 악의를 품었거나 엄청난 고민을 안고 있는 경우에는 그 사람 자체가 회색으로 보이기도 하죠. 색깔이 없다고 해야 할까, 흑백으로 보인다고 할까."

배경은 컬러로 보이는데 그 사람만 회색으로 보인다. 아무리 평범하게 활기차 보이더라도 말이다. 그것은 상당히 기분 나쁜 광경이다.

레이가 쿡 하고 웃으면서 말했다.

"그 말을 들은 뒤로는 나도 주의하고 있지. 너무 시커먼 생각을 하지 않도록 말이야."

"그래도 노상 회색으로 보이시죠?"

레이는 페니노의 이마를 찰싹 때렸다.

나는 퍼뜩 떠올랐다.

“그러고 보니.”

나는 두 사람에게 리카에게서 메일이 왔었다고 얘기해 주었다.

“리카한테서?”

“미안. 말하는 걸 깜박 했어요. 갑자기 미안하다 사라지겠다고 메일이 왔었어요. 놀라서, 사라지지 말아 달라고 메일을 보냈는데 답신은 없었어요.”

“그 사라진다는 건, 죽겠다는 뜻이냐, 아니면 ‘사이버 포레스트’에서 그러겠다는 뜻이냐?”

“처음엔 나도 죽을 생각인가 싶어 초조해 했는데, 그 여자 그런 성격은 아니지 않나 하는 생각이 들어서.”

레이가 팔짱을 끼고 말했다.

“나도 그렇게 생각해. 남을 죽여서라도 살아남을 타입이잖아. 사라지겠다면서, 일부러 어느 쪽으로도 해석될 수 있는 식으로 말한 걸 거다. ‘사이버 포레스트’에서 사라지면 붙잡을 수단이 없으니까, 그런 식으로 어떻게든 무마해 볼 셈이었을 거야.”

페니노가 기회를 놓치지 않고 끼어들었다.

“리카의 메일, 어떤 느낌이었습니까? 아무리 봐도 나쁜 여자 풍? 아니면 귀여운 느낌?”

“그게 꽤 귀엽더라고요. 발랄한 느낌.”

“발랄이요?”

페니노가 히죽 웃었다.

“너, 정말 바보구나.”

레이가 질렸다는 듯 말했다.

“어느 가게인지 모르십니까?”

“사리나 씨가 준 룸살롱 정보는 없나?”

“응. 오전 중에 전화를 걸었는데, 아무 말도 없었어요.”

사리나에게 프라세몬과 광우병의 관계를 알려 줘야겠다는 생각에 주저주저 전화를 걸었는데, 의외로 서글서글한 목소리로 말했다.

“괜찮아. 이제 와서 끙끙대야 헛일이잖아. 성형이든 프라세몬이든, 이 장사에 몸담고 있는 이상, 나한테는 필요해. 몇 년 뒤의 위험보다는 지금 당장 어떻게 살아가느냐가 더 큰일이니까.”

역시 대담하다. 어쩌면 살려 달라고 울며 매달릴지도 모른다고 생각했는데, 그 말을 들으니 어깨의 짐을 내려놓은 것 같은 기분이 들었다.

“옛날 일이 생각나네. 알바 하던 회사에서 손님들이 만날 물어봤거든. 당시엔 에이즈가 문제되기 시작하던 때라서, 당신네

제품은 괜찮으냐고 말이야. 그때마다 미용부 사원이 '우리는 인태반은 사용하지 않습니다. 소태반이라서 괜찮습니다'라고 대답했어. 그 즈음엔 사람은 오케이고 소는 위험. 그렇지만 이젠 소태반이니까 괜찮다고 할 회사가 없을 테지. 약이나 화장품이란, 그런 거야. 효과가 있으면 위험도 따르기 마련. 그건 사용하는 사람이 스스로 감수해야 할 위험인 거지."

필시 내일은 무언가 움직임이 있으리라. 프라세몬의 검사 결과가 문제 있음으로 나오면 제조원에 전체 정지가 걸릴 것이다.

페니노는 말했다.

"경찰 쪽에는 연구소에서 연락을 해주기로 했습니다. 쓰시마 에미에 관해서는 두 사람한테도 참고인 조사를 받을 거 같은데, 그렇게 되면 잘 부탁합니다."

참고인 조사라. 마음은 무겁지만 그런 말을 하고 있을 판국은 아니다.

"레이, 내일 일은 뭐였지?"

"엄청 불운하게도, 하나도 없어."

페니노가 몸을 내밀었다.

"그럼 사라지기 전에 가부키초에 가서 그 언니를 찾아 볼 건가요?"

기뻐하는 듯한 페니노의 이마를 레이가 찰싹 때렸다.

레이가 문득 생각났다는 듯이 말했다.

"그런데 말이야, 그 프라세몬을 아프로디테 클리닉에서 산 건 아니겠지?"

"왜요?"

"아니, 우키타는 쓰시마 에미한테 더 이상 프라세몬을 주입하지 말라고 했다잖아. 그런 환자에게 프라세몬을 주겠어?"

듣고 보니 그렇다. 더구나 병원에서는 어디까지나 프라세몬 주사로 돈을 버는 곳이니까 원재료를 환자에게 팔 리가 없다.

"그럼 어디서 샀을까요?"

"프라세몬이라면 인터넷으로도 살 수 있어요."

"아니, 정말로?"

"홍콩 구매 대행 사이트가 있는데, 거기서 살 수 있습니다. 역수입하는 형태로."

"아하! 그렇군요."

"주사기도 거기서 살 수 있으니까, 일괄 주문한 거 아닐까요?"

레이가 미간을 찌푸리며 말했다.

"그렇지만 말이야, 이상하지 않냐?"

"뭐가 말입니까?"

"쓰시마 에미 집엔 PC가 없었잖아. 그런 사이트에서 사려면 인터넷을 썼을 텐데?”

“아, 그렇군요.”

인터넷 쇼핑. PC가 없으면 무리다.

“더군다나 쓰시마 에미는 그런 걸 안 했을 거 같다고 해야
할까, 서툴었을 것 같다는 기분이 들거든.”

내 생각도 분명 그렇다.

“그럼 어디에서 입수했을까요?”

세 사람은 서로 얼굴을 마주 보았다.

그때 주머니에서 휴대전화가 진동했다. 발신자를 보니 사리
나였다.

“여보세요.”

전화를 받자, 사리나는 입을 열자마자 말했다.

“리카를 찾았어.”

“네엣?!”

“찾긴 했는데, 현재는 행방불명.”

나는 휴대전화를 꽉 쥐었다.

“무슨 얘기죠?”

“자세한 건 만나서 얘기해.”

2장

그림자

1

"쇼, 기억나?"

사리나는 약간 수줍어하면서 말했다.

"아아!"

잊을 리가 있겠는가.

해 저물기 전의 가부키초 1번가. 빌딩과 네온사인 사이로 아주 약간 보이는 옅은 보라색 하늘을 배경으로 검은 정장을 입고 시원스레 걸어오는 쇼는 남자인 내가 봐도 홀딱 반할 정도로 멋있었다.

3년 전, 사리나에게 호되게 당하던 나를 부드럽게 감싸주었다. 고운 선에 화사한 외모지만, 정상에 선 사람으로서의 힘이 그에게는 있었다.

그러나 가까운 곳에서 보고서야 깨달았다. 몹시 안색이 안 좋았다. 그리고 말랐다. 가느다란 눈썹도 갸름한 눈도 생각 탓인지 허무해 보였다.

"아하, 자네였군."

하하, 하고 기쁘게 웃으면서 쇼는 활기차게 내 어깨를 쳤다.

"반갑다. 잘 하고 있어?"

한 번밖에 만난 적이 없는 나를 기억하고 있었다.

나는 가슴이 뜨거워져 깊이 고개를 숙였다.

"전에는 신세가 많았습니다."

"바보 같은 소리. 머리 숙이고 그러지 마."

내 뒤에 있는 레이와 페니노가 눈에 띄자, 아, 안녕하세요, 하고 가볍게 인사를 건넸다.

레이가 한 발 앞으로 나섰다.

"준야에게 잘 해 주셨다고요, 고맙습니다."

"아니, 이거 참. 쑥스럽군요. 자, 차라도 마시러 가죠."

두 사람이 나란히 걸어 나가는 모습을 보니 쇼가 두드러지게 마른 것을 알 수 있었다. 레이는 옷을 입으면 호리호리해 보이지만 실제로는 근육이 단단히 붙어 있다. 그렇지만 쇼의 몸에는 살이 거의 없었다.

카페 '왕성'에 들어가 자리에 앉자마자 쇼가 말했다.

"사리나한테서 들었나? 나, 호스트 그만뒀어."

"아, 그래요?"

나는 눈을 동그랗게 떴다. 3년 전 외모에 비하면 다소 빛이 바란 것처럼 보였지만 아직 톱클래스를 지킬만한 수준이었다.

"간이 망가졌거든. 술은 한 방울도 못 마셔. 지금은 호스티스를 스카우트하면서 사리나에게 얹혀살고 있지."

우리는 놀라서 사리나의 얼굴을 보았다.

사리나는 부끄러운 듯, 웃음을 띠면서 머리를 숙였다. 그 몸짓이 싱그러워서 어쩐지 귀여웠다.

"그럼, 바로 얘기로 들어가죠."

사리나는 쑥스러움을 감추려는 양 헛기침을 하고서 프린트한 리카의 얼굴 사진을 물 묻지 않게 주의하면서 테이블 위에 올려놨다.

"늦어서 미안. 명확해졌을 때 모든 걸 말하는 게 좋을 거 같아서."

그렇게 말하고 쇼 쪽을 재촉하듯 보았다.

쇼는 고개를 끄덕였다.

"일 성격상 나도 가부키초의 호스티스는 잘 알지. 누가 어느 가게에서 일하는지, 대략 파악하고 있다고 할 수 있어. 그래서 딱 잘라 말하는데, 얘는 가부키초엔 없었어."

"애당초 그게 이상해. 이 사람이 가부키초의 호스티스를 모를 수가 없는 거거든. 컬러 복사를 해서 다른 스카우터나 내 친구들한테도 돌렸어. 그런데 봤다는 사람이 아무도 없더라고.
그럴 수가 있겠어?”

“나 하나라면야 모를 수도 있겠지만 모든 사람들이 모른다
는 건 일반적이 아니지. 그래서 가부키초 애가 아닐 거라고 생
각했어. 룸살롱이란 건 일본 어딜 가든 있잖아. 긴시초나 스스
키노든. 그래서 가부키초가 아니라 다른 곳에 있는 거 아닐까
하는 얘기가 나왔지.”

“그게 아니면 호스티스가 아니든가. 분위기로 따지면 물장
사하고 비슷하니까 바나 마사지 같은 데일지도 몰라. 그렇다고
해도 물장사를 통틀어 보면 가게가 너무 많아서 도저히 범위를
좁힐 수가 없거든. 그래서 조사를 중지했는데, 의외로 다른 곳
에서 실마리가 잡혔어.”

정보를 가져다 준 것은 사리나의 단골손님 다나카 씨였다.

불법 성인 비디오로서 인체 파괴 시리즈를 찍은 프로덕션이
있었다. 말 그대로 여배우의 얼굴이나 몸을 파괴하는 과격한
성인 비디오로, 촬영 때 직장에 손상을 입어 인공 항문을 달수
밖에 없게 된 여배우가 소송을 거는 통에 올해 프로덕션이 적
발되었다.

다나카 씨에 의하면 리카가 3년 전 촬영한 ‘얼굴 파괴 편’에
쓰인 여자인 것 같다는 얘기였다. 그러나 ‘얼굴 파괴 편’은 내

용이 너무 엽기적이어서 창고에 처박혔다.

리카의 본명은 최소연. 출연 때는 미나미 리카라는 이름으로 나왔다. 불법 체류 한국인이었다. 얼굴은 모자이크로 가리니까 아무도 정체를 모를 거라고 속여서 성인 비디오에 나오게 한 모양이었다.

안 그래도 과격과 극악무도를 세일즈 포인트로 삼는 성인물이 다 찍은 비디오를 창고에 넣어버리는 것은 드문 일이다. 추측해 보건대, 파괴 정도가 너무 심해서 아니겠냐고 다나카 씨는 말했다고 한다.

레이가 의문을 제기했다.

"창고로 들어간 성인 비디오인데, 다나카 씨는 어떻게 그 여자에 대해 아는 거죠?"

"탐정 일 관계로 프로덕션을 내사했다고 하던데, 수상하긴 해요. 어쩌면 촬영 현장에서 만난 적이 있을지도 모르죠. 남자 배우로."

미나미 리카는 촬영이 끝나자마자 자취를 감추었다.

성인 비디오에 출연한 여자에게 너무 심한 육체적 손상을 입힌 경우, 프로덕션의 배후에 있는 조직에 의뢰하여 입막음을 하는 경우도 있다. 특히 그 여자의 경우에는 불법 체류 외국인이어서 일본에는 친척도 없고 신원 확인을 해줄 수 있는 사람

도 없었다. 조직에 의해 제거당할 위험을 알아채고 도망쳤는지
는 몰라도, 정말로 죽인 게 아니길 바란다고 다나카 씨가 말했
다고 한다.

쇼가 뒤를 이었다.

"그래서 이번에는 한국인 쪽 네트워크를 잘 아는 사람에게
최소연이라는 여자에 대해 물어 봤지. 그는 은밀한 인맥을 더
듬어 그녀가 에코다로 이사했다는 것까지 알아내 줬어. 하지만
그것도 한참 전의 얘기야. 지금은 그들도 최소연의 소식을 알
길이 없다더군."

"에코다라고요?"

"그래요. 에코다."

레이가 중얼거렸다.

"등잔 밑이 어둡다더니 리카는 쓰시마 에미와 같은 동네에
살고 있었잖아."

"좀 도움이 되었을라나?"

쇼는 쑥스러운 듯 머리카락을 손으로 쓰다듬으면서 웃었다.

"좀이라니요."

나는 몹시 감격해서 고개를 저으면서 대답했다.

레이도 들뜬 소리로 말했다.

"리카의 본명과 살던 곳을 알아내다니, 생각도 못했던 일인 걸요. 큰 수확이에요. 다음에 식사라도 대접할 수 있었으면 좋겠군요."

"괜찮아요. 당신들도 대가 없이 하는 일이잖습니까. 오늘 만나서 기쁘군요. 준도 좋은 사람들이 곁에 있으니 다행이다."

쇼의 따뜻한 말에 나는 가슴이 멨다. 쇼는 내 어깨에 손을 얹고 말했다.

"일부러 불러내서 미안하다. 사실은 너를 만나고 싶었거든. 사리나를 잘 부탁한다."

사리나를 보니 순간적으로 울 것처럼 얼굴이 일그러졌다.

두 사람의 모습이 보이지 않게 될 때까지 나는 몇 번이나 뒤를 돌아보면서 해 저무는 가부키초를 뒤로 했다.

레이가 툭 하니 중얼거렸다.

"좋은 사람이네."

나는 고개를 끄덕였다.

나는 정말 운이 좋다. 운명의 전환점에서 쇼나 레이를 만날 수 있었으니까.

하지만 그와 동시에 생각했다.

쇼는 얼마 남지 않았다.

그의 몸에서는 죽음의 냄새가 났다.

레이도 그것을 알고 있었다. 필시 우리는 이제까지 그런 냄새를 너무 많이 맡아버린 것이다.

그리고 그것은 사리나도, 쇼 자신도 알고 있다.

사리나의 낭장에라도 울음을 터뜨릴 것 같은 얼굴이 떠올라 가슴이 아팠다.

차는 오타키바시에서 메지로로 들어가 에코다 방면을 향했다.

"그럼 이제 어떻게 치고 들어갈까?"

운전을 하면서 중얼거리는 레이에게 뒷좌석에서 페니노가 몸을 내밀었다.

"유지도 에코다에 살고 있잖아요. 우선 유지를 잡아 족치면 리카의 종적을 확인할 수 있지 않을까요?"

나도 동의했다.

"동감이에요. 리카 본인과 접촉하기 보다는 그쪽이 훨씬 빠를지도 몰라요."

레이가 말했다.

"좋았어. 준야, '사이버 포레스트'를 통해 유지에게 메일을 보내자."

"오케이."

나는 노트북을 열었다. '사이버 포레스트'에 접속했다. '즐거

찾기'에 등록된 유지의 페이지로 들어갔다. 어라, 현재 유지는
'사이버 포레스트'에 접속된 상태다!
　"지금 바로 메일을 보내면 잡을 수 있어요. 뭐라 쓰죠?"
　"위협하는 식으로 글을 쓰면 어떨까?"
　"네 여친 때문에 죽은 사람이 있다든가?"
　"그건 너무 지나치지 않나?"
　"리카를 비난하는 식으로 쓰면 답장을 하지 않을지도 몰라
요."
　나는 메일로 보낼 글을 쓰기 위해 몇 분 동안 머리를 짜냈다.
　"됐어!"
　글을 읽었다.

안녕하세요.
전에 쓰시마 씨 일로 메일을 보낸 적이 있는 준입니다.
실은 당신의 애인 리카 씨에게 햄스터를 맡겼는데, 이삼일 전부터 휴
대전화가 안 돼서 난감해 하고 있습니다.
어떻게 연락을 했으면 하는데, 저한테 연락 좀 하라고 전해 주실 수
없을까요?

　다 읽자 레이는 단박에 퇴짜를 놓았다.

"틀렸어. 기각한다."

"왜요?"

"당신의 애인 리카 씨라니, 그런 말을 누가 쓰냐? 더군다나 왜 리카에게 햄스터를 맡겨. 사이버 프렌드도 아니면서. 너희가 정말 친구라도 돼?"

아, 그렇군. 나와 리카는 사이버 프렌드 관계도 아니었다.

페니노가 말했다.

"유지가 우리한테 연락을 하지 않을 수 없을 만큼, 절박한 내용이 좋지 않을까요?"

"음, 그러면 리카의 신변에 위험이 닥쳤다고 하는 게 좋을까요?"

"아, 그게 좋겠다. 성인 비디오 관계 조직이 뒤를 쫓고 있을 가능성도 없지 않다는 식으로."

"그렇지만 리카가 성인 비디오에 출연한 걸 감췄을지도 몰라요. 그 얘기는 하지 않는 편이 좋겠어요."

나는 서둘러 메일을 고쳐 썼다.

안녕하세요.

전에 쓰시마 에미(에이미) 씨 건으로 메일을 보냈던 준입니다.

갑작스러운 얘기지만, 유지님이 사귀고 있는 리카님에게 위험이 닥쳤다는 얘기를 연예 프로덕션에 있는 친구한테 들었습니다. 전에 리카 님이 했던 일과 관계가 있다고 합니다.

상세한 내용을 리카님에게 전하고 싶은데, 어떻게 해야 연락을 할 수 있을까요?

아래에 제 전화번호를 적어 두겠습니다. 연락을 주시면 감사하겠습니다.

090-○○○○-○○○

"어때?"

다 읽자 레이가 고개를 갸웃거리며 말했다.

"뭐 괜찮군. 어딘지 거짓말 냄새가 나지만서도. 유지가 리카하고 사귄다는 걸 어떻게 알았단 거지?"

"아, 그거야 두 사람이 사이버 프렌드잖아요."

"그게 틀렸다는 거야. 사이버 프렌드가 아니라고. 표면상으로 두 사람은 아무 관계없는 걸로 되어 있어."

나는 깜짝 놀랐다.

"어떻게 그럴 수가…."

"사이버 프렌드도 아니고, 상대방 페이지에 서로 글을 올린 적도 없어. 나도 그게 이상해서 그 부분을 체크해 봤거든. 커뮤니티에도 가입하지 않았고, 공통으로 아는 사람도 없었어.

어쩌면 에코다의 술집 같은 데서 알게 되었을지도 몰라.”

그래도 레이의 OK 사인이 났기에 일단 메일을 보냈다.

이제는 유지의 답신을 기다릴 수밖에 없다.

두 사람은 어디서 알게 되었을까? ‘사이버 포레스트’가 아니라 에코다 거리에서 만난 것일까? 리카는 에코다에서 어떻게 살았을까? 속아서 성인 비디오에 나왔다가 안면이 파괴되고 조직을 피해 몸을 피하게 된 리카.

어쩐지 위화감이 느껴졌다.

불법 체류 한국인 여성. 미나미 리카. 잔학과 과격을 세일즈 포인트로 내세우는 성인 비디오에 나와 말 그대로 안면 파괴를 당한 인물.

그런 리카가 ‘사이버 포레스트’에 있다. 유지라는 남자와 사귀다가 쓰시마 에미에게 왕재수 얼꽝이라는 욕설 메일을 보냈다.

레이가 중얼거렸다.

“이상하지 않아?”

페니노가 동의했다.

“캐릭터가 부합되지 않는 느낌이네요.”

생각해 보니 이상했다. 불법 체류 외국인이 그런 욕지거리 메일을 쓸 수 있을까? 어젯밤, 나한테 보낸 메일을 봐도 젊은 애들이 쓰는 말로 가득했다. 일본에 그리 오래 살지 않았던 외국인이 쓸 수 있을 만한 수준 같지가 않았다.

어떻게 된 것일까?

그때 유지에게서 답신이 왔다.

나는 메일을 소리 내 읽었다.

당신, 누굽니까? 리카라니, 누구 말입니까? 신종 사기인가요? 최근 몇 년 동안 제대로 사귄 여자가 없습니다만.

전화번호를 보냈는데, 난 걸지 않겠습니다. 당장 사무국에 고발할 거니까, 그리 아십시오.

레이와 페니노가 저마다 항의했다.

"뭐야."

"이봐 이봐, 좀 기다리라고 해."

나는 곧바로 답신했다.

잠깐만요. 나는 사이토 준야라고 합니다. 야와라에 있는 리플렉스라는 회사에서 청소 업무를 하고 있습니다. 절대 수상한 사람이 아닙니다.

쓰시마 에미 씨는 리카 씨를 알았습니다. 그리고 두 사람 모두 유지 씨의 친한 친구였고요.

거짓말을 한 건 미안합니다. 사과드립니다. 그렇지만 쓰시마 씨의 죽음에 대해 생각나는 게 없는지, 꼭 리카 씨에게 물어 보고 싶습니다.

답신은 바로 왔다.

쓰시마 씨는 압니다. 오프 모임에서 만난 적도 있습니다. 그렇지만 리카라는 사람은 전혀 모릅니다. 뭘 잘못 안 거 아닌가요?

나는 리카가 보낸 메일과 리카의 페이지로 연결되는 URL을 복사해서 답신했다.

이건 규칙 위반이지만, 쓰시마 씨 앞으로 보낸 리카 씨의 메일을 조금 발췌해서 보냅니다. 리카 씨를 책망할 맘은 전혀 없습니다. 그저 두 사람 사이에 무슨 일이 있었는지, 그걸 알고 싶을 따름입니다.

답신은 바로 왔다.

리카 씨, 예쁜 여자군요. 이런 여자라면 나로서야 기쁘게 사귀겠습니다만.

농담은 이쯤 하고, 뭡니까, 이 메일! 너무 심한 내용이군요. 하지만 정말로 짐작 가는 건 없습니다. 리카란 사람이 쓰시마 씨한테 이런 메일을 보냈단 건가요? 아무리 생각해도 그럴 리가 없습니다. 그도 그런 게, 나는 리카 씨와 만난 적도 없단 말입니다! 기분 나쁘군요.

어찌된 일인가.

유지가 거짓말을 하는 것일까?

레이가 말했다.

"유지를 직접 만나 얘기를 들어 볼 수 없을까?"

그런 취지를 유지에게 메일로 보내니, 야근을 해야 하기 때문에 2시간 이상 지나야 돌아올 수 있다는 답신이 왔다. 메일을 주고받느라고 일이 늘어졌는지도 모른다. 어쩌면 부드럽게 거절하는 뜻일 수도 있다.

일단 사과와 감사의 메일을 보냈다. 이러저러 하는 동안에 에코다에 닿았다.

아직도 고가가 아니라 평지에 자리한 역 주변에는 작은 음식점들이 어수선하게 들어서 있었다. 대학이 셋이나 있어서 오가는 사람은 20대 정도의 젊은이가 많았다. 이런 거리에서는 싸고 양 많은 가게가 처마를 나란히 하고 있기 마련이다.

우선 중국 요리로 배를 채운 다음에 퇴근할 유지를 기다려 보기로 했다. 본인의 사진을 통해 얼굴은 알고 있으니 길에서도 충분히 찾아낼 자신은 있었다. 유지가 싫어할지도 모르지만, 여기까지 왔으니 이것저것 따질 판국이 아니다. 천분의 1 확률로, 리카도 눈에 들어올지 모른다.

우리는 차슈면과 미니 볶음밥 세트, 거기에 탕수육, 청경채 복음, 춘권을 시켰다.

전체적으로 짠맛이 강했지만 맛있었다. 배불리 먹은 다음에는 에코다 역 잠복이다.

"주소가 도요타마키타니까 남쪽 출입구를 이용할 거야. 역 앞에는 주차를 못하니까 센카와 길에서 진득하게 기다리기로 할까?"

"난 개찰구에서 기다릴게요."

"오, 준야, 대단한 의욕이로군."

"왠지 여긴 놓치면 안 될 거 같아서요."

나는 두 사람과 헤어져 역 바로 앞에 있는 가정 의류 전문점 앞에 섰다. 여기라면 개찰구가 한눈에 들어오고, 오랫동안 같은 장소에 서 있어도 오가는 사람들이 많아 수상해 보이지 않을 터이다. 숨어 기다리기에는 최적이다.

바로 앞에는 판다 인형옷을 입은 남자가 티슈를 나눠주면서 오락가락 하고 있었다. 등에는 파칭코집 간판이 붙어 있었다.

가게 입구는 특별판매 상품 자리였다. 쓰시마 에미의 집에 있었던 것과 같은, 개구리 무늬 테이블보도 있었다. 판매대에는 300엔짜리 팬티스타킹, 천 엔짜리 잠옷. 그녀도 여기서 물건을 사곤 했을까?

멍 하니 그것들을 바라보고 있자니 전철이 역으로 미끄러져 들어오는 소리가 들렸다. 하행선 전철이 도착한 것이다.

개찰구에서 왁 하고 쏟아져 나오는, 남자 한 사람 한 사람의 얼굴을 핥듯이 살펴보았다.

인터넷에 올라온 사진의 유지는 짧은 머리에 약간 검은 피부, 사각 턱이었다. 표정도 밝아서 인기를 끌만한 시원한 이미지의 남자였다.

훈남, 좀처럼 보이지 않았다. 잠깐, 머리형을 바꿨으면 꽝이잖아. 게다가 오늘은 '사이버 포레스트'의 사진하고는 복장도 다를 터. 퇴근길이니 양복에 넥타이를 하고 있을 것이 틀림없다.

그런 생각이 들자 갑자기 불안해졌다. 안경을 끼지는 않았을까? 왕창 살찐 건 아닐까? 머리가 벗겨지지는 않았겠지? 믿을 거라고는 프로필에 쓴 나이밖에 없다. 그렇지만 27세 정도인 회사원풍 남자는 그야말로 흔해 빠졌다.

나는 초조했다. 유지를 짚어내기란 처음 예상보다 훨씬 어려운 일인지도 모른다.

플랫폼에 전철이 미끄러져 들어와, 승객을 토해내고, 다시 떠났다. 눈에 핏대를 세워가면서 오로지 지나가는 남자의 얼굴만 응시했다.

그러나 도무지 그럴싸한 남자를 찾지 못하고 시간만 흘러 열 몇 대의 진철이 헛되이 발착을 거듭했을 따름이었다. 판다 인형옷을 입은 남자도 벌써 철수했다.

생각해 보니, 유지는 차로 출퇴근할지도 모른다. 혹은 주소가 도요타마키타임을 감안해 볼 때, 오에도 선 신에고타 역을 이용할 가능성도 있다.

글렀다. 시간 낭비다. 이런 식의 잠복 가지고는 당첨 확률이 너무 낮다. 일단 차로 돌아가 계획을 다시 짜자.

그렇게 생각하며 걷기 시작했을 때, 깜짝 놀랐다.

본 적이 있는 사람이 걷고 있었다. 그것은 시오리였다.

까맣게 잊고 있었지만 그녀도 에코다에 사는 것이다.

미간에 주름을 지으면서 몹시 어두운 표정으로 걷고 있었다.

무언가 안 좋은 일이라도 있었던 것일까?

그렇다고 쳐도 뭔가 이상하다.

어째서 저 사람은 색이 없는 거지?

2

해가 완전히 저물어 공원에는 깊은 어둠이 내려왔다.

공원 안쪽에는 교회가 있었다. 검은 하늘에 하얀 십자가만 둥실 떠 있다.

그녀는 공원으로 타박타박 걸어 들어갔다.

깨닫고 보니 나는 그녀의 뒤를 따라 걷고 있었다.

유지 일도, 리카 일도, 모두 머리에서 날아가 버렸다.

그녀에게는 색이 없다. 어찌된 일일까?

시오리는 공원 벤치에 앉아 백에서 스틱 빵이 든 봉지를 꺼냈다. 비닐봉지를 열어 스틱만 몇 개를 연달아 먹었다. 물도 마시지 않고, 버터나 잼도 바르지 않고, 그냥 빵만 묵묵히 먹었다.

이윽고 일어선 그녀는 넓은 운동장을 가로질러 갔다. 긴 그림자를 드리우면서 걷는 그녀를 가로등이 환하게 비추고 있었다. 높이 솟은 가로등 기둥 위에는 시계가 붙어 있었다. 시간은 오후 8시 15분. 약국 일을 마치고 집으로 돌아가는 길이리라.

예전에는 이런 때 쓰시마 에미가 그녀와 함께 했다. 공원 벤치에서 빵을 게걸스레 먹는 것이 아니라 '셀마 블랑쉬'에서 케이크와 차를 즐겼다. 얘기는 손님에 대한 불평이나 주인에 대한 험담, 원망뿐이었을지도 모른다. 그래도 시오리에게는 즐거운 시간이었으리라. 쓰시마 에미가 죽기 전까지는.

아니, 그녀가 다른 남자와 사랑에 빠지기 전까지는.

시오리는 낡은 연립주택의 계단을 올라 2층 안쪽 집으로 들어갔다.

나는 도로 쪽으로 돌아가 창을 보았다. 집안 불이 켜졌다. 순간, 벽면을 채운 방대한 서적이 보였다. 삭 하고 초록 커튼이 쳐지고, 이내 집안은 보이지 않게 되었다.

나는 시오리에게서 돌려받은 쓰시마 에미의 책을 생각했다.

'꿈은 사람에게 무엇을 전하는가'. 융 심리학 입장에서 꿈을 해석한 것이다.

융 심리학은 집합적 무의식을 꿈으로 읽어낸다. 한동안 꿈이 너무 사나워서 융 심리학 책을 탐독한 적이 있다.

마음에 남는 것이 페르소나와 그림자에 대해서였다.

페르소나는 사람이 살아가는데 있어서 쓰게 되는 가면. 그림자는 뒤에 감춰진 본질, 잠재적인 욕망.

페르소나와 그림자는 대립하면서 서로 보완하는 관계. 한쪽이 희다면 다른 한쪽은 검다. 한쪽이 플러스라면 다른 한쪽은 마이너스. 페르소나의 가면이 두꺼우면 두꺼울수록 그림자도 더욱 검고 거대해진다.

쓰시마 에미가 가지고 있던 책에도 페르소나라는 말이 나온다. 페르소나에 이끌려 우리는 어디로 가고 있는 것일까?

쓰시마 에미 본인의 페이지. persona라는 패스워드를 알아내서 본인이 아니면 들어갈 수 없는 쓰시마 에미의 '메일함'에 접속할 수 있었다.

'일기'가 겉모습이라면 '메일함'은 뒷모습이다. 남들에게 드러나지 않는 비밀스러운 부분.

그곳에서 우리가 찾아낸 것은 리카라는 여자였다. 쓰시마 에미에게 가차 없는 욕설 메일을 보낸 여자. 불법 체류 한국인. 본명 최소연. 별명 미나미 리카. 안면 파괴 성인 비디오에 출연한 뒤 자취를 감춘 여자.

그 여자는 '사이버 포레스트'에서 유지와 연인 관계였다.

그런데 유지는 리카라는 여자를 모른다고 한다.

유지가 거짓말 하는 것일까?

그렇다면 리카는? 정말로 이 세상에 존재하는 것일까?

생존했음은 분명하다. 안면 파괴 성인 비디오에 나온 적이 있다. 다나카 씨가 그 모습을 보았다. 그리고 쓰시마 에미에게 보낸 메일이 있다. 어젯밤 나에게 보낸 메일도 있다.

그러나 리카의 메일은 의심쩍다. 도저히 불법 체류 외국인이 쓸 수 있을 문장이 아니다.

"분명히 리카 씨, 가부키초의 룸살롱에서 일한다고 했어요."

그렇게 말한 사람은 시오리였다. 나에게 보낸 메일 속에 그렇게 썼다. 리카가 가부키초에 있을 거라고 믿은 까닭은 그 메일 때문이었다.

쇼나 사리나의 정보에 의해 리카가 실존한다는 것은 알았다. 그렇지만 그녀는 가부키초의 호스티스는 아니었다.

즉, 리카는 최소연이 아니다.

"어머."

그 목소리를 듣고, 나는 펄쩍 뛸 정도로 놀랐다.

눈앞에는 앞치마를 하고 불룩한 쓰레기봉투를 든 시오리가 서 있었다.

"웬일이세요? 이런 데서."

"아니, 그게."

나는 허둥댔다. 어떻게 시오리가 집에서 나온 것도 알아채지 못했을까?

필사적으로 변명을 궁리했다.

"잠깐 쓰시마 씨에 대해 생각난 게 있어서 얘기를 좀 나눌까 하고요."

"어머, 그러세요. 그럼 우리 집으로 들어가실래요?"

"괜찮겠습니까?"

"네. 잠깐만요. 거기에 쓰레기 좀 버릴게요."

나는 황급히 자리를 비켜 주었다.

시오리는 전봇대 옆에 쓰레기봉투를 놓았다.

"원래는 밤에 내놓으면 안 되는 거지만, 재활용 쓰레기니까 괜찮지 않을까 해서요."

손을 가볍게 마주쳐 먼지를 털어냈다.

"자, 그럼."

시오리는 도수가 높아 보이는 안경 뒤로 커다란 눈을 반짝였다.

3

"책이 엄청나네요."

책장 앞에 서서 나는 혼잣말처럼 말했다. 집안 벽면에 천장까지 닿을 정도로 책이 빼곡히 들어차 있었다. 소녀 만화, 추리 소설, 일본 문학, 해외 문학, 논픽션. 모든 장르가 다 있었다.

그 가운데 한 권의 책등 글자가 아주 선명하게 눈으로 뛰어
들어왔다.

'독살 백과'.

제목을 읽고 움찔했다. 내가 그 책등에 눈을 두고 있는 것을
본 시오리는 즐겁게 말했다.

"이 책 재밌어요. 탈륨, 안티몬, 청산, 스트리키닌 등, 16종
류의 독물에 의한 살인에 대해 쓰여 있어요. 등장하는 살인자
는 크리펜, 보드킨 아담스, 그리고 그레이엄 영. 그야말로 살인
마들의 백화난만이란 느낌이에요. 탈륨으로 친어머니를 살해
하려던 시즈오카의 소녀도 그레이엄 영을 신처럼 숭배했다고
하던데, 나도 그 사람한테 강하게 끌렸어요."

"아, 그래요."

얼굴을 상기시키며 거침없이 말하는 시오리에게 나는 뭐라
하면 좋을지 몰라서 애매하게 대답했다.

시오리가 책상 위에 찻잔을 놓았다. 민트 같은, 상쾌한 향기
의 김이 올랐다.

"허브티예요, 드세요. 잠을 방해하지 않으니까 밤에 마셔도
괜찮아요."

"고맙습니다."

나는 찻잔을 들었다.

독약 얘기를 한 뒤에 나온 차에는 그다지 입을 대고 싶지 않았다.

내 모습을 본 시오리는 큭큭 웃었다.

"괜찮아요. 독 같은 거 넣지 않았으니까."

그리고 같은 찻주전자에서 따른 차를 마셔 보였다.

나도 할 수 없이 입을 댔다. 예상 외로 차는 맛있었다. 짜고 기름진 중국요리를 먹은 뒤여서 목이 몹시 말라 있었다. 민트의 상쾌한 향기가 입안을 깔끔하게 해 주었다.

책상 위에는 노트북이 놓여 있고 '사이버 포레스트' 톱 페이지가 열려 있었다. 매일 내가 PC로 보는 화면과 똑같아서 왠지 묘한 느낌이 들었다.

나는 책장으로 눈을 돌렸다.

"심리학 책도 꽤 많네요. 융, 프로이트, 아들러, 가와이 하야오, 후쿠시마 아키라."

"심리학 책은 준 씨도 읽고 계시잖아요."

나는 눈을 동그랗게 떴다.

"어떻게 아셨죠?"

"한참 거슬러 올라가 옛날 일기까지 읽었거든요. 꿈자리가 사나워서 융 심리학에서 해결책을 찾아 분석해 봤더니, 현실과 들어맞는 꿈일 때도 있었고, 암시적인 꿈이었을 때도 많았다.

그 다음부터는 설령 악몽이라도 자연스럽게 받아들일 수 있게 되었다고 쓰여 있었어요.”

“대단하네요. 나도 뭐라고 썼는지 잊어버렸는데.”

나는 쓴웃음을 지었다.

시오리가 말했다.

“나는 꿈을 꾸지 않아요.”

“네? 설마요.”

“꾸긴 꾸는데, 사람은 나오지 않아요. 우물이 있는 광장이나, 한밤중의 뒤뜰이나, 그런 것들 뿐이죠.”

암시적인 꿈이라고 생각했다. 밤과 뒤뜰은 비밀. 광장은 사회. 그리고 그곳에 사람이 없다. 우물은 표면으로 용출되어야 할 무엇인가가 있다는 뜻. 이제까지는 깊숙이 잠재되어 있던 무언가가.

나는 융 심리학으로 화제를 돌렸다.

“페르소나와 그림자에 대해, 어떻게 생각하세요?”

내 물음에 시오리는 잠시 생각에 잠겼다.

“페르소나는 바깥에 드러내는 얼굴, 외면이잖아요. 외면이 좋은 사람일수록 내면에 감춰진 그림자는 크게 부풀어 오르죠. 페르소나가 플러스 100이라면 그림자는 마이너스 100이라는 식으로요.”

나는 끄덕였다.

"페르소나가 커지면 커질수록 페르소나와 그림자의 틈바구니에서 괴로워하게 되죠. 양쪽이 잘 통합되지 않으면 정신병을 앓을 수도 있다고 하더군요."

"그렇지요."

나는 차로 목을 축이고 말했다.

"리카라는 여자가 있었는데, 아시죠?"

시오리는 의아한 표정으로 나를 보았다.

"네."

"리카는 알 수 없는 사람입니다. 가부키초의 룸살롱에서 일한다는 소문이 있었는데, 가부키초의 스카우터들은 그런 여자를 본 적이 없답니다. 그 여자는 안면 파괴 성인 비디오에 출연한 불법 체류 한국인이라는 얘기가 있더군요. 또한 그녀는 유지와의 사이를 갈라놓으려고 쓰시마 씨에게 심한 욕설 메일을 보냈죠. 그런데 유지 씨에게 물었더니, 리카라는 여자는 알지도 못하고 만난 적도 없다고 합니다. 이게 대체 어떻게 된 일일까요?"

시오리는 묵묵히 내 얼굴을 바라보았다.

"리카는 그야말로 페르소나이기도 하고 그림자이기도 합니다. 보이는 얼굴과 보이지 않는 얼굴, 대체 어느 쪽에 그녀의 진실이 있을까요?”

“준 씨가 한 얘기, 대부분 ‘사이버 포레스트’에서 얻은 정보지요? 그런 데서는 모두들 나이나 직업을 속이니까, 너무 불확실한 거 아닌가요?”

“리카가 가부키초 룸살롱에서 일한다고 말한 건 시오리 씨입니다.”

시오리는 이의를 제기하려는 듯 자신 있게 머리를 들었다.

“쓰시마 씨가 그렇게 말했으니까요. 나는 그 말을 전했을 따름이에요.”

“쓰시마 씨의 책에는 페르소나라는 단어에 밑줄이 그어져 있었습니다.”

“아, 저번에 돌려준 책 말이군요.”

“쓰시마 씨의 장서를 전부 봤는데, 그런 경향의 책은 한 권도 없었습니다. 그러니까 그 책이 쓰시마 씨 거라는 게 이상하다고 생각됩니다.”

나는 다그치듯 말했다.

“그거 당신 책 아니었나요?”

쓰시마 에미의 ‘메일함’으로 우리로 이끈 것은 persona라는 패스워드.

“그 책을 가져온 건 당신이었습니다. 밑줄을 그은 것도 당신.

패스워드는 쓰시마 씨한테 물어본 건지도 모릅니다. 아니, 당신이 그녀에게 힌트를 주어 패스워드를 바꾸게 만든 건지도 모르죠. 당신이 간단히 침입할 수 있게.”

시오리는 쓰시마 에미의 ‘메일함’에 우리보다 먼저 침입했다. 그리고 자신에게 유리하게 고쳤다.

현실 속에서 친하게 지냈다는데 비해 쓰시마가 시오리와 주고받은 메일은 부자연스러울 정도로 적었고, 리카의 위협적인 말만 두드러졌다.

우리 눈에 띄지 않았으면 하는 메일은 전부 삭제하고, 봐 주었으면 하는 메일만 남겨 두었다. 즉, ‘사이버 포레스트’의 쓰시마 에미의 페이지는 일찌감치 쓰시마 에미의 관할 하에 있었던 것이다.

“쓰시마 씨에게 리카 이름으로 메일을 보낸 건 당신이죠?”

시오리는 페르소나. 겉으로 드러난 가짜 얼굴.

리카는 그림자. 마음속에 숨겨진 진실의 모습.

시오리는 이상하다는 듯 눈을 끔뻑였다.

“어떻게 알았죠?”

“당신한테는 색이 없었으니까요.”

“네?”

“아까 당신을 봤을 때, 색이 없었습니다. 혼이 빠져나간 사람처럼요."

필시 너무 커져 버린 그림자가 시오리 속에서 빠져 나와 홀로 걷기를 시작했을 것이다.

그림자가 없는 여자. 가면을 벗으면 아무것도 없다. 끝 모를 허무가 펼쳐져 있을 뿐.

시오리는 쿡 하고 웃었다.

"대단하네요. 내가 그랬다고요?"

"말해 주십시오. 지금 우물은 물을 분출시키고 싶어 합니다. 리카, 아니, 최소연은 어디 있는 겁니까?"

시오리는 말없이 내 얼굴을 바라보았다. 그 눈이 점점 커져 갔다.

나는 그 눈을 쳐다보다가 공포에 사로잡혔다. 어째서 이렇게 눈을 크게 뜨는 것일까? 스스로 공포를 느끼고 있는 것인지, 나를 위협하기 위해서인지, 도무지 알 길이 없었다.

표정 없는, 뚱 하니 하얗게 부푼, 가면을 붙여 놓은 듯한 얼굴. 페르소나.

성실한 약국 점원. 입을 열면 손님과 주인 험담만 늘어놓는, 예쁘지도 밉지도 않은, 이렇다 할 특징이 없는 여자.

지역 술자리 모임 성격의 커뮤니티에는 닥치는 대로 가입해서 부근에서 열리는 오프 모임에는 꼭 얼굴을 내민다.

그렇지만 거기까지다. 오프 모임에 나와도 애인은 만들지 못했고, 아무도 이름조차 기억해 주지 않았다.

친구가 될 수 있었던 것은 오직 한 사람, 쓰시마 에미.

그렇지만 그 쓰시마 에미도 멀리 가버리고 말았다. 남자와 사랑을 했다가, 깨지고, 그리고 터무니없이 아름다워져서.

남겨진 것은 나가미네 시오리.

마지막에는 언제나 혼자였다.

모두들 잊어버렸고, 내버려졌다.

나가미네 시오리야말로 고독한 엘레노어 릭비였던 것이다.

4

시오리가 입을 열었다.

"나, 몇 살로 보여요?"

나는 순간 말문이 막혔다.

"죄송합니다만, 26세로는 보이지 않습니다."

시오리는 기쁜 듯한 웃음소리를 냈다.

"48세예요. 거짓말해서 미안해요."

나는 깜짝 놀랐다. 26세는 말도 안 된다고 봤지만, 그래도 30

대 후반쯤일 거라고 생각했다. 설마 48세나 됐을 줄이야.

"놀랐나요? 나, 안티 에이징에 성공한 거로군요."

시오리는 빙긋 웃었다.

"최소연, 리카와 만난 건 3년 전. 상점가 외곽에 있는 약국에서 일할 때였어요."

가게는 기울어 가고 있어서 손님도 적었다. 가게를 찾아올 때 리카는 항상 마스크를 하고 있었다. 소독약과 습포, 진통제, 그리고 수면개선제를 사서 돌아갔다. 마스크 위로 보이는 눈동자는 몹시 불안해했다.

그 모습이 마음에 걸려서 시오리 쪽에서 말을 걸었다. 리카는 주뼛거리면서도 상냥하게 염려해주는 점원인 시오리의 말을 더듬거리는 일본어로 열심히 받아 주었다.

"몇 번 가게에 와서 이런저런 얘기를 나누게 되었습니다. 그러다가 살 게 없어도 가게에 놀러오게 되었죠. 누군가와 얘기를 하고 싶어서 견딜 수가 없다는 느낌이었어요."

두 사람이 친해지는 데는 오랜 시간이 걸리지 않았다. 시오리 집에 왔을 때, 리카는 비로소 얼굴 상처를 보여 주었다. 그 상처를 보고, 시오리는 할 말을 잊었다.

코뼈가 부러지고 턱도 함몰되었다. 리카는 눈물을 흘리며 안면 파괴 성인 비디오에 출연했음을 고백했다.

"그렇게 고생했는데도 출연료는 고작 70만 엔. 정식으로 유통시킬 수가 없으니까 그렇게 많이 줄 수는 없다고 했다네요. 성형 수술 비용을 포함해 파격적인 출연료를 준 거니까 고맙게 여기라고, 불평하면 장기를 뽑아 팔고 산에 묻어버리겠다는 협박까지 받고 무서워서 야반도주 했다더군요."

원래 불법 체류 신분이라서 윤락업 정도밖에는 일할 곳도 없었는데, 그런 얼굴로는 면접조차 갈 수가 없었다. 그렇다고 해서 성형 수술을 받으면 돈은 금방 없어질 테고, 어디서 받아야 할지도 몰랐다. 도대체 어디에 도움을 청해야 좋을지, 매일 불안에 시달리며 힘겨운 나날을 보냈다고 한다.

"그 말을 듣고 어떻게든 해 줘야겠다는 생각이 들었습니다. 내 손으로 말이죠."

"어떻게든이라니요?"

"성형 수술 말입니다."

나는 간담이 서늘해졌다. 코뼈가 부러지고 턱까지 함몰된, 그런 상태의 얼굴을 시오리가 어떻게 한다는 말인가.

"나, 전에는 간호사였어요. 신경외과였죠. 수술도 많이 도왔고요. 내 얼굴도 이래봬도 꽤 개선시킨 거예요."

"그럼, 그렇게 젊어 보이는 이유도?"

"그래요. 자기 수정 덕택이에요."

그 얘기를 리카에게 했더니, 부탁한다며 매달렸다.

물론 불안하기는 했다. 자신에 대한 시술은 분명 잘 되었다. 부적합도 부작용도 없었다. 그렇지만 다른 사람은 어떨까? 과연 잘 될까?

어찌 되었든 할 수 있는 한 해 봐야겠다고 생각했다. 리카의 경우에는 지금 상태에서 조금이라도 개선되면 된다. 최소한 마스크를 벗고 남들에게 얼굴을 보일 수 있을 정도만 되면 된다.

그 즈음에는 인체를 원료로 한 콜라겐은 알레르기 반응을 일으키지 않는다는 얘기가 있어서 바로 시술에 들어가기로 했다. 우선 턱부터 시작했다. 겔 상태의 액체를 주입하면서 울퉁불퉁해지지 않도록 손가락으로 눌러 골고루 펴면서 조금씩 주입량을 늘려간다. 처음에는 두근두근했지만 자기 얼굴에 해 보았기 때문에 금방 요령이 생겼다.

그리고 10분 후.

시술한 시오리 자신이 놀랄 정도로 깔끔하게 모양이 잡혔다. 10분 전까지만 해도 함몰로 변형되어 있었다고는 아무도 믿지 않을 정도였다.

리카는 경탄했다. 이렇게 짧은 시간에 그런 상처를 고치다니, 당신은 신이라고 외쳤다.

다음은 코였다. 같은 요령으로 코의 높이를 확인하면서 겔을 주입해 나갔다. 그것도 소요 시간은 10분. 시술이 끝나자 리카는 거울을 보며, 전보다 높아지고 모양도 예쁘다면서 감격한 나머지 울어버렸다.

시오리는 그 결과에 만족했다. 많은 사람에게 시험해 볼 수 없는 것이 억울할 정도였다.

"내 얼굴을 대상으로 해 성공했기 때문에 자신은 있었죠. 내 얼굴은 20대 전반부터 입가 팔자 주름이 깊고 눈 아래도 쑥 들어가서 아주 늙어 보였거든요."

별명이 중학교 때부터 '할멈'이었다. 취직을 한 뒤로는 사람들이 항상 20세 정도 더 늙게 보았다.

"내내 궁리했습니다. 피부에 주입해서 움푹 들어간 곳을 커버하고 팽팽하게 만들 수 있는 물질이 없을까 하고."

그런 때, 어떤 물질이 눈에 들어왔다. 수술을 돕다가 이것을 쓰면 되겠구나, 하고 번뜩였다.

"그게 뭔가요?"

"건조 경막입니다."

나는 놀랐다.

"건조 경막이라고요!"

시오리는 가뿐한 얼굴로 말했다.

"그건 따지고 보면 콜라겐 덩어리니까요."

"어디서 입수하셨죠?"

"뇌 외과 수술 때 남은 경막을 버리지 않고 놔두었다가 몰래 가지고 왔죠."

콜라겐 추출에는 집 주방을 간이 실험실로 이용했다. 실험기 재나 도구는 병원에서 폐기된 것을 슬쩍했다.

"아깝잖아요. 아직 충분히 쓸 수 있는 것들인데. 예전에는 지금과는 달리 의료용 폐기물 관리가 허술했거든요. 병원에서 고체할 때마다 조금씩 가지고 나와서 조금도 탄로 나지 않았어요."

건조 경막에 열을 가해 겔 상태로 만들어 단백질 분해효소로 녹여 섬유와 조직을 분리. 항원성 물질 텔로펩타이드를 제거하여 순도 높은 아텔로콜라겐을 만든다.

팔에 패치 테스트를 했다. 항원 반응은 나타나지 않았다. 재료가 인체이기 때문에 괜찮을 거라고 생각하기는 했지만 만일을 위해서였다. 조심조심 얼굴에 주입해 보았다. 먼저 입가 팔자 주름에. 한쪽 선에 다섯 방. 손가락으로 문질러 펴면서 조금씩 주입했다. 재미있을 정도로 주름과 패인 곳이 없어지고 통통한 인상이 되었다. 나아가 움푹 들어간 눈 아래에 주입, 울퉁불퉁하지 않게 손가락으로 문질러 폈다. 거울을 보았다.

"말도 안 돼."하고 작은 소리로 혼잣말을 했다. 20세는 늙어 보였던 얼굴이 나이에 걸맞게 팽팽한 얼굴이 되어 있었다. 치밀어 올라오는 웃음을 참을 수 없어서 혼자 뒹굴며 깔깔 대고 웃었다. 나는 젊다, 젊어졌다. 집안 창을 열고, 해냈어, 하고 쾌재를 부르고 싶을 정도였다.

이제야 20대 얼굴이 되었다. 더군다나 이렇게 간단하게. 오랜 세월 고민해 왔던 것이 거짓말 같았다. 늙어 보였던 얼굴이 콤플렉스가 되어 사람을 접하는 일이 질색이었다. 입가의 깊은 팔자 주름이 신경 쓰여 생긋 웃을 수도 없었다. 그렇지만 이제 조금은 붙임성 있어 보일지도 모른다. 사람들이 좋아해 줄지도 모른다.

폐기물 재활용이어서 재료비는 제로. 실험은 즐거웠고, 성형 의료의 최첨단을 손에 익힌 듯한 자부심마저 느꼈다. 이로써 얼굴을 젊게 되돌릴 수 있으니 만사 OK다.

그 직후, 미국에서도 주사용 콜라겐 자이덤이 개발되었다는 소식이 들어왔다. 미국에 앞서 시오리는 독자적으로 쁘띠 성형에 성공한 셈이다.

이후, 주입용 콜라겐이 세계적으로 수십만 이상의 사람들에게 쓰였으나, 문제가 있었다. 3개월에서 반 년 쯤이면 인체에 흡수되어 효과가 없어진다는 점이었다.

"그래서 다시 고민했죠. 더욱 오래 효과를 지속시킬 수 있는 것을 주입할 수 없을까 하고."

주입한 물질은 고분자 응집제. 소프트 콘택트렌즈나 유방 확대 수술 팩을 만드는데 쓰는 경질 겔로, 인체에 잘 흡수되지 않는다. 러시아나 프랑스에서도 유방 확대용으로 사용된 적이 있다.

"고분자 응집제?"

나는 미간을 모으며 되물었다.

"그건 오염된 물에서 불순물을 제거해 깨끗하게 만들기 위해 쓰는 거 아닌가요?"

"어머, 잘 아시네요."

"우리도 일할 때 쓰니까요. 쓰시마 씨의 욕조에도 사용했습니다."

"어머! 그래요? 그거 묘한 인연이네요."

사오리는 감개 깊은 양 말했다.

"그 응집제는 수용성 수지예요. 반영구적으로 인체에 남는 물질이어서 콜라겐과 병용하면 훌륭한 효과를 올릴 수 있지요. 먼저 실험을 위해 내 관자놀이와 뺨에 넣었어요. 약간 부푼 느낌은 들었지만 주름과 늘어짐이 전부 없어져서 학생 때처럼 팽팽해지더군요. 다만 흡수되지 않는다는 건 이물질이라는 얘기라서, 사람에 따라서는 거부 반응이 일어나기도 하죠. 나는 아무렇지도 않았지만요.”

아, 그래서 이 사람 얼굴에는 표정이 없었구나. 이물질을 너무 많이 넣어서 표정 근육이 제대로 조절되지 않는 것이리라.

얼굴을 바꿀 때마다 직장을 바꾸지 않을 수 없어서, 이 병원 저 병원을 전전했다. 급기야는 간호사를 그만두고 약국에서 일하게 되었다. 그렇지만 기대했던 바와는 달리 남자를 사귀는 일도 없었고 친한 친구도 생기지 않았다.

“얼굴을 바꾸면 인생이 바뀔 거라고 생각했습니다. 그런데 그렇게 좋은 쪽으로만 흘러가지는 않더군요. 생각해 보면 그냥 젊어졌을 뿐이지 예뻐진 건 아니었어요. 학생 때의 내가 인기를 끌었냐 하면 그렇지도 않았거든요. 그러니까 이전과 마찬가지. 그냥 책이나 읽고 근처 약국에 걸어서 출퇴근하는 것이 전부인, 바뀌었다고 해 봤자 아무 보람 없는 나날이 계속 되죠. 그럭저럭 지내다가 ‘사이버 포레스트’의 존재를 알게 된 거예요.”

SNS에서는 모르는 사람을 수없이 만날 수 있었고, 극히 단기간에 친해질 수 있었다.

“이거 좋구나 싶었죠. 무엇보다도 나이를 속일 수 있는 게 매력적이었으니까요.”

때때로 오프 모임에 나갔다. 새로운 만남이 생길지 모른다는 기대로 가슴이 뛰었다. 그러나 그뿐이었다. 어디까지나 인터넷을 통한 버추얼한 관계여서 진전이 되지 않았다.

"일기나 올라온 글만 해도, 말이 통할 때는 좋지요. 그러다가 뭔가 마음에 들지 않는 게 생기면 바로 잘라버리죠. 존재조차 지우고, 깔끔하게 잊어버리는 거예요. 그게 인터넷이죠."

그러던 차에 일하던 약국에서 리카를 만났다.

일본이라는 낯선 나라에서 시오리 이상으로 고독감이 깊었던 리카였다. 돈을 벌 수 있다는 꼬임에 넘어가 안면 파괴 성인 비디오에 출연, 말 그대로 얼굴이 망가졌다. 리카가 일본에서 의지 삼던 같은 한국인도 사업에 실패하여 연락이 끊어졌다. 성인 비디오 회사의 배후 조직이 떠들고 다니면 제거해버리겠다고 위협해서 야반도주를 했지만, 일할 곳이 없어서 죽을 도리밖에 없다고 마음먹고 있었다고 한다.

"너무 불쌍해서 우리 집으로 오라고 했죠. 그랬더니 바로 몸만 달랑 찾아오더군요. 외국인들만 모여 사는 너절한 연립주택에서 살았는데, 환경도 아주 나빴던 모양입니다. 내 권유가 딱 좋은 때에 나왔던 거죠. 그녀가 우리 집에 와서 즐거웠습니다. 직장에서 돌아오면 말이죠, 밥을 지어 놓고 기다려 주었어요. 집에 돌아왔을 때, 창에 불이 켜져 있을 때의 기쁨, 당신, 알겠어요?”

알 것 같았다. 다른 누구보다도 잘 안다. 보육원에서 나온 다음, 나의 가장 큰 바람은 따스한 가정을 만드는 것이었으니까.

리카와의 공동생활이 시작되었다. 외롭고 의지할 곳 없는 두 여자. 리카는 시오리에게 기댔고, 시오리도 그런 리카를 마음의 의지로 삼았다. 그것은 단단한 상호 의존 관계의 시작이었다. 함께 밥을 먹고, 텔레비전을 보고, 오랜 시간 수다를 떨었다. 리카는 생활비에서 언어 문제까지 전부 시오리에게 의지했다. 젊고 귀여운 여자의 의지가 되어 준다는 것은 그리 나쁜 기분이 아니었다. 또한 리카는 일에 대한 푸념을 들어주는 역할이 되어 주기도 했다. 신경이 곤두서서 집에 돌아와도 리카가 참을성 있게 얘기를 들어주고 서툰 일본어로 열심히 격려해 주었다. 그것은 시오리에게 있어서는 작은, 그러나 결코 잃고 싶지 않은 행복이었다.

리카는 원래 밝고 외향적인 성격이었다. 성인 비디오 업자에게 심한 꼴을 당해 사람을 믿지 못하게 되었지만, 시오리와 함께 지내면서 타고난 활달함을 되찾았다. 한국 요리를 만들기도 하고 취미인 인형 만들기도 하는 등, 매일 즐겁게 지냈다.

“그러던 중, ‘사이버 포레스트’에 대해 가르쳐 주고 가입도 시켰습니다. 아주 기뻐했죠. 성형 뒤에 기념사진을 찍었는데,

그걸 첫 페이지의 본인 사진으로 쓰겠다고 우기는 거였어요. 원래 얼굴하고 전혀 다르니까 괜찮다면서. 확실히 코는 높아지고 턱이 가늘어졌고, 눈은 컬러렌즈. 다르다면 다르다고 할 수 있으니까, 뭐 괜찮지 않겠나 싶었죠.”

놀란 것은 남자들이 보내오는 메일 숫자였다. 얼굴 사진을 넣어 ‘사이버 포레스트’에 등록하자마자 메일이 쉴 새 없이 들어왔다.

시오리는 한숨을 지었다.

“그것도 데이트를 하자든가 자고 싶다든가 하는 내용이었죠. 나였으면 절대로 들어보지 못했을 말을 리카는 매일 다른 남자들로부터 듣게 되었던 거예요.”

리카는 일본어를 잘 하지 못해서 번역과 답신은 시오리 몫이었다. 진지한 메일에는 제대로 답신해 주었다. 야한 목적을 지닌 메일에는 나름대로 선정적으로 보냈다. 답신을 거듭하는 동안에 사랑의 싹이 보이기 시작했다. 자신은 마흔 몇 살이 되도록 한번도 잡아 보지 못한 행복이 리카는 너무나 쉽게, 무수하게 찾아들고 있었다.

내가 리카였으면 좋겠다. 언젠가부터 그런 생각이 들게 되었다. 남자의 메일이 올 때마다 소리치고 싶었다. 당신이 얘기하고 있는 사람은 나예요. 나가미네 시오리라고요.

그렇지만 시오리는 남자들을 결코 만날 수 없었다. 남자들이 만나고 싶어 한 것은 리카였지 시오리가 아니었으니까.

그러다가 리카가 바깥에 나가고 싶다고 떼를 쓰게 되었다. 한참 놀 나이다. 더군다나 전보다 예쁜 얼굴을 얻었다. 그것을 과시하고 싶은 마음은 당연한 것이리라.

"메일 보낸 남자들을 만나고 싶다, 그리고 밖에서 돈을 벌어 얼마라도 보답을 하고 싶다고 집요하게 조르게 되었습니다. 나는 그런 거 필요 없다고 일축해버렸죠. 당신은 집에서 밥하고 청소해 주는 걸로 충분하다고. 하지만 리카는 말을 듣지 않았어요. 내가 일하러 간 사이에 남자를 만난 것 같은 흔적도 있었죠. 나중에는 야단을 치고 싸우고. 사소한 일로 짜증을 내게 됐고, 나한테 화풀이도 하게 되었죠. 그런가 하면 몹시 우울해져 한마디도 하지 않다가 그 다음 날에는 미친 듯이 난폭하게 굴기도 했어요. 그런 일이 계속 되자 정말이지 나도 두 손 들지 않을 수 없었죠. 그런데 어느 날 깨닫고 말았어요. 그녀의 손 떨림이나 건망증이 심해졌단걸."

나는 주저주저 물었다.

"혹시 리카 씨가."

시오리가 고개를 끄덕였다.

"네. 크로이츠펠트 야콥병에 감염되었던 거예요."

5

시오리가 건조 경막을 통해 크로이츠펠트 야콥병에 감염되어 있음을 안 것은 1987년. 건조 경막으로 만든 콜라겐을 주사로 놓아 준 뒤 몇 년 지난 무렵이었다. 미국에서 크로이츠펠트 야콥병 감염 환자가 한 명 나와 독일의 건조 경막 수입이 금지된 것이다.

"감염 가능성을 알고서 깜짝 놀랐어요. 혹시 나도 감염되었을 가능성이 있다는 생각에 몹시 무서웠죠. 그렇다고는 해도, 건조 경막은 그 이후에도 뇌 외과 수술에서 흔히 쓰였기 때문에 잘못된 정보가 아닌가 생각했습니다. 미국의 과잉 반응이었으면 좋겠다 싶었고, 그렇게 믿고 싶었던 거죠."

잠복기가 얼마나 되는지는 몰라도 최소한 시오리 자신은 의심이 가는 증상이 나타나지 않아서 안심할 수 있었다.

광우병 소동에서 크로이츠펠트 야콥병의 존재가 부각되고, 후생성이 '라이오듀라' 사용 금지 명령을 내린 것은 1997년. 미국에서 사용하지 않게 된지 무려 10년이나 지난 뒤였다.

"늦었죠. 그때까지 일본에서 사용된 건조 경막은 50만 개. 감염으로 인정된 것은 약 100건. 확률은 5천분이 1. 그렇지만 그 확률은 더욱 높아질 거예요. 잠복기가 끝나 앞으로 발병할 사람이 늘어날 테니까요. 겁이 났죠. 크로이츠펠트 야콥병 환자가 어떤 식으로 죽는지 내 눈으로 봤으니까.”

“그런 위험을 알면서도 리카에서 주사를 놨단 겁니까?”

큰 눈을 더욱 크게 뜨고, 시오리는 고개를 끄덕였다.

“왜요! 어째서 그런 심한 짓을.”

“나는 벌써 나한테 직접 주사를 놓고 있었잖아요. 리카도 같은 운명을 걷게 될 게 뻔하지 않겠어요? 더군다나 개한테 주사를 놓을 때엔 콜라겐을 만들기 위해 사용한 건조 경막이 이상 프리온에 감염된 걸 몰랐어요. 나는 발병하지 않았으니까요.”

“그녀가 발병한 다음에야 비로소 그 사실을 알았다는 얘기입니까?”

“건조 경막도 어느 부분이 이상 프리온에 감염되었는지 알 수 없어요. 리카는 우연히 걸린 거예요. 운이 나빴던 거죠.”

태연한 얼굴로 말하는 시오리를 보니 속이 울컥했다. 분노를 억누르면서 나는 질문을 계속했다.

“그래서 발병한 리카는 어떻게 됐나요?”

“그 상태로는 걷지 못하게 되는 것도 시간 문제. 움직일 수 있을 때 가야겠다 싶어서 여행을 가지고 했죠.”

사이타마 현의 지치부로 불당 순례에 가자고 했다. 지치부라면 전차를 갈아타지 않고 갈 수 있고, 도쿄 근교라고 해도 군마 현의 깊은 산을 배후에 두고 있다.

"리카를 부추겨 불당에 가자며 산으로 올라갔어요. 숲은 깊었고, 경사면도 많았죠. 돌아오는 길에는 나 혼자였지만."

"죽였군요."

"죽였다는 건 좀 그렇고, 오히려 고양이를 버리고 온 것 같은 느낌이랄까."

경사면은 덤불이었다. 떠밀어버리자 리카는 공중제비를 돌며 떨어졌다. 그 다음은 모른다. 시체가 발견되었다는 얘기도 듣지 못했고, 발견되었다고 해도 자신과의 접점을 나타낼 실마리는 하나도 없다.

"애완동물과 마찬가지인가요. 주워 오긴 했지만 병에 걸려서 귀찮아지니까 버린 고양이였군요. 리카는."

시오리는 조금 슬픈 듯한 얼굴로 미소 지었다.

"어릴 적에 난 인형 놀이를 좋아했죠. 집이 가난해서, 사준 건 리카 인형(일본의 대표적 인형 브랜드 역주) 유사품이었습니다. 그래도 개가 최고 친구였어요. 리카는 이를 테면, 나만의 인형이었던 거죠."

시오리는 잔에 뜨거운 허브티를 부었다. 내 잔에도 부어 주었다. 시오리는 한 모금 마시고서 한숨을 쉬었다.

"리카가 없어지고, 다시 원래의 생활로 돌아왔습니다. 나에게 리카의 존재가 얼마나 컸는지. 불을 켜고, 밥을 지어 놓고 기다려 주었던 존재가 얼마나 고마운 것인지…. 나도 리카를 잃고 싶지 않았어요. 그런 일만 없었다면 리카가 내내 이 집에 있어 주길 바랐을 겁니다. 너무 쓸쓸해서 '사이버 포레스트' 관련 오프 모임에 열심히 얼굴을 내밀게 되었죠. 친구가 필요해 견딜 수가 없었으니까요. 거기서 친해진 게 쓰시마 씨였던 거예요."

쓰시마 에미는 제2의 리카였다. 쓸쓸할 때 불러내면 흔쾌히 함께 차를 마셔 주었고, 시오리의 푸념을 들어 주었다. 에미 또한 얼굴 탓에 가는 곳마다 괴롭힘을 당하고 따돌림의 대상이 되었다. 두 사람은 '불합리한 처사를 일삼는 멍청이들'이라며 주변 사람들을 심심찮게 헐뜯었다. 둘은 같은 시선으로 세상을 보았다.

동병상련. 또다시 시오리는 비슷한 여자와 서로 의존하는 관계를 맺게 되었다. 세상의 모든 즐거움에서 동떨어져 불만을 품고 살아가던 여자와.

"그런데 말예요. 그러던 중에 걔가 오프 모임에서 알게 된 남자와 사귀기 시작한 거예요. 남자 집에 갔다는 말을 듣고, 설마 했어요."

언제 불러도 기꺼이 차를 함께 마셔 주던 에미가 시오리와 만나기를 꺼리게 되었다. 그를 위해 케이크를 굽는 중이다, 그를 위해 요리를 하는 중이라면서. 미용실에도 가야 하고 피부 관리실에도 가야한다면서. 이제 쓰시마 에미는 바쁘신 몸이었다.

"충격이었죠. 그녀에게 가장 소중한 사람은 나라고 생각했으니까요."

쓸쓸하고 분해서 계책을 하나 강구했습니다.

"내가 그 남자의 애인이 되어야겠다는 생각이 떠올랐습니다. 리카는 그 역할에 안성맞춤이었죠. 쓰시마 에미한테 교재를 방해하는 메일을 보내야겠다고 생각한 거예요."

그때까지도 리카인 척 남자들과 메일을 주고받고 있었다. 인터넷에서 만들어진 리카의 성격은 이미 머리에 들어와 있었다.

리카는 젊고 콧대가 세며 미모를 내세운다. 애인에게 손을 대려는 쓰시마 에미에게 과격한 욕설을 퍼부어 대항하려 들 성격이다.

"나는 리카 역할을 즐겼지요. 평소에는 거의 쓰지 않는 욕을 써 보내니 기분 전환도 되고 좋더군요."

리카는 시오리의 그림자. 시오리의 진정한 모습이 거기에 나타나 있었다.

몇 번이나 리카인 척 쓰시마 에미에게 메일을 보냈다. 그러다가 에미가 의논할 것이 있다며 불렀다.

울면서 유지와 리카의 가혹한 처사에 대해 봇물 터진 양 이야기하는 에미를 시오리는 고소해 하면서 바라보았다.

이제 됐다. 우는 얼굴마저 추한 너는 평생 그 상태에서 빠져나가지 못해야 한다. 반지하에서 오가는 사람들의 발치를 바라보듯, 나와 마찬가지로 낮은 시선으로 세상을 바라보는 것이 바람직하다. 남자들은 쳐다봐 주지도 않고 여자들은 상대도 해 주지 않는, 나는 여기 있을 사람이 아닌데 하고 한없이 한탄이나 하고 살아라. 그런 구제받을 길 없는 인생을 걸으면 되는 것이다.

시오리는 멍 하니 중얼거렸다.

"왜 나는 그런 식으로 생각하게 되었을까요? 왜 낮은 시선으로밖에는 세상을 보지 못하게 되었을까요?"

"얼굴을 바꿔서 직업까지 바꾸지 않을 수 없게 되지 않았습니까. 그게 시오리 씨의 터닝 포인트였다고 생각되는군요."

시오리는 퍼뜩 생각났다는 듯 말했다.

"정말. 분명 거기서부터였어요. 이럴 리가 없다고 생각하기 시작한 건."

얼굴만 바꾸면 모든 것이 바뀌리라고 생각했다. 보다 화려한 인생을 손에 넣을 수 있으리라 생각했다. 그러나 아무것도 변하지 않았고, 직장을 바꿈으로써 오히려 형편이 나빠졌다. 불만만 커졌다. 나는 이런 데 있을 사람이 아니다, 나는 이렇게 끝날 사람이 아니다, 하고.

시오리는 명실상부한 매드 사이언티스트였다. 학문이나 연구에 몸을 바칠 사람이었던 것이다. 그 능력을 잘 살렸으면 어떻게 되었을까? 자신을 위해서가 아니라 모든 이들을 위해서. 제대로 된 방법으로 연구 실적을 쌓았다면 완전히 다른 인생을 걷지 않았을까?

"사람은 누구나 자신이 특별한 존재라고 믿고 싶어 하지 않나요? 그러다가 사실은 별 볼일 없는, 시시한 인간임을 깨달았을 때 깜짝 놀라는 거죠."

시오리는 필시 이름 없는 서민으로 대중 속에 파묻히기 싫었던 것이다. 색깔 없는 여자, 나가미네 시오리는 그것이 달갑지 않았다.

"어쨌든 리카의 위조 메일로 쓰시마 씨를 되돌려 놓을 수 있었다고 믿었죠. 실연당해 홀로 되어, 다시 나와 같은 라인에 설 거라고요."

그렇지만 에미는 아무리 차를 마시자고 불러도 나오지 않았다. 시오리가 한 짓을 알아차리고 화가 난 것도 아니었다. 그저 다른 사정이 있어서 바깥에 나올 수 없다는 말만 했다. 그렇다면 나도 좋다 하고, 시오리도 화가 나 연락을 끊었다. 두 번 다시 부르나 봐라. 너 따위는 내 쪽에서 잘라버릴 테다 하고.

그러다가 한참 뒤에 에미가 느닷없이 집에 와 주었으면 좋겠다는 메일을 보냈다. 어딘지 절박한 느낌이었다.

불행한 여자는 불행한 여자의 냄새에 민감하다. 시오리는 메일 속에서 꿀 냄새를 맡고 와 달라는 대로 찾아 갔다.

문을 열자, 얼굴을 하얀 붕대로 감춘 에미가 나왔다. 보고서 놀라지 말라고 말했다. 그렇지만 붕대를 벗은 그 얼굴을 보고, 놀라지 않을 수가 없었다.

그 얼굴은 쓰시마 에미가 아니었다. 완전히 다른 사람이었다. 이전과는 차원이 다르게 아름다워졌다. 그 변화는 리카의 콜라겐 주입 전과 후에 비할 바가 아니었다.

그렇지만 그런 에미가 어찌된 일인지 불안과 공포에 떨고 있었다. 이유를 물으니, 얼굴이 무너지기 시작했다는 얘기였다.

"무너지고 있다고 해도, 뺨 부위가 약간 늘어진 정도라고 할까요. 120%의 완성도를 맛본 사람으로서는 용납할 수 없었을지 몰라도, 그 전의 그녀를 알고 있던 내가 보기에는 너무 잘 됐지 않은가, 사람이 분수를 좀 알라고 화를 내고 싶을 정도였어요."

그렇지만 에미는 아주 약간의 변화에도 마음속 깊이 두려워했다. 이러다가 단숨에 붕괴로 치닫지나 않을까 두려워 떨고 있는 것 같았다.

"추형醜形 공포증인가요?"

"그런 것 같았어요. 아름다워졌기 때문에 오히려 원래 얼굴로 돌아가는 걸 비정상적으로 두려워했어요. 그래서 아주 약간의 늘어짐에도 패닉 상태에 빠졌던 거죠."

"그래서 의논을 하려고 당신을 부른 건가요?"

시오리는 끄덕였다.

"원래대로 되돌리려고 프라세몬을 주입했는데, 의사한테 더 주입해달라고 했더니 거절당했다고요. 자기가 사서 직접 주입하고 싶은데, 구입 경로도 방법도 모르니까 어떻게 좀 도와 달라는 얘기였습니다. 내가 약국에서 일했잖아요. 그래서 편의를 봐달라는 거였죠. 머릿속에 그 생각밖에 없는 것 같았어요. 그녀의 부탁이니까, 들어 줬죠. 프라세몬을 입수해 줬어요. 그런데 말이죠, 나는 더 좋은 걸 가지고 있었잖아요?"

시오리는 빙그레 웃었다.

"설마!"

"그래요. 건조 경막으로 만든 콜라겐과 고분자 응집제 혼합액. 최강의 미용 주입제죠."

"그걸 주입했단 말입니까?"

"물론 주입해 줬어요. 처음에는 잘 됐죠. 완벽하게 원래대로 돌아왔다면서 그녀도 신나했어요. 그땐 담당 의사가 왜 이 방법을 쓰지 않았는지 의아해할 정도였죠. 내가 직접 만들어 주사하기 시작했을 때엔 없었지만, 지금은 비슷한 혼합제가 일본 어느 병원이든 있으니까요.”

나는 비꼬아 말했다.

“당신이 쁘띠 성형의 선구자네요.”

“뭐 그렇다고도 할 수 있겠죠.”

“성형외과 의사가 됐으면 좋았을 것을.”

시오리는 슬픈 웃음을 띠며 말했다.

“사실은 외과의사가 되고 싶었어요. 하지만 의사가 될 만한 돈과 학력이 없어서 포기할 수밖에 없었죠. 게다가 건조 경막을 훔쳤더니 마가 끼었거든요. 내가 감염되기라도 하면 모든 게 끝장이죠. 솔직히 내내 벌벌 떨며 살았어요. 게다가 혼합제는 대실패였어요. 쓰시마 씨의 거부 반응이 그렇게 심하게 나타날 줄은 몰랐거든요. 나는 아무렇지도 않았는데.”

쓰시마 에미는 선풍기 아줌마와 같은 상태가 되고 말았던 것이다. 기름이나 파라핀이나 실리콘을 주입하여 부풀어 오른, 살이 축 늘어져 버린 선풍기 아줌마.

고분자 응집제도 파라핀이나 실리콘과 마찬가지로 인체에 대해서는 이물질이다. 아무리 그래도 인체에 이물질을 주입하면 그토록 처참한 상태가 된다는 말인가. 그것을 깨끗하게 제거하면 되지 않을까?

"개인차는 크지만, 반영구적이라고 선전하는 주입물에서 일어나는 부작용은 심각해요. 마크로퍼지가 주입물을 이물로 판단해 공격해서 육아종으로 변하는 거죠. 고형물이면 그래도 수술로 떼어낼 수 있지만, 액체일 경우에는 주변 조직에 침투되어 그것만 따로 제거할 수가 없어요. 근육을 통째로 제거해야 하는 경우에는 얼굴이 축 늘어져서 웃을 수도 없고 입을 열 수도 없게 되어버리죠. 그러니까 제거 수술을 받아도 비참한 결과를 맞는 경우가 많아요."

"그렇군요. 그래서 수술한 다음에도 선풍기 아줌마가 별로 변한 것처럼 보이지 않았던 거로군요."

시오리는 끄덕였다.

"트러블이 생긴 뒤에 절제하면 주입 전보다 상태가 나빠져버리죠. 그게 반영구적으로 인체에 남는 물질을 주입하는데 있어서의 치명적인 결함이에요. 중국에서는 유방을 절제할 수밖에 없게 된 사람이 속출해서 야단이 나기도 했죠. 그것도 올해가 되어서야 밝혀졌지만요."

쓰시마 에미의 얼굴이 거부 반응으로 무너지기 시작했을 무렵에 크로이츠펠트 야콥병이 발병한 것인지는 어떤지는 정확히 알 길이 없다. 성형에 의한 손상 때문인지, 병 때문인지, 어느 쪽이 원인이 되어 정신병에 걸린 것일까? 어쨌든 그녀는 서서히 제정신을 잃어갔다.

시오리는 쓰시마 에미의 아름다워진 얼굴을 엉망진창으로 만들었고, 더군다나 치사율 100％인 크로이츠펠트 야콥병도 감염시켰다. 그 결과, 정신까지 파괴되었다.

나는 신음했다.

"어째서 그렇게 몹쓸 짓을."

"나와 그녀는 같은 진창에 있는 거예요. 혼자 빠져나가는 건 용서할 수 없어요."

쓰시마 에미 혼자 행복해지는 것은 용서할 수 없다. 바닥 모를 수렁의 수초처럼 발목을 감아 진창으로 끌어내려야 한다. 나를 혼자 남겨 놓고 가는 것은 용납할 수 없다.

"더군다나 쓰시마 에미는 나의 인형. 인형은 나에게 무슨 짓을 당해도 불평하지 않아요. 어렸을 때부터의 내 즐거움을 가르쳐 줬던가요?"

나는 고개를 저었다.

"인형 몸에 빨간 펜으로 상처를 그려 넣는 거예요. 세게, 뿌드득 하고 흠집이 나게, 새빨간 상처 자국이 생기도록. 그 몸에 바늘을 꽂아요. 마지막으로는 상처투성이 몸을 커터 칼로

찢어발기는 거예요.”

시오리는 목구멍 깊은 곳으로 낮게 웃었다. 나는 등골이 오싹했다. 시오리의 그것은 평범한 인형 놀이가 아니었다. 보다 음습하고 잔혹한, 토힐 것 같은 것이었다. 희미하게 뺨을 상기시키면서 눈을 번들거리는 얼굴이 몹시 불길했다.

“실은 인형 따위가 아니라 사람 몸을 가지고 그렇게 하고 싶었죠. 집이 좀 잘 살았으면 외과의사가 되어서 많은 수술을 할 수 있었을 텐데, 지금은 하찮은 약국 점원. 그래도 괜찮아요. 나는 최강의 독을 손에 넣었으니까.”

시오리는 눈을 반짝이며 말했다.

“대단하지 않아요? 이상 프리온. 나는 그레이엄 영보다도 엄청난 독을 가진 거예요.”

끓이거나 소독해도 사멸하지 않는다. 길항 작용을 할 물질도 없고, 중화시킬 약도 없다. 무엇으로도 다스릴 수 없는 최강의 독.

청산, 스트리키닌, 비소, 안티몬. 이러한 독약 목록에 이상 프리온이 올라간 것이다. 독살마. 나가미네 시오리의 이름과 함께.

“이걸로 나는 그 누구보다도 강해질 수 있어요.”

시오리는 앞치마 주머니에서 주사기를 꺼냈다. 나는 멍 하니 그 모습을 바라보았다.

"어쩌려는 겁니까?"

"친구가 되어 주었으면 해요."

너무나 평범한 약국 직원 나가미네 사오리가 내 앞을 가로막고 서 있었다. 터무니없는 존재감으로, 선명한 색깔을 되찾은 모습으로.

커다란 눈. 색조 옅은 갈색의 유리알 같은 안구. 맹인처럼 깜박이지도 않고 가만히 서서 눈을 크게 뜨고 있었다. 그 얼굴에는 이상할 정도로 표정이 없었다.

너무나도 으스스한 기분에 사로잡혀 다리가 얼어붙고 말았다. 나는 남자다. 여차 하면 힘없는 여자 한 사람쯤이야 밀어젖히고 뛰쳐나가면 된다고 생각했는데, 주사기를 손에 든 시오리는 괴물과도 같았다. 무엇보다도 주사바늘에 찔려 조금이라도 액체가 몸 안에 들어오면 큰일 난다. 만약 저 안에 이상 프리온이 섞여 있다면―.

머리가 혼란에 빠지기 시작했다. 대체 어떻게 해야 이 여자에게서 도망칠 수 있을까?

그때 책상 위에서 노트북이 알람을 울려 나도 모르게 펄쩍 뛸 뻔했다.

"어머, 메일이 왔네요."

시오리는 여유를 보이며 화면을 들여다보았는데, 그 순간, 눈초리가 찢어질 정도로 퍼뜩 눈을 크게 떴다.

나도 화면을 보았다.

보낸 사람은.

에이미.

시오리는 재빨리 마우스를 클릭해 메일을 열었다.

우리는 영원한 친구.

무슨 일이 있어도 헤어지지 않아.

쓸쓸할 땐 나를 불러.

언제나 나는 당신 곁에 있어.

시오리는 비명을 질렀다. 길게 꼬리를 끌며, 가슴이 좁아들 것 같은 비명을.

그때 바깥에서 쿵쿵쿵 문 두드리는 소리가 났다.

"시오리 씨, 문 열어 주세요. 시오리 씨."

레이 목소리였다. 나는 안심한 나머지 다리가 풀릴 것 같았다.

"시오리 씨, 준야 거기 있죠? 열어 주세요. 열지 않으면 문을 부숴버릴 겁니다."

시오리는 흘긋 문 쪽을 노려보고는 주사기를 한손에 번쩍 쳐

들고 돌진했다.

위험해!

시오리가 문을 여는 것과 레이가 집안으로 뛰어든 것과 내가 시오리에게 달려든 것은 거의 동시였다.

주사기가 반원을 그리며 허공을 날았다. 주사기에서 액체가 분출되어 내 팔에 약간 떨어졌다.

"조심해!"

뒤에서 날개 꺾기로 시오리를 제압하면서 나는 집 안에 들어온 레이와 페니노에게 소리쳤다.

"그 주사기 만지지 마. 안에 이상 프리온이 들어 있어."

레이와 페니노는 흠칫 움직임을 멈추고 바닥을 구르는 주사기를 응시했다. 나는 레이의 팔로 시오리를 밀어 넘기고 싱크대에서 물을 콸콸 틀어 팔을 씻었다.

시오리를 단단히 잡은 채 레이가 이상하다는 양 물었다.

"뭐 하는 거야?"

"이상 프리온을 씻고 있어요."

"묻었냐!"

시오리는 레이의 팔 안에서 꿈지럭꿈지럭 몸을 움직이면서 말했다.

"그렇게 열심히 닦아야, 벌써 늦었어요."

"늦지 않았어. 어쨌든 씻어야해."

"그게 아니라, 아까 그 차에 들어가 있었거든."

움찔한 나는 두려움에 차 천천히 몸을 돌려 시오리의 얼굴을 보았다.

"그건 건조 경막으로 만든 콜라겐을 넣은 차였어요."

황급히 토해내려 했지만, 그럴 수가 없었다. 시간이 너무 흘렀다. 너무 늦었다.

"안심해요. 당신만은 아니니까요. 우리 집에 찾아온 사람에 겐 전부 그 차를 대접했어요. 전기 수리공이니, 청소기 팔러 온 사람이니, 종교를 권유하러 온 사람한테도."

시오리는 빙긋 웃더니 말했다.

"이제 모두 친구죠."

6

"더 빨리 쳐들어갔어야 했어."

하룻밤이 지나 '리플렉스'의 차고에서 레이는 분한 듯 입술 을 깨물었다.

"이상했거든. 우키타는 쓰시마 에미한테 정신과를 소개했다고 말했는데, 그 여자한테는 정신과를 다닌 흔적이 없었어. 내과와 치과와 성형외과 진찰권은 있었지만, 정신과 진찰권은 없었단 말이야. 그런데도 일기에는 수면제를 처방 받았다고 쓰여 있었지. 욕실에도 분명 아모반 껍질이 떨어져 있었고. 그렇다면 그 약은 누가에게서 구했을까? 가장 그럴싸한 인물은 약국에서 일하던 시오리였어. 게다가 얼굴이 그렇게 되었으니 일도 할 수 없었을 테고, 누군가가 종종 집으로 찾아와 보살펴 주지 않으면 살아갈 수 없을 거라는 생각이 들었지. 이 부분도 가장 쉽게 떠오르는 인물은 시오리. 시오리라면 쓰시마 에미의 집에 자유롭게 드나들 수 있다. 시오리가 공언했다시피 두 사람은 친한 사이였으니까.”

시오리에 대한 의혹이 결정적으로 커진 것은 차 안에서 유지를 기다리면서 ‘사이버 포레스트’에 접속했을 때라고 했다. 무심코 ‘즐겨찾기’를 보다가, 시오리와 리카가 동시에 접속하였음을 알아차렸다. 그것도 여러 번이나. 두 사람을 위아래로 나란히 설정해 놓았기 때문에 한눈에 알 수 있었다. 시오리가 온라인이면 리카도 온라인. 오프라인이면 동시에 오프라인. 그것이 세 번이나 됐다.

“이거구나 싶었어. 그로써 시오리와 리카는 어떤 관계가 있을 거라는 얘기가 성립된단 말이지.”

시오리는 처음부터 자기 존재를 드러내려 했다. 우리가 쓰시마 에미에 대한 정보 제공을 기다릴 때 적극적으로 접촉해 온 일이나, 책을 이용해 persona라는 패스워드를 제시하여 쓰시마 에미의 페이지로 유도한 일이나, 가끔씩 메일을 보내 자기 존재를 잊지 않게 어필한 일 등등.

"그래서 생각했지. 시오리는 우리와 관계를 갖고 싶어 한다. 이 스토리 속에서 중요한 역할을 맡고 싶어 한다 하고."

어떤 영화 줄거리가 떠올랐다. 늙을 때까지 어느 하나 눈에 띄는 일 없이 살아온 사람이 재판으로 주목을 받고 싶어 위증하고 만다는 이야기.

"그 여자는 우리가 만든 극장에서 주연을 맡고 싶었던 거야. 엄청난 독을 손에 넣은, 독살마라는 큰 역을."

시오리는 리카와 쓰시마 에미에게 이상 프리온이 든 콜라겐을 주입하여 죽였다. 그걸로 만족하지 못하고, 불특정 다수에게 이상 프리온이 든 차를 먹였다.

그 일로 인해 앞으로 몇 명의 사망자가 나올 가능성이 있다. 그리고 나 자신도 그중 하나에 들어간다.

"차는 얼마나 마셨어?"

레이의 물음에 나는 힘없이 대답했다.

"두 잔 정도였나."

"발병할지 아닐지는 현재 검사 기술로는 알아낼 수가 없겠
지?"

"죽기 전까지는 감염되었는지 아닌지도 모를 거예요."

나도 레이도 으음 하고 신음했다.

발병하면 뇌 신경세포가 괴사하여 기억도 감정도 운동기능
도 전부 잃어버린다.

뇌 안에 구멍이 생긴다. 뻥 뚫린, 끝 모르게 캄캄한 구멍이.

생각하기만 해도 미칠 것 같았다. 뇌가 벌레에 먹혀들어 간
다. 비로소 쓰시마 에미의 공포가 생생하게 실감되었다.

"기 죽지 마. 나도 노상 쇠고기만 먹어 왔으니까, 위험도로
치면 너하고 별로 차이 나지 않을 거야."

도무지 위안이 되지 않는 레이의 말에 나는 무심코 훗 하고
웃었다.

"세상엔 위험한 게 너무 많아서, 모든 사람들이 병에 걸린다
고 해도 이상하지 않을 상태긴 하죠."

"재미있는 얘기가 있어. 영국이 육골肉骨가루용으로 인도에
서 가축 사체를 사료로 수입했다는데, 그 안에 갠지스 강에서
떠내려 온 사람 시체도 섞여 있었대."

"그럴 리가!"

기분 나쁜 얘기였다. 사람 시체를 갈아 소 사료로 쓰다니.

“그 시체가 크로이츠펠트 야콥병에 걸린 사람으로, 그게 소한테 전염되었다가 다시 인간에게 되돌아왔다는 설이야. 물론 정말인지 아닌지는 모르지. 그렇지만 아무리 말도 안 되는 설이라도 거짓말이라고 잘라버리지 못할 정도로, 광우병 발생에 관해서는 그 원인을 모른다는 거야.”

그때 페니노가 차고로 들어왔다.

“안녕하세요. 행복의 택배가 왔습니다.”

그 말을 듣고 레이가 풋 하고 웃음을 터뜨렸다.

“뭐냐, 행복의 택배라니.”

“검사 결과를 가지고 왔습니다. 이상 프리온의 유무.”

“검사 결과?”

“실은 경찰이 오기 전에 준야 씨가 마셨다는 차를 현장에서 슬쩍했죠. 직접 조사해 보려고요.”

“오호! 그래서?”

“검사 결과는 제로입니다. 차에서 이상 프리온이 발견되지 않았습니다.”

“정말요?”

나는 트럭 적재함에서 나도 모르게 뛰어내렸다.

레이가 화난 듯 말했다.

“너, 진짜지 그거? 무책임한 소리 하면 가만 안 둔다.”

"정말입니다. 틀림없어요. 이렇게 좋은 뉴스를 가지고 왔는데 왜 화를 내십니까?"

페니노가 입을 비죽거렸다.

그랬던가.

그 차에는 이상 프리온은 들어있지 않았다.

그 말을 마음속으로 되새김질하니 몸에서 힘이 쑥 빠져나가는 것 같았다. 잿빛 세상이 문득 선명한 컬러로 돌아왔다.

"게다가 차를 마셨다는 것만으로는 발병이 될지 어떨지도 의문이에요. 프리온은 엄청나게 생명력이 강하지만 전염력은 의외로 약하거든요."

광우병 발생국인 영국에서는 18만 마리라는 어마어마한 숫자의 감염소가 나왔지만 변종성으로 사망한 사람은 약 160명. 프리온의 강력함을 고려하면 놀랄 만큼 적은 숫자라고 할 수 있다.

"즉, 광우병에 걸린 소를 먹는 것보다 오염된 건조 경막을 뇌에 이식하는 편이 훨씬 무서운 일이라는 얘기죠. 프리온이 밀집되어 있는 뇌에 직접 이상 프리온을 이식하는 거니까요."

"시오리처럼 얼굴에 주입하는 건 어때?"

"뇌로 직결되는 정맥 부분이 있거든요. 물론 뇌에 직접 이식하는 것만큼은 아니지만 감염 위험성은 상당히 높을 거예요."

시오리가 간호사를 그만두어서 다행이라고 진심으로 생각했다. 그 차에는 들어 있지 않았지만, 만약 이상 프리온이 든 콜라겐을 입원 환자에게 무차별로 주입했다면 어떻게 되었을까? 건조 경막을 이식한 환자는 그 때문에 크로이츠펠트 야콥병이 발병했다는 진단을 받을 것이다. 한편, 경막 이식과 무관한 많은 사람들은 광우병에 걸린 소로부터 경구 감염되었다고 판단하리라.

어느 쪽이든, 시오리는 누구의 의심도 사지 않고 죽음에 이르는 병을 조용히 퍼뜨릴 수 있다. 그 잠복 기간은 십 수년에 달하기도 한다. 그 길이를 생각하면 감염원을 되짚어 내기란 불가능하다.

다시 말해, 사람들은 전혀 새로운 형태의 연속 살인마의 탄생을 보게 된 것이다. 그레이엄 영을 능가할만한.

나는 안도의 한숨을 쉬면서 말했다.

"그럼 만약 이상 프리온이 든 차를 마셨다고 해도 상당히 재수가 없어야만 감염된다는 말이군요."

"뭐 그렇게 생각해도 되지 않을까요? 100% 절대적이라고는 할 수 없습니다만."

"대체 얼마나 많은 사람들이 시오리에게서 차를 받아 마셨을까?"

레이의 물음에 나는 대답했다.

"그렇게 많지는 않을 것 같아요. 전기 공사하러 온 사람이나 청소기 팔러 온 사람, 종교 권유하러 온 사람 등, 집에 찾아온 사람한테 주었다고 했으니까요."

거기까지 말한 나는 가슴이 철렁했다.

마음에서 사라지지 않는 기묘한 광경. 짐작이 가는 몇 가지.

혹시―.

급히 차를 몰아 20분. 나카노 구와 신주쿠 구 경계에 위치한 니시오치아이.

주택가의 하얀 건물을 올려다보았다. 몇 번 온 적이 있는 아파트였다.

202호의 인터폰을 눌렀다. 잠시 후, 작은 목소리가 나왔다.

"누구세요?"

"리플렉스입니다."

"들어오세요. 문은 열렸어요."

문을 열자 미사키 씨가 이상하다는 표정으로 현관에 서 있었다.

오른손에는 세제, 왼손에는 소보로빵을 들었다.

미사키 씨는 마스크를 하지 않고 있었다.

그 얼굴을 본 나는 통한의 신음 소리를 흘렸다.

미사키 씨의 얼굴은 군데군데 부종처럼, 동그랗게 부풀어 올라 있었다.

늦었다.

시오리는 쓰시마 에미 외에 새로운 희생자를 찾아낸 것이다.

집에 왔던 청소기 판매원.

그것은 미사키 씨였다.

소보로빵을 든 왼손이 미세하게 떨리고 있었다. 겁먹은 듯한 표정으로, 미사키 씨는 오른손의 세제와 내 얼굴을 번갈아 보았다.

나는 천천히 손을 뻗어 미사키 씨에게서 세제를 받아 들었다.

미사키 씨는 멍한 얼굴로 세제를 보더니 내 얼굴로 시선을 옮겨 부끄러운 양 웃었다.

7

미사키 씨를 병원으로 데려가 진찰이 끝나기를 기다리는 동안, 우리 세 사람은 안마당 벤치에 넋을 놓고 앉아 있었다. 좀 더 빨리 눈치 챘다면 감염을 막을 수 있지 않았을까? 그녀의 말에 더욱 주의를 기울였다면 병의 진행을 늦출 수 있지 않았을까? 그렇게 생각하니 안타깝기 그지없었다.

레이가 고개를 저으면서 말했다.

"아냐, 우린 어쩔 수가 없었어. 처음 만났을 때부터 미사키 씨는 이상해 보였어. 이미 감염되었고 발병해서 집 정리를 할 수 없게 되었으니까 우릴 부른 거야."

나는 힘없이 끄덕였다.

"그렇겠죠."

처음부터 미사키 씨의 상태는 종잡을 수가 없었다. 본인이 주의결핍 ? 과다행동장애를 의심하기 시작했을 무렵부터 병이 서서히 진행되고 있었을 것이다.

미사키 씨는 나가미네 시오리 집에 청소기를 팔러 갔다가 콜라겐 주입을 받았다고 했다. 몇 번 방문하다 보니 청소기를 사 주겠다고 해서 집안에 들어가 이런저런 얘기까지 나누게 되었다.

그때 직접 성형한다는 얘기가 나왔고, 성공 사례로 리카의 사진을 보여주었다.

조금 무서웠지만 예뻐질 수 있다면야 하는 생각에 과감하게 주입해 보았다. 거절하면 고객이 기분 나빠할까 봐 무섭기도 했지만, 낮은 코가 고민이었기 때문이다. 성형이 잘 되었기에 평소에 마음에 걸리던 몇 곳을 더 주입해 달라고 했다. 그런데 최근에 얼굴이 부은 기분이 들어 괴로워하고 있었다.

설마 그렇게 무서운 것일 줄은 몰랐다고, 미사키 씨는 쓸쓸하게 말했다.

소보로빵과 세제를 손에 들고 나를 올려다보던 불안한 표정을 생각하면 견딜 수가 없었다.

"나, 노력하겠습니다."

페니노가 불쑥 중얼거렸다.

"하루라도 빨리 이상 프리온의 수수께끼를 풀기 위해 노력하겠습니다."

레이가 페니노의 어깨를 두드렸다.

"힘내. 세계가 너의 연구에 기대를 걸고 있다."

"샤페론일 겁니다."

"뭐?"

샤페론은 단백질을 정상적인 모양으로 돌려놓는 역할을 하는 물질. 샤페론 자체도 단백질이다. 그 활동이 저해되면 이상 프리온이 발생한다.

그 원인을 찾아 이상 프리온 증식을 억지할 수 있다면 크로이츠펠트 야콥병을 고칠 수 있다.

페니노의 말에 레이가 뜻밖이라는 듯 말했다.

“정말이냐, 그게? 대단한데.”

“간단히 말해서, 프리온 병이란 게 그런 거예요. 요는 단백질의 구조만 변화시키면 되죠. 내가 샤페론의 수수께끼를 풀어 병을 정지시켜 보겠습니다. 하다못해 미사키 씨만이라도 죽지 않도록 노력하겠습니다.”

나는 페니노의 얼굴을 믿음직스럽게 바라보았다.

이번 사건은 어쩔 수 없는 일이었다. 하지만 그것이 크로이츠펠트 야콥병 해명으로 이어진다면.

리카와 에미. 두 사람의 희생은 헛되지 않게 된다.

레이가 중얼거렸다.

“쓰시마 에미의 유도가 없었으면 어떻게 됐을까?”

쓰시마 에미 덕분에 시오리에게 살해되었을지도 모를 몇몇 목숨을 구했다. 아니, 어쩌면 앞으로 크로이츠펠트 야콥병으로 고생할 많은 사람들의 목숨을 구한 셈인지도 모른다. 하기야 그것은 페니노의 노력에 달린 일이라고 해도 과언이 아니지만.

“스님 일은 어떻게 하고?”

“할 겁니다, 물론.”

“그거 잘 됐군. 다음에도 염불 부탁한다.”

“귀신으로 나타나지 않는 고인만 추려서 부탁해 주십시오.”

레이는 페니노의 이마를 찰싹 때렸다.

나는 퍼뜩 떠올랐다.

한 가지, 마음에 걸리는 것이 있었다.

시오리 집에 있을 때, 쓰시마 에미 '에이미'가 보낸 메일이 왔다.

우리는 영원한 친구.

무슨 일이 있어도 헤어지지 않아.

쓸쓸할 땐 나를 불러.

언제나 나는 당신 곁에 있어.

"그거, 레이가 보낸 거야?"

레이는 이상하다는 양 고개를 저었다.

"아냐. 난 보내지 않았어."

레이와 페니노가 시오리 집에 들어온 것은 메일이 온 직후였다. 레이가 어디에서 쓰시마 에미의 이름으로 메일을 보냈는지 이상하게 여기던 참이었다.

그런데 보낸 사람은 레이가 아니란다.

"그럼 누가?"

레이는 영문을 모르겠다는 듯 말했다.

"정말로 그런 메일이 왔었어?"

“왔었어. 시오리가 그걸 읽고 비명을 질렀다고요.”

우리 세 사람은 얼굴을 마주 보았다.

그때 레이의 휴대전화가 울렸다.

“잠깐만.”

레이가 일어나 우리에게 등을 돌리고 서서 무언가 심각한 모습으로 얘기를 나누었다. 이윽고 휴대전화 폴더를 닫고 이쪽을 보았다. 그 얼굴이 몹시 창백했다.

“쓰시마 에미의 휴대전화가 복구됐대.”

“뭐라고요?”

“밑져야 본전이지 하고, 친구네 데이터 복구 회사에 보냈거든. 그랬더니 메일 데이터가 살아났대.”

페니노가 말했다.

“대단한데요. 엄청나게 더러운 물에 빠졌던 거 아닙니까? 그게 복구되다니.”

나는 용기를 내서 물었다.

“마지막으로 누구한테 메일을 보냈죠?”

“친구 말로는 마지막 메일은 어젯밤에 송신됐대. 시간을 물어보니까, 딱 우리가 시오리 집에 들어갔을 때였어. 그 메일이 이거야.”

레이는 방금 전 자기 휴대전화로 전송된 메일을 보여 주었다.

우리는 영원한 친구.

무슨 일이 있어도 헤어지지 않아.

쓸쓸할 땐 나를 불러.

언제나 나는 당신 곁에 있어.

쓰시마 에미가 보낸 마지막 메시지.

그것은 욕조에 가라앉아 있던 휴대전화에 보내지지 않은 채 남아 있었다.

그녀가 마지막에 필사적으로 자아낸 말.

고독한 여자가 고독한 여자를, 깊은 어둠의 바닥에서 영원히 부른다.

콜링. 콜링.

나를 불러 줘 하고.

콜링
어둠 속에서 부르는 목소리

1판 1쇄 인쇄 _ 2008년 2월 11일
1판 1쇄 발행 _ 2008년 2월 25일

지은이 _ 야나기하라 케이
옮긴이 _ 윤덕주
펴낸이 _ 김승현
펴낸곳 _ 스튜디오 본프리(www.born-free.co.kr)

등록 제300-2004-72호 (2002년 2월 8일)
주소 서울특별시 종로구 혜화동 26-6
전화 02-742-2352(편집) 02-714-4594(영업)
팩스 02-742-2353(편집) 02-713-4476(영업)
이메일 master@born-free.co.kr

편 집 장 _ 송락현
출판기획 _ 문성기
편집진행 _ 문준식 · 강소희
북디자인 _ 글빛 · 이춘희
필름출력 _ GS 테크
출판제작 _ GS 테크
영업관리 _ 박상율

값 9,800원

잘못된 책은 구입하신 곳에서 교환해 드립니다.

ISBN 978-89-91909-13-7 03830